KÖNIGIN GENEVIER
Band 2

ROMANTRUHE

Diese Reihe besteht aus folgenden Bänden:

Band 1: **Verzweiflung, Hoffnung, Neubeginn**
Band 2: **Aufbruch nach Britannien**
Band 3: **Unter dem Banner der Göttin**

Herausgeber:
Romantruhe-Buchversand
Röntgenstr. 79 · 50169 Kerpen-Türnich

Bestellungen und Abonnements:
Telefon 0 22 37 - 92 49-6
Telefax 0 22 37 - 92 49 70
Internet: www.romantruhe.de
E-Mail: info@romantruhe.de

Titelbild: shutterstock

Satz: DigitalART, Bergheim

GENEVIER im Internet:
www.romantruhe.de, www.genevier.de

KÖNIGIN GENEVIER

Eine Frau kämpft für das Recht

FRANK BRUNS

AUFBRUCH NACH BRITANNIEN

ROMANTRUHE

Prolog

Während Genevier und ihr Orden auf der Gralsburg San Salvador de Verdera in Spanien einigermaßen in Frieden mit der herrschenden Merowinger-Klasse lebt, erschüttern sie Berichte aus Britannien. Von dort, wo sie ehemals Hochkönigin an der Seite des Artus gewesen ist, bringen Kauffahrer die Kunde von einer mit Gewalt das Land regierenden Fürstin. Alles scheint auf Morgan le Fey hinzudeuten.

Geneviers Gefühle geraten völlig durcheinander. Hat die oberste Priestern der Tempelinsel Sena zwei Gesichter?

Die Schweizer Analen wissen von einer Überfahrt der Guinevere aus dem Exil nach Britannien. Die Überlieferung aus dem Grenzgebiet zwischen Spanien und Frankreich berichtet von einer Reise der Hohenpristerin der Astarte der Pyrenäen mit Hilfe eines Wikingers nach Angelland.

Untersucht man beide Überlieferungen, so finden sich Gemeinsamkeiten, die den Schluss zu lassen, dass es sich um ein und die selbe Sache dreht. Sowohl Guinevere wie auch die Astarte-/Diana-Priesterin Genevier befreien die Bevölkerung im Bereich der heutigen Grafschaft Kent von einer Bedrohung.

Bei Guinevere ist es ein Mitglied der eigenen Familie – bei Genevier eine Hexe.

Beides passt – denn Morgan le Fey war Guineveres Schwägerin und wurde durch Modreds Intrigenspiel auch als Hexe bezeichnet. Genevier ist die altbretonische Schreibweise von Guinevere.

Frank Bruns
Museumspädagoge

1

»Fowey!«, schrie Boltar durch das Tosen des Meeres.

Die Gischt spritzte seitlich des Drachenkopfes vorbei, sammelte sich in kleinen Lachen, von denen wieder kleine Rinnsale irgendwo zwischen den Planken verschwanden.

Genevier starrte mit zusammengezogenen Brauen hinüber. Immer wenn das Wikingerschiff sich aus einem der tiefen Wellentäler heraus gearbeitet hatte, sah sie die Befestigungsanlagen der britischen Hafenstadt.

Es hatte eine Zeit gegeben, in der diese Stadt, und ihr Vogt, Artus das Leben schwer gemacht hatte.

»Die herrschende Schicht ist sich ihrer Wehranlagen sehr sicher«, hatte der Hochkönig damals ernst gesagt.

»Deshalb sollte man es weniger den Waffen, denn vernünftigen Verhandlungen überlassen, eine Einigung zu erzielen«, hatte Gawan damals gesagt und seinen feinen Schnurrbart gezwirbelt. Genevier hatte gewusst, was er damit meinte.

Er hatte bereits ein diplomatisches Auge auf die junge Frau des Vogtes geworfen.

Sie näherten sich immer weiter.

»Wird uns der Hafenmeister Schwierigkeiten machen?«, rief die Königin leicht unsicher nach hinten.

»Nein«, kam Boltars Antwort. »Der Anblick eines Drachenbootes ist hier normal. Childerich hat damals bereits eine Handelsallianz mit den Nordmännern geschlossen.«

Sie wusste, dass Chlodwig zwar nicht gern mit denWikingern handelte, aber sie brachten doch viele Neuigkeiten und waren verwegene Erkunder. So hatte der Nachfolger Childerichs den Kontakt einfach laufen lassen.

Bisher gab es keine Schwierigkeiten – bis auf die naturbedingt ab und zu einfallenden Plünderhorden.

Genevier warf einen Blick aus den Augenwinkeln auf Boltar. Neben ihm stand stolz Sanderah. Die Königin wusste, dass dieser Knurrbär auch ganz gerne mal eine Hafenstadt auseinander nahm. Doch das war eben die Natur der Nordmänner.

Das Drachenboot lief unbehelligt in den Hafen ein. Ein buntes Treiben zeigte sich hier. Am Kai und in den Gassen. Kauffahrer aus aller Herren Länder hatten angelegt. Phönizier, Perser, Iberer – ja sogar Sarazenen.

Genevier stieg an Land. Boltar wollte sie begleiten, doch sowohl seine Gattin – Sanderah – wie auch die Königin, bestanden darauf, erst einmal allein zu gehen.

Boltar machte zwar ein bedenkliches Gesicht, doch Sanderah küsste ihn auf seine dicke Nase und gurrte: »Keine Angst, mein Dickerchen. Ich komme mit Genevier schon heil zurück.«

»Dafür sorge Odin und Neptun – oder wie sie alle heißen mögen«, knurrte der Wikinger, der gerne auch mal alle Götter durcheinander warf.

Genevier und Sanderah fielen in den Gassen kaum auf. Zu vielfältig zeigte sich die Aufmachung der Menschen hier. Auf dem Lande wäre es schwieriger gewesen.

Doch auch dafür hatten sie vorgesorgt. Die Erkundungsreise nach Dragonstone würden sie als einfache Bauersfrauen machen.

Während sie so durch die belebten Gassen schlenderten, schaute die Königin zufällig zur Tür eines Wirtshauses.

Plötzlich zuckte sie dermaßen zusammen, dass Sanderah sogleich stehen blieb.

»Was ist?«

Genevier deutete nach vorn.

»Dort! Gawan! An der Tür! Oh Diana! Aber…«

Da wandte sich der Mann um und sie erkannte das gegerbte Gesicht eines alten Mannes.

Die Schultern der Königin sackten nach unten. Sie stieß laut die Luft aus.

»Wie töricht von mir! Es konnte auch nicht sein. Lancelot hat Gawan damals durch einen unglücklichen Umstand erschlagen. Doch von hinten – das Haar, die Haltung…«

Sanderah legte fest den Arm um die Freundin. »Ich weiß, dass du oft an das Schöne der Vergangenheit denkst. An die Pracht vom Hofe Camelots! Doch – so hart es ist, diese Zeiten sind Jahre vorbei. Nichts und niemand holt sie zurück.«

Sie gingen weiter.

»Wo willst du eigentlich mit mir hin? Haben wir nichts anderes zu tun, als uns diese Hafenstadt anzusehen?«

Genevier bog in eine enge, stinkende Gasse ab.

»Ich suche jemanden, von dem ich hoffe, dass er noch lebt. Komm! Dort hinten ist es.«

Sie gelangten an ein verkommenes Haus. Die Balkentür hing schief in den Angeln.

Genevier klopfte.

Es dauerte, bis eine krächzende Stimme von innen rief:

»Verschwindet ! Ich habe nichts! Ihr habt mir schon alles genommen! Wollt ihr nun auch noch mein Leben?«

Geneviers Gesicht umwölkte sich.

»Bert! Hörst du mich?«

»Wer bist du? Verschwinde!«

»Bert – hier ist Genevier.«

Einen Moment war es still, dann kam eine vorsichtige Frage: »Was für eine Genevier?«

Die Königin trat ganz nahe an die Tür heran und rief durch die morschen Spalten: »Deine einstige Hochkönigin.«

Ein Husten erklang. Dann die Frage – sehr nahe an der Tür: »Weshalb diese Lüge? Die Hochkönigin ist lange tot. Treibt kein Schindluder mit solch einer großartigen Frau. Auch wenn ihr mich zur Hölle wünscht! Respektiert wenigsten ihr Ansehen und die Unbeflecktheit einer Toten.«

Genevier lehnte sich ganz dicht an die Tür.

»Ich bin's wirklich. Ich beweise es! Erinnerst du dich an den Osterabend, als wir zum Merlinturm geritten sind? Ich sagte zu dir: Sieh diesen Sonnenuntergang. Er ist wie Gottes Diamant.«

Nichts rührte sich hinter der Tür. Doch dann vernahmen die Frauen ein Schluchzen. Knarrend, nur einen Spalt, öffnete sich die Tür. Was da, halb aus dem Schatten hervorlugte, war erbarmenswürdig.

Ein Gesicht – vielleicht neunzig, vielleicht hundert Jahre alt – ausgemergelt, unter strähnigem grauen, schmutzigen Haar, wässerige Augen und ein blutleerer Mund.

»Oh nein! Bert!«, entfuhr es der Königin.

Der alte Mann bewegte die Lippen wie in Trance.

»G-e-n-e-v-i-e-r..?«, kam es ungläubig. »Nein, nein! Das kann nicht sein!«

Wenig später standen sie in der schmutzigsten und unzumutbarsten Behausung, die Genevier je gesehen hatte.

»Bert«, murmelte sie. »Was ist aus dem so stolzen Mann geworden, der einst des Königs bester Astronom gewesen ist?!«

Der Alte ließ sich auf einen wackligen Schemel fallen. Durch eine Mauerritze fiel ein Sonnenstrahl, der alles noch trostloser erscheinen ließ.

»Die Zeiten ändern sich, Genevier«, kam es mit dünner Stimme. »Es sind schlimme Zeiten.«

»Aber Chlodwig regiert doch sehr human.«

Ein brüchiges Lachen erklang. Den beiden Frauen lief ein Schauer über den Rücken.

»Chlodwig! W a sweiß er?! Seine Vasallen sind Teufel und diese Hexe von Dragonstone ist die Ausgeburt der Hölle.«

Genevier ging vor Bert in die Hocke. »Von wem sprichst du?«

Der Alte richtete sich halb auf und krächzte: »Von wem ich spreche? Von Morgana – des Teufelsgroßmutter persönlich!«

Die Königin schluckte.

Endlich fragte sie: »Bist du dessen sicher, dass es Morgana le Fey ist?«

»Dragonstone ist ein Höllenpfuhl. Orgien, Tod und Mord regieren dort!«, kam es rau, aber bestimmt aus Berts Mund.

»Man sagt, dass sie sich jeden Tag einen neuen Liebhaber ins Schloss holt und ihn nach der Liebe ermordet. So wie die Tarantel es tut.«

Genevier konnte es nicht glauben!

»Bert«, rief sie eindringlich. »Ist das Hörensagen oder weißt du es?«

Der Alte schaute die Fragende müde an. »Oh Genevier – einst meine Hochkönigin – die beste, die Britannien je erleben durfte… Es ist wahr. Ich habe sie gesehen! Wie sie ausritt und einen jungen Bauernburschen zu Tode foltern ließ, weil er ihr nicht rasch genug Platz machte, als sie heranjagte. Mit ihrer Gesellschaft von Buhlen. Männlichen und weiblichen. Männer aus der Umgebung von Dragonstone haben berichtet, wie entsetzliche Schreie aus der Folterkammer der Burg über die Felder hallten. Oh Genevier – sie ist der Satan in der Hülle einer wunderschönen Frau.«

Die Königin war völlig durcheinander.

*

Etwas hilflos schaute sie sich in dem Loch um, das dem einstigen Ritter als Behausung diente.

»Bert, du kommst mit uns. Zuerst auf Boltars Schiff. Dann sehen wir weiter.«

Obwohl Bert sich wehrte, duldete die ehemalige Königin keinerlei Widerspruch.

»Wie kommt es überhaupt, dass du hier leben musst«

Bert ergriff die Hand Geneviers und flüsterte:

»Weil Morgana mich töten wird, wenn sie meiner habhaft werden kann.«

Boltar blickte misstrauisch mit zusammengekniffenen Augen, als die beiden Frauen – sie mussten den alten Mann stützen – das Drachenboot erreichten.

Doch dann verwandelte sich seine Miene in Staunen.

»Sir Bert ..?«, knurrte er und machte zwei Schritte vorwärts über die Stegplanken.

In kurzen Sätzen gab Genevier Bericht.

»Bei Thor!«, entfuhr es dem Wikinger.

»Das Weib braucht die Peitsche!«

Doch zu seinem Erstaunen schüttelte Genevier den Kopf. »Warte mit deinem Urteil. Noch ist nichts erwiesen. Ich werde diese Nacht noch nach Dragonstone aufbrechen. Wenn es wirklich Morgana ist, die dies furchtbare Doppelspiel inszeniert, dann wird sie mich um Gnade anwimmern. Aber ichk a n nes nicht glauben!«

Es ging auf Mitternacht zu, als Genevier und Sanderah sich auf einem Ochsenkarren aus der Hafenstadt stahlen. Boltar hatte für den Transport mit einigen Goldstücken gesorgt.

Die Reise war mehr als ungemütlich. Die beiden Frauen wurden derb auf dem Karren durchgeschüttelt. Außerdem wurde es um diese Zeit des nachts merklich kalt auf der britischen Insel.

Der Bauer gab sich sehr einsilbig und bald gab Genevier es auf, irgend ein Gespräch zu beginnen. Irgendwann schlief sie ein.

Was sie aufgeweckt hatte, wusste sie später nicht zusagen. Sie schaute in einen glitzernden Sternenhimmel. Neben ihr schlief Sanderah. Die Kapuze des Mantels war ihr vom Kopf gerutscht und gab ihr herrliches Haar preis.

Der Ochsenkarren fuhr noch langsamer und hielt. Die Königin vernahm Stimmen. Verstohlen schaute sie über den Gatterrand des Wagens. Ein Trupp Soldaten hatte den Bauern angehalten.

»Was treibst du so spät hier in der Gegend, Alter?«

»Ich war in Fowey und will nach Hause«, kam die Antwort ebenso mürrisch zurück.

»So?«, knurrte wieder die Stimme aus dem Dunkel. Genevier konnte nicht ausmachen, wem von den Soldaten sie gehörte. »Was hast du denn geladen?«

Genevier wartete die Antwort nicht ab. Wenn jemand sie des nachts anhielt, bedeutete das nie etwas Gutes. Sie stieß Sanderah an und hielt ihr gleichzeitig den Mund zu. Mit großen Augen, die das Sternenlicht reflektierten, starrte sie die Gefährtin an. Genevier bedeutete ihr, leise den Wagen zu verlassen.

Beide rutschten von der schrägen Ladefläche und huschten unter den Wagen.

Keinen Moment zu früh, denn zwei Reiter näherten sich der Rückseite und stocherten in den Futtersäcken und zwischen den Fässern herum.

»Da ist wirklich nichts von Wert drauf«, murrte einer der Männer. »Lasst ihn ziehen.«

»Na ja«, kam es, gefolgt von einem rauen Lachen.

»Er soll nur aufpassen, dass ihn nahe Dozmary Pool nicht das Teufelsweib von Dragonstone holt.«

Nun lachten die anderen auch. »Ja – haha – sonst fehlt ihm bald zwischen den Beinen etwas, hohoo!«

Genevier erschauerte. Als der Karren anruckte, schwangen sich die Frauen rasch wieder hinauf und legten sich flach auf den Bauch. Erst als sie einige hundert Yards weg waren, richtete die Königin sich wieder auf und fragte den Bauern: »Wie weit ist es noch bis Dozmary Pool?«

»Etwa drei Meilen, Lady. Doch bis dahin bringt mich kein Gold der Welt. Auch wenn euer Wikinger mir sein ganzes Reich schenken würde. In etwa zwei Meilen biege ich nach Hause ab. Dann seht zu, wie ihr weiterkommt!«

Das waren sehr unfreundliche Worte. Doch Genevier wusste, dass es Furcht war, die den Mann so reden ließ.

Bald war es soweit. Der Bauer hielt den Ochsen an. »Endstation! Wenn ihr dem Weg folgt, erreicht ihr ein kleines Dorf. Von dort wird euch sicher jemand zur Grenze nach Kent bringen. Dort liegt auch Dragonstone.«

Die beiden Frauen machten sich auf den Weg.

Die Sterne verblassten. Drohend zogen sich Wolken vor den Mond. Es war, als wolle die Natur ein Signal geben.

»Morgana ist eine Hexe – eine Dämonin. Sie hat auch damals den Hochkönig umgebracht«, hatte der Bauer noch geknurrt, bevor er seinem Ochsen die Peitsche um die Ohren knallen ließ.

Genevier seufzte. Der Aberglaube war auf der Britischen Insel immer noch tief verwurzelt. Tatsächlich hatte Modred seine Fäden so geschickt gesponnen, dass man Artus' Schwester als mächtige Zauberin sah. Die einen hielten sie für das Böse allgemein, die anderen sprachen von der Fee.

Sanderah legte Genevier die Hand sanft auf die Schulter. »Wir werden die Wahrheit herausfinden. Komm! Es wird ungemütlich. Wir wollen eine Herberge suchen.«

Der Ort wirkte ebenso schaurig, wie die Nacht selbst. Hohl klang es durch die Gasse, als sie an die Tür Zur Herberge des Schwan klopften.

Der Wirt zeigte sich sehr ungehalten zu dieser Stunde, gewährte aber dann gegen zwei Goldstücke Nachtlager.

Am nächsten Morgen sah schon alles etwas freundlicher aus. Nach dem einfachen Frühstück erkundigte sich die Königin nach dem Weg zur Burg Dragonstone.

Der Wirt – ein dicker gemütlicher Mann – schaute die Frauen zweifelnd an.

»Was haben sie mit dieser Grauensburg zu schaffen? Das ist noch ein gutes Stück. Bis zur Grenze nach Kent.«

Blitzschnell schossen Genevier zahlreiche Gedanken durch den Kopf. Dann sagte sie einfach: »Wir sollen eine Botschaft des Klosters Der Heiligen Dreifaltigkeit überbringen.«

»Aha«, machte der Wirt und musterte die beiden erneut eindringlich. »Wie Nonnen sehen sie beide nicht aus.«

Er zuckte ein wenig mit dem rechten Auge und nahm dann plumpsend auf der anderen Tischseite Platz. »Eher wie…« Er beugte sich weit mit dem Oberkörper über den Tisch. »… wie zwei Ladies, die inkognito reisen.«

»Ihr habt recht«, setzte Genevier sofort ein. Es hatte wenig Sinn, dem netten Dicken etwas vor zu machen. »Wir wollen unerkannt sein. Die Zeiten sind nicht gerade ungefährlich. Trotzdem haben wir eine Botschaft.«

Jetzt hatte die Königin ja nicht gelogen. Trotzdem wusste der Wirt nicht mehr.

Er schaute auf die Tischplatte und nickte dann.

»Gut, gut. Egal! Nur eines – dort oben haust das Böse. Morgana, die Schwester des alten Hochkönigs Artus. Sie jagt Menschen, quält sie und tötet sie. Seid auf der Hut!«

Er lehnte sich zurück. »Etwa sechs Meilen. Wenn ihr den Ort in westlicher Richtung verlasst, könnt ihr die Burg sehen. Sie wirkt erdrückend!«

Er schwieg einen Moment. »Früher – ja – da war Dragonstone erfüllt von Pracht. Wenn die Turniere angesagt waren, dann kamen die Ritter von überall. Als Artus Camelot zum Glanz des Landes machte, da blühte auch Dragonstone auf. Bis… – ja, bis dieser Bastard erschien. Modred! Da brach die erste Finsternis ein.«

Genevier und Sanderah hörten aufmerksam zu. »Und dann? Erzählt weiter!«

Der Wirt zuckte mit den Schultern. »Nach dem Tod des Königs zog sich Morgana aus der Burg zurück. Bis vor einem Jahr – da tauchte sie wieder auf und herrscht über das Herzogtum wie eine Furie. Man sagt, die Geräte in der Folterkammer seien niemals vorher so gut geölt gewesen.«

Genevier schaute den Dicken ernst an. »Hört mir zu. Hört genau zu – ich frage es eindringlich, weil es wichtig ist. Seid ihr dessen sicher, dass es sich um Morgana handelt?«

Der Wirt zog die Augenbrauen hoch. »Um wen denn sonst?«

»Jemand anderes kann sich dort eingenistet haben und Morganas Namen missbrauchen.«

Der Wirt schüttelte entschieden den Kopf. »Nein, nein! Viele Menschen haben Morgana gesehen. Die Hexe ist es!«

Die Königin atmete tief durch. Irgend etwas stimmte da nicht. Sie würden es feststellen!

Gegen Abend, im Schutz der Dunkelheit, verließen sie den Ort. Mühselig zeigte sich der Weg. Sie waren wohl etwa vier Meilen gelaufen, als sie Hufgetrappel hörten.

»Vielleicht jemand, der uns mitnehmen kann«, mutmaßte Sanderah. Doch Genevier schüttelte den Kopf. »Nein, dass ist kein Wagen. Nur Pferde.«

Rasch nahmen sie ein Versteck hinter dichten wilden Rosenbüschen ein. Da preschte auch schon ein Trupp bewaffneter Reiter heran. Zehn Männer in schwarzen Rüstungen. Auf den Schilden trugen sie als Wappen jeweils einen Totenkopf.

Vor den Wildrosen blieben sie kurz halten, dann schwenkten sie in einen Seitenpfad ab.

Als der Hufschlag verebbte, richtete sich Genevier wieder auf.

»Komm!«, zischte sie zu ihrer Begleiterin. »Ich möchte wissen, was die Burschen vorhaben.«

»Wenn es sein muss«, murmelte Sanderah ergeben. Ihr taten die Füße weh. Sie hatten nämlich – in Anbetracht des langen und schmutzigen Weges – Strohsandalen angezogen. Diese Fußbekleidung waren beide nicht mehr gewöhnt. Genevier beklagte sich zwar nicht, aber Sanderah merkte, dass sie mehrfach wohl versucht war, diese fort zu werfen.

Der Weg wurde steil und unzählige Disteln säumten ihn.

»Autsch!«, entfuhr es Sanderah, als wieder mal so ein Stachelblatt schmerzhaft ihre Fußknöchel berührte.

Bald erreichten sie ein Tal. Dunkel zeichnete sich ein Bauernhof ab. An einem Koppelzaun sahen sie die angebundenen Pferde.

Genevier und Sanderah setzten sich auf den Hang.

Da trat der Mond aus den Wolken heraus und spendete sein silberfarbenes Licht.

Malerisch stellte sich das kleine Gehöft nun dar.

Von den Reitern sah man nichts. Lediglich in dem kleinen Haus flackerte Licht auf. Unruhiges Licht, wie von getragenen Kerzen.

»Was mögen die da unten tun?«, fragte Sanderah.

Da hörten sie den Schrei! Der Schrei einer Frau in Todesangst.

»Diana!«, stieß Genevier hervor und sprang auf.

Sanderah tat es ihr gleich.

Die Stille nach dem Schrei war bedrückend.

Da! – Erneut ein Schrei!

Diesmal langgezogener und winselnder.

»Wir müssen nachsehen!« Mit diesen Worten jagte die Königin den Hang hinab.

Ihre Freundin hatte große Mühe ihr zu folgen.

»Vorsicht!«, rief sie schwer atmend. Da blieb Genevier stehen und ging in die Hocke. Nur etwa dreißig Yards trennten sie von dem Haus.

Genevier deutete auf einen kleinen Vorbau. »Von dort können wir hineinschauen«, raunte sie.

Sanderah hielt sie am Ärmel des Mantels fest. »Wenn man uns erwischt, können wir niemandem helfen«, gab sie zu bedenken.

Doch Genevier war nicht zu halten. Sie erreichten den Vorbau und konnten durch das Fenster in einen Raum schauen, der von einer zentralen Feuerstelle beherrscht wurde – dem Herdfeuer.

Nur spärliches Mobiliar gab es dort. Eine hölzerne Bank, einen Tisch und vier Hocker.

Doch das Herdfeuer zog die Blicke der beiden Frauen magisch an und das Entsetzen in ihren Augen war kaum wiederzugeben.

Es gab keinen Zweifel, wo die fürchterlichen Schreie herstammten.

Sie konnten auf dem Tisch nahe des Feuers nur die Umrisse eines weiblichen, nackten Körpers erkennen. Auf der anderen Seite des Feuers, an einem Stützbalken, stand angebunden ein Mann. Ebenfalls jeglicher Kleidung beraubt.

Mehrere Gestalten standen oder liefen im Raum umher. Einer trug eine Fackel, mit der er sich nun der gefesselten Frau auf dem Tisch näherte.

Die beiden Lauscherinnen hielten sich unwillkürlich die Ohren zu, als der Mann die Fackel unter die Fußsohlen der Frau hielt.

Doch sie schien keine Kraft mehr zum lauten Schrei zu haben. Nur unartikulierte Laute drangen durch das Fenster.

»Wir müssen hinein.«, zischte Genevier und schlich bereits auf die Tür zu. Diese stand einen Spalt offen. Gerade so weit, dass die beiden schlanken Gestalten hindurchschlüpfen konnten. Sogleich vernahmen sie eine tiefe, hohlklingende Stimme.

»Ihr werdet mir sagen, wo die Urkunde verborgen ist. Das schwöre ich euch!«

»Was meint ihr denn, um des Himmels Willen?«, kam es wimmernd aus dem Mund des Bauern.

»Meine Herrin will das Land zurück. Die Schenkung ist erloschen. Aber sie braucht die Urkunde dazu.«

»Morgana hat uns das Land bereits vor zehn Jahren geschenkt«, wimmerte es wieder.

Der folgende Schrei drehte den lauschenden Frauen den Magen um.

Genevier sah durch die Ritzen der Innentür, dass der Sprecher dem Bauern die Fackel genau zwischen die Oberschenkel hielt.

In diesem Moment knarrte die Bohlentür. Die Augen der Verbrecher richteten sich sogleich in die Richtung des Geräusches.

Jetzt haben sie uns! durchzuckte es Genevier. Diana hilf!

Da brach draußen ein Unwetter los, dass jeder Donnerschlag das Haus erbeben ließ. Der Regen prasselte urplötzlich und Blitze erhellten den Innenraum wie tausend Kerzen.

»Verdammt! Auch das noch«, rief der Anführer der Bande aus und warf seine Fackel ins Feuer. Funken sprühten und die Herdflamme schoss fauchend in die Höhe. »Lasst uns verschwinden. Tot nutzen uns die Leute wenig. Aber wir werden zurückkommen.«

Er wandte sich an den stöhnenden Bauern und griff ihm noch einmal mit aller Macht in die verbrannten Hoden. »Dann ziehen wir euch die Haut ab!«

Genevier und Sanderah pressten sich eng an die Wand hinter der Bohlentür, als die Meute herausstürmte. Als in der Wucht des Unwetters der Hufschlag verklang, rannten die beiden Frauen in das Zimmer.

Der Bauer sah schlimm aus und hing apathisch in seinen Fesseln. Genevier blickte zu der Frau auf dem Tisch. Bei ihr bestand keine Lebensgefahr, wenn auch die Fußsohlen geschwärzt und von Brandblasen übersät waren.

Zuerst banden sie den Bauern los und legten ihn mit vereinten Kräften auf ein Strohlager hinter dem Herd. Eine gnädige Ohnmacht umfing ihn.

Die Königin betrachtete die Verletzung. Der Hodensack und der hintere Teil seines Penis sah schlimm aus. Genevier hoffte, dass sie seine Männlichkeit würde retten können.

Sanderah befreite inzwischen die Bauersfrau. Danach begann sie mit Wasser, das sie in einem Kübel vorfand, die Füße der Gefolterten zu kühlen. Die Verbrennungen sahen schlimmer aus, als sie waren.

»Sanderah – ich brauche kaltes, frisches Wasser. Draußen habe ich einen Brunnen gesehen. Rasch!«

Wenig später kam die Gefährtin – vom Regen nass wie eine Katze – mit dem Kübel angeschleppt. Als Genevier begann, die Hoden des Bauern mit einem Lappen zu kühlen, brüllte dieser auf und schlug um sich. Den beiden Frauen gelang es nur mit aller Kraft, den Verletzten – dem der grausame Schmerz Bärenkräfte verlieh – zu halten und – es ging nicht anders – an Händen und Füßen zu fesseln. Die Enden der Seile wurden an zwei Balken gebunden. Die Beine waren leicht gespreizt, so dass

Genevier die Wunden behandeln konnte. Erneute Ohnmacht breitete sich über den armen Mann aus.

»Wie sieht es aus?«, fragte Sanderah ängstlich.

Die Königin zuckte die Achseln. »Ich kann nur erst einmal die Verbrennungshitze fernhalten. Das wird uns die halbe Nacht kosten.«

Irgendwann schlief auch Genevier ein.

Als sie aus unruhigem Schlaf erwachte, der ihr wilde und beängstigende Träume beschert hatte, dämmerte der Morgen bereits.

Sowohl der Bauer, wie auch seine Frau schliefen.

»Diana sei Dank«, murmelte die Königin.

In einer Ecke zusammengekauert hockte Sanderah. Auch sie öffnete gerade die Augen.

»Oh jeh!«, stöhnte sie. »Mein Kreuz.«

Genevier lachte freudlos. »Mir geht es nicht anders. Unsere Patienten liegen im Erschöpfungsschlaf. Kannst du mal nachsehen, ob es etwas Essbares im Hause gibt?«

Tatsächlich gelang es der jungen Frau, eine große Zahl Eier im angrenzenden Stall zu sammeln und bald breitete sich der Duft von Pfannkuchen in der Küche aus.

Der Bauer erwachte eben stöhnend. Dann sah er die Frauen und stellte fest, dass er gebunden war.

Genevier erklärte ihm in kurzen Sätzen die Geschehnisse.

»Es sind keine Menschen! Es sind Dämonen! Grausame Hunde!«, gab der Bauer mühsam von sich. Dann merkte er, dass er völlig nackt da lag und die Schamröte überzog sein zerfurchtes Gesicht.

Genevier lächelte. »Macht euch keine Gedanken. Ich habe schon viele nackte Männer gesehen.«

Sie löste seine Fesseln. Sogleich wollte der Mann seine Blöße mit den Händen bedeckten, doch Genevier hielt sie fest. »Nicht! Es ist eine gefährliche Verletzung. Habt ihr Schmerzen?«

»Es geht«, murmelte der Bauer.

Genevier nahm einen frischen Lappen und tauchte ihn in das kalte Wasser. Dann legte sie ihn um die Hoden. Der Mann zuckte im neuen Schmerz zusammen.

»Es wird bald besser werden.«

Nun erwachte auch die Frau. Genevier betrachtete sie jetzt eingehend. Obwohl sie die Fünfzig wohl bald erreicht hatte, wirkte ihr Körper straff und anziehend.

»Wie geht es eueren Füßen?«, erkundigte die Königin sich.

»Es geht…« Nun bemerkte auch die Bauersfrau ihre Nacktheit.

Genevier streichelte ihre Hand. »Wenn ihr mir sagt, wo ihr etwas frisches zum Anziehen habt, hole ich es euch.«

Auch dem Bauern legte die Königin einen Mantel um, den sie in einem schön gezimmerten Schrank vorfand.

Das kräftige Frühstück, das Sanderah wie mit Zauberhand erstellt hatte, brachte wieder die Lebensgeister der beiden Leute zurück.

Nun wollte Genevier natürlich Genaues wissen, über den Vorfall.

»Die Hexe von Dragonstone hat mir einst das Land geschenkt. Für gute Dienste. Nun fordert sie es zurück.«

Die Königin runzelte die Stirn. »Wenn du ihr gute Dienste geleistet hast – weshalb bezeichnest du sie dann als Hexe?«

Der Bauer fuhr sich über das Gesicht. »Ach, Mylady – sie war nicht immer so.

Doch plötzlich tauchte sie hier auf. Vor einem Jahr. Ihre Augen blitzten böse unter dem Diadem des Teufels.«

»Diadem des Teufels?«, fragte Genevier gedehnt. »Was meinst du?«

Der Mann richtete sich mühsam auf seinem Lager auf.

»Sie war wie verändert. Ihr Gesicht wirkte grober und die Augen dunkler. Das sonst so schöne Haar stand ab wie bei einer Furie. Und auf der Stirn blitzte der grüne Stein Luzifers im goldenen Druidenfuß.«

Genevier zuckte zusammen.

Sie fasste den Bauern bei der Schulter und fragte eindringlich: »Was sagst du da? Beschreibe das Diadem genau!«

Der Mann tat es mit erstauntem Gesichtsausdruck.

Die Königin starrte den Bauern an. Alles Blut war aus ihrem Gesicht gewichen. Sie wankte in der knienden Stellung. Ihre rechte Hand reckte sich haltsuchend nach oben. Sanderah eilte auf die Freundin zu und hielt sie fest.

»Bei allen guten Geistern! Genevier! Was hast du?«

Langsam wandte die Königin den Kopf und blickte Sanderah mit leerem Blick entgegen. »Das Diadem. Der grüne Stein im Siegel Salomons. Es gehörte einst mir.«

Sanderah schluckte. »W i e ...«

Genevier richtete sich auf. Sie barg das Gesicht in den Händen. Hohl klang es darunter hervor: »Ich habe es vor langer Zeit verschenkt.«

Endlich nahm sie die Hände wieder herunter. Sie setzte sich auf einen Schemel und brach in hysterisches Lachen aus. Alle im Raum sahen sich erschrocken an.

Sanderah stampfte mit dem Fuß auf.

»Genevier! Himmel – komm zu dir!«

Es dauerte aber noch etwas, bis die Königin sich beruhigt hatte. Sie sank in sich zusammen und atmete schwer.

Sanderah ergriff ihre beiden Hände. »Genevier – sag' mir was los ist.«

Die Stimme der Königin klang mit einemmal rau und fremd. »Es ist nicht Morgana, die auf Dragonstone ihr Unwesen treibt.«

Sanderah schluckte. »Bei der Göttin allen Seins – wer ist es dann?«

»Ihre Schwester Morgause.«

»Aber... aber...« Sanderah stammelte nur etwas und starrte die Freundin an.

Genevier nickte. »Einst schenkte ich Morgause, der leiblichen Schwester Artus' dieses Diadem.«

»Was heißt leibliche Schw...– wer ist dann Morgana? Ich denke...«

»Morgana ist seine Halbschwester. Als beide damals in wilder Liebe entbrannt Modred zeugten, wussten sie es nicht.«

Sanderah war sprachlos. Dann meinte sie: »So ist das. Mir werden verschiedene Dinge aus der Vergangenheit klar. Und was hat Morgause im Sinn?«

Genevier wusste es. »Sie war immer schon neidisch auf Morgana. Sie will sie vernichten.«

Sanderah schüttelte bei dieser Eröffnung den Kopf. »Ich bin etwas aus der Fassung. Du meinst also, dass Artus' wahre Schwester versucht, mit Mord und Folter zu herrschen?«

Genevier zuckte die Achseln. »Sie war immer schon ein kleines Luder. Wenn es darum ging, Vögeln den Hals umzudrehen, war sie die erste dabei. Als Camelot unter ging, bestand ihre größte Sorge darin, wie sie wohl weiter leben würde. Armut stellte für sie ein Gräuel dar.«

»Was hat sie denn die ganze Zeit über gemacht?«

»Sie tauchte irgendwo unter. Man munkelte, sie habe in Wales Zuflucht gefunden.«

Sanderah nickte langsam. »Irgendwann hat sie sich dann in Morganas Burg eingenistet. Sehen sich denn die beiden so ähnlich?«

Genevier lachte hart auf. »Ja – Morgana und Morgause hätten Zwillinge sein können, obwohl sie verschiedene Väter hatten. Morgause ist etwas kleiner. Aber sie war immer schon eine Meisterin der Maskerade. Sie liebte die Schauspielerei und hat uns auf Festen mit ihrem Können oft überrascht.«

Genevier lächelte plötzlich. »Trotzdem bin ich froh, dass es nicht Morgana ist, die hier böses Spiel treibt.«

Sanderah schaute ernst. »Aber was tun wir? Morgause ist doch in ihrem Wahn gefährlich!«

Da musste die Königin zustimmen. Doch zuerst galt es den Bauersleuten zu helfen.

Im nahen Wald fand die heilkundige Priesterin der Diana die Kräuter, die sie zu einer bestimmten Tinktur benötigte. Damit behandelte sie die Brandverletzungen des Bauern.

Vier Tage blieben Genevier und Sanderah auf dem Hof. Die Schergen von Dragonstone tauchten nicht auf.

Tatsächlich zeigten sich die Heilbemühungen der Königin erfolgreich.

Am Abend des vierten Tages nahm Genevier die Bäuerin beiseite. »Die Kräuter haben angeschlagen. Die Schmerzen sind weg und die Wunden sind fast verheilt.«

Sie zwinkerte mit den Augen. »Ich denke, die Funktion der Männlichkeit deines Gatten probierst du selbst aus.«

Beide lachten herzlich.

Am nächsten Morgen verabschiedeten sich die beiden Frauen von den Bauersleuten, die sie mit Dank überschütteten.

2

Dragonstone!

Drohend stand die Feste über dem zerklüfteten Hang.

Die schwarzen Wolken unterstrichen die Drohung noch, die von ihr aus zu gehen schien.

Genevier und Sanderah stiegen von dem Fuhrwerk. Sie bedankten sich bei dem Bauern fürs Mitnehmen.

»Seien sie vorsichtig«, riet der gutmütige Mann noch und wendete rasch. Er wollte wohl so rasch wie möglich viel Raum zwischen sich und die Festung bringen.

Genevier schaute nach oben. Sie konnte sich noch erinnern, wie die zahlreichen Wimpel und Standarten dort flatterten. Oh ja – es gab auch eine gute Zeit!

Der Ort unterhalb von Dragonstone wirkte verschlafen.

Sanderah schaute die Freundin an. »Was jetzt?«

Genevier deutete nach unten. »In den Ort.«

Der Eindruck des Ortes veränderte sich, je näher die beiden Priesterinnen ihm kamen. Nicht verschlafen, sondern bedrückend wirkte alles.

Von irgendwo dröhnte eine Glocke.

»Es klingt wie die Totenglocke.«, flüsterte Sanderah und fröstelte.

Nur wenige Menschen sah man. Und wenn, dann huschten sie gebeugt an den Hauswänden entlang und verschwanden rasch wieder irgendwo. Genevier und Sanderah indessen machten sich auf den Weg zum Ortsmittelpunkt. Dort stand die Kathedrale. Sie wirkte sehr verwahrlost. So – als ob sie wenig besucht würde.

Doch etwas anderes erschreckte die beiden Frauen viel mehr. Ein Ding, das vor dem Portal der gewaltigen Kirche stand und sich wahrlich im Bestzustand befand.

Der Pranger.

Und was für einer !

»Diana!«, rief Sanderah aus. »Wer soll das Anschließen an dieses Monster überleben?!«

Auch Genevier stand wie erstarrt und tiefe Falten zeichneten sich auf ihrer Stirn ab. Dies Martergerät zeigte nur zu deutlich, dass Furcht und Gewalt von Dragonstone aus ausgeübt wurden.

»Wer hier hinein muss, dem bricht schon vorher das Rückgrat«, murmelte sie und wandte sich mit Schaudern ab.

Sanderah atmete tief durch, ehe sie der Königin die Stufen zur Kathedrale hinauf folgte.

»Was willst du hier?«

»Nun – wir benötigen Auskünfte und ein Quartier. Der Pfarrer scheint mir hier am vertrauenswürdigsten zu sein. Komm!«

Düster, nur von wenigen kümmerlichen Altarkerzen beleuchtet, bot sich den Augen der Besucherinnen der Innenraum. Genevier wusste, dass diese Kirche der Maria Magdalena geweiht – einst eine schmucke Andachtsstätte war.

»Satan selbst hat uns des Goldes beraubt und zerstörte die Figuren.«

Mit leichtem Aufschrei fuhren Sanderah und Genevier herum. Ein sympathischer junger Priester stand hinter ihnen.

»Verzeiht im Namen des Herrn, wenn ich euch erschreckt habe.«

»Sie taten es, Hochwürden. Sie taten es«, kam es noch fassungslos aus Geneviers Mund. Dann fing sie sich wieder und murmelte fragend: »Was ist geschehen? Ich kenne diesen Gottesort noch aus anderen Tagen.«

Der Priester – er mochte wohl knapp dreißig Jahre zählen – zog ein wenig die Augenbrauen hoch. »Dann müsst ihr vor langer Zeit hier gewesen sein. Denn seit die Herrin von Dragonstone wieder herrscht, ist es ein Ort des Schreckens geworden. Nur wenige Gläubige trauen sich hier her.«

Genevier blickte auf den schmutzigen, einst so wundervollen Mosaikboden.

»Es ist lange her und manchmal glaube ich, es sind Jahrhunderte.«

Der Priester lächelte milde und schritt zwischen den Säulen hindurch zum Altar.

Die beiden Frauen folgten ihm.

Vor dem Kreuz beugte der Kirchenmann das Knie und sagte: »Herr! Jesus, unser Christ! Erlöse uns von der Knechtschaft. Ich bitte nicht für mich, denn meine Aufgabe ist es, Schuld zu tragen. Wie du einst am Kreuz. Doch erlöse die Menschen hier.«

Nach einer Zeit des Schweigens wandte sich der Mann um. Er schaute Genevier ernst an. »Ich kenne euer Gesicht irgendwo her. Doch es fällt mir nicht ein.«

Dann zogen sich seine Brauen leicht zusammen und die Königin merkte, dass sein Blick auf dem Bereich ihres Halses ruhte. Dort trug sie ein Medaillon. Es war aus der Bauerntracht gerutscht.

»Das Medaillon der Heiligen Familie. Bereits vom Hause Davids aus uralter Zeit übernommen«, sagte er.

»Ihr kennt es?«

»Das geflügelte Rad Dianas und Ishtars. Verbunden mit dem Drachen des Pendragon. Ihr kommt von Munsalvache.«

Genevier staunte nun erst recht. Ein Priester des Paulinischen Glaubens kannte das Emblem des Gral? Er musste doch die Existenz der Gralsfamilie leugnen. Schließlich machte diese dem Papst die Nachfolge des Petrus streitig.

Der Priester lächelte nun wieder und sein Gesicht schien das eines großen Jungen zu sein und nicht das eines erwachsenen Mannes.

»Ich kenne es. Ich bin zwar christlicher Priester, aber ein Spross des Josephs von Arimathia. Ich stamme von Glastonbury und dort ist auch die Wahrheit noch lebendig.«

Genevier machte ein paar Schritte auf ihn zu. »Nennt mir euren Namen.«

»Guss de Paigant. Jetzt weiß ich auch euren Namen, obwohl ich euch nie sah – zur Zeit des großen Königs. Ihr seid Genevier. Ich bin ein Neffe von Kaie – dem Seneschall des Hochkönigs.«

»Kaie!« Genevier machte zwei Schritte rückwärts. Dann drückte sie dem Priester herzlich die Hände. »Also doch wieder ein Mensch, der aus dem Kreise des großen Artus stammt. Was könnt ihr mir über den Verbleib eures Oheims sagen?«

Guss de Paigant machte ein betrübtes Gesicht. »Ich weiß es nur aus Berichten von Rittern, die bis zum letzten Atemzug Camelot gegen die anrückenden Merowinger verteidigten. Modred, dieser Hund – Gott möge mir verzeihen – hatte Childerich wohl den geheimen Tunnel verraten, den der König als letzten Ausweg für alle Fälle hatte anlegen lassen. Andererseits aber auch, um bei einer Belagerung der Stadt den Menschen eine Zuflucht in die Festung geben zu können, falls die Haupttore dereinst von Feinden besetzt sein sollten.«

»Ich weiß! Merlin hatte es ihm damals so geraten.«

Guss nickte. »Jedenfalls kannte der Feind diesen Zugang und bald war es nicht mehr möglich, die Burg zu halten. Zweidrittel sind verwüstet und verbrannt worden. Die Merowinger wollten das Wahrzeichen des Pendragon zerstören. Kaie fiel am Haupttor. Seine letzten Worte sollen gewesen sein: ›Für Artus, den König der Welt‹. Dann hat ihn ein Merowinger niedergestreckt.«

Genevier hielt sich die Hände vors Gesicht.

»Schrecklich!«, stieß sie aus. Doch dann blickte sie Guss wieder fest an. »Was passiert oben auf Dragonstone? Weshalb verbergen sich hier im Ort die Menschen?«

»Kommt mit ins Pfarrhaus. Dort werde ich euch bewirten und alles berichten.«

Das Pfarrhaus war durch einen verwilderten Garten zu erreichen.

»So habe ich Deckung vor Übergriffen. Immer wieder kommen Horden von der Burg, weil sie hoffen, dass ich noch goldene Hostien oder ähnliches verstecke. Aber sie haben bereits alles und auch die Peitsche konnte nichts daran ändern.«

Genevier hielt Guss fest. »So hat man euch gefoltert?«

Der Priester zuckte mit den Schultern. »Gefoltert nicht direkt, aber misshandelt. Doch das ist schon Wochen her. Aber die Menschen kommen nicht mehr zum Gottesdienst. Sie haben Angst. Denn die Hexe dort oben will den Satan verehren.«

»Denkt ihr auch, dass es Morgana ist?«

Der Priester blieb stehen und schaute die Sprecherin erstaunt an. »Ihr etwa nicht?«

Genevier schüttelte den Kopf. »Vieles spricht dafür, dass es sich um ihre Schwester Morgause handelt.«

Guss ging weiter und schloss das Pfarrhaus mit einem großen Schlüssel auf.

Die Wohnung bestand aus einer Wohnküche mit offenem Herdfeuer und einem angrenzenden kleinen Schlafraum. Unzählige Pergamente und Schriften türmten sich in Regalen rund um an den Wänden. Dazu Bilder von Heiligen, Jesus und der Jungfrau Maria.

»Alles paulinisch«, stellte die Königin fest.

»Ich habe die wahre Mutter der Könige abgenommen. Aus Sicherheitsgründen.«

Genevier ließ sich auf einen Schemel fallen. Die Füße schmerzten vom langen Marsch. Sie streifte die Strohsandalen ab und fühlte sich gleich wohler. Sanderah tat es ihr gleich.

Guss zauberte ein einfaches, aber schmackhaftes Essen.

Nachdem sie sich alle gestärkt hatten, fragte er: »Wie kommt ihr auf Morgause? Sie soll immer die Lieblichste der Artusschwestern gewesen sein.«

Genevier lächelte. »Lieblich war sie. Das stimmt. Aber im Innern der Teufel, falls es ihn geben würde.«

Auf den fragenden Blick von Guss, legte Genevier ihm die Hand auf den Arm. »Ihr kommt in den Zwiespalt mit euerer Theologie der Kirche und der Wahrheit. Selbsternannte Nachfolger des Rabbis haben als Gegenstück zu Gott den abtrünnigen Engel zum Bösen ernannt. Denn die Furcht treibt die Menschen in die Kirchen. Wohlgemerkt – in die Kirchen! Nicht zu Gott.«

Guss seufzte. »Ihr verwirrt mich, doch sicherlich habt ihr recht.«

»Habt Ihr Morgana persönlich gesehen, wenn es zu Übergriffen kam?«

Der Priester schüttelte den Kopf. »Augenzeugen berichteten mir nur von dem rothaarigen Satan.«

Genevier nickte in Gedanken und meinte leise, wie zu sich selbst: »Morgause und Morgana sind sich sehr ähnlich. Lediglich, dass Morgause etwas kleiner und zierlicher ist.«

Guss beugte sich über den Tisch. »Hoheit – ihr meintalso, dass Morgause aus Herrschsucht die Rolle ihrer Schwester übernommen hat? Aber Morgan le Fey ist doch immer die Feindin des Hochkönigs gewesen?!«

»Ach ja?«, kam es von Genevier schärfer, als sie es beabsichtigt hatte. »So denkt ihr das auch? Überlegt doch einmal. Eine Fee ist niemals in Legenden als schlechtes Wesen dargestellt worden. Sie sind immer die Schutzengel der Kinder und der Schwachen gewesen. Morgana nannte man immer schon die Fee.«

Guss schwieg nachdenklich. Endlich meinte er:

»Darüber dachte ich niemals nach. Was wollt ihr unternehmen?«

»Ich muss auf die Burg. Ich will Morgause in die Augen sehen!«

Der Priester lachte hart. »Das passiert nur in dem Moment, wo ihr vor ihr nackt auf der Folterbank liegt.«

»Wir werden es sehen…«

Mächtiger Lärm und Schreie unterbrachen die Königin.

Guss war aufgesprungen.

»Allmächtiger! Sie sind wieder da!«

Sanderah stand schon an der Tür, als Genevier rief:

»Besitzt ihr ein Schwert?«

Guss war durch diese Frage etwas durcheinander. Dann knurrte er: »Auch wenn es sich für einen Pfaffen nicht geziemt – ja. Mehrere! Kommt mit!«

Tatsächlich lagen in einer Kammer zahlreiche Schilde und Schwerter. Nur Rüstungen gab es keine.

Rasch griffen die beiden Priesterinnen des Gral nach den Waffen. Guss staunte nicht schlecht.

»Ihr wollt ..? Himmel!« Dann ergriff er ebenfalls ein Schwert. Einen gewaltigen Zweihänder.

In der Kirche war der Teufel los!

Mindestens zwanzig wilde Gestalten trieben dort Menschen zusammen, die sich teilweise schreiend unter den Kirchenbänken verbargen. Der Anführer der Horde trug eine pechschwarze Rüstung, den Schild mit einem Totenkopf als Wappen bemalt.

»He! Pfaffe!«, schrie der schwarze Ritter höhnisch.

»Willst du uns nicht die Absolution erteilen, wenn wir dieses verfluchte Haus in Brand setzen?«

»Was soll das?«, rief Guss. »Weshalb lässt Morgana uns nicht in Ruhe?«

Der Schwarze lachte noch eine Spur höhnischer. »Bald regiert die wahre Herrin der Welt und du mit deinem Gott wirst wimmernd vor ihr kriechen.«

Guss wollte etwas erwidern, doch da traf ihn ein Hieb in den Rücken, der ihn zu Boden warf.

»Halt!«, rief da Genevier durch den Lärm. Ihre Stimme besaß eine Kraft, die man ihr gar nicht zugetraut hätte.

Der Schwarze stutzte. Er schaute die Frau durch die Sehschlitze seines Helmvisiers an. »Hoho!«, machte er dann spöttisch. »Gottes letztes Aufgebot. Die Jungfrau persönlich.«

Einige der wilden Gesellen – sie trugen die abenteuerlichsten Aufmachungen – drängten zu der Königin vor. Sanderah versetzte einem mit der flachen Schwertklinge einen Hieb auf den Unterarm. Der Mann sackte jaulend in die Knie.

Genevier trat dicht an den Schwarzen heran. Sie sah seine Augen tückisch durch die Sehschlitze blinken.

»Seid ihr zu feige, euer wahres Gesicht zu zeigen? Wer seid ihr?«

Ein kehlig schauriges Lachen war die Antwort. »Ich bin ein Bote der Hölle!«

Mit diesen Worten holte er aus und die Klinge des mächtigen Schwertes zischte durch die Luft.

Genevier parierte, dass die Funken nur so stoben. Mit einer Behändheit, die den schwarzen Ritter verblüffte, sprang sie auf eine der Kirchenbänke und ließ ihr Schwert auf den Schild des Gegners prallen.

Gewaltig dröhnte es durch das Gottes-Haus.

Der zweite Hieb traf den Schwarzen auf der Schulterpanzerung. Er sackte etwas in die Knie.

»Verdammte Hure!«, brüllte er auf und ließ seine Klinge wirbeln. Die wenigen Altarkerzen blitzten in den Edelsteinen der Parierstange.

Da erinnerte sich Genevier an die Lehren des alten Waffenmeisters von Camelot.

Sie nahm ihr Schwert seitlich hoch, Umfasste den Griff fester und legte die Klingenspitze quer in die Handfläche der linken Hand.

Der Schwarze konnte die Macht seines Hiebes nicht mehr bremsen. Es knirschte schrill, als der Griff seines Schwertes auf die scharfe Kante der Klinge traf.

Trotz der Handschuhe wurden ihm drei Finger sauber abgetrennt. Das Schwert flog im hohen Bogen über Genevier weg und blieb zitternd in einer der Bänke stecken.

Mit einem entsetzten Aufschrei sank der Schwarze in die Knie und starrte auf den Torso seiner Schlaghand.

Sogleich ließ die Königin die Flachseite der Klinge mit aller Gewalt auf seinen Helm niedersausen.

Sanderah hatte inzwischen einem der Schergen die Klinge an den Hals gesetzt.

Niemand wagte sich zu bewegen. Es lag wohl daran, dass mit der Ausschaltung des schwarzen Anführers jeglicher Kampfgeist gebrochen war.

Inzwischen hatte sich auch Guss aufgerappelt.

Erstaunt übersah er die Szene und schaltete schnell. Er angelte nach seinem Schwert und verstellte den Weg zum Kirchentor.

3

Drohend zeigte sich die Festung Dragonstone auf der Höhe.

Wie ein Adlernest klebte sie trutzig an der Felswand.

Der kleine Tross, angeführt von einem Reiter in pechschwarzer Rüstung, zog waffenklirrend Berg an.

Der Reiter neben dem Schwarzen sah nicht weniger verwegen aus. Sanderah hatte Mühe gehabt, das lange Haar unter der Lederkappe zu verbergen. Kohle hatte ihr Gesicht geschwärzt.

Unter der Rüstung des schwarzen Ritters verbarg sich niemand anderes als Genevier selbst. Der Rest bestand aus beherzten Männern des Ortes, die nach einer Ansprache der Königin Mut gefasst hatten, ihr nach Dragonstone zu folgen.

»Morgause wird eine Überraschung erleben«, kam es hohl unter dem herabgeklappten Visier der furchterregenden Rüstung hervor.

Der Weg zeigte sich gefährlich. Zumal sich drohend Gewitterwolken am Horizont zusammenballten.

Genevier verzögerte den Tritt ihres Pferdes. Der Schecke schnaubte.

Er schien Unheil zu wittern.

Die Gegend wirkte wie vom Satan selbst bestellt. Öde, drohend mit kahlem Stein.

Langsam zog der Trupp um eine Felsnase.

Da kam ein furchtbarer Wappenschild in ihr Blickfeld. Pechschwarz mit einem angenagelten menschlichen Schädel.

Guss stieß einen Schreckensruf aus. Auf Geneviers entsprechende Frage sagte er:

»Henry McOrston, unser Ortsvorsteher. Er verschwand vor einigen Tagen spurlos.«

»Da ist die Spur«, gab die Königin trocken zurück. Innerlich aber schauderte auch sie.

Trauer und auch Wut breiteten sich in ihr aus. Trauer, weil die immer verhätschelte Morgause sich zu einem solchen Teufel entwickelt hatte – Wut über ihre Untaten, die man Morgana zur Last legte. Die Frau, die immer wieder zu Unrecht des Dämonischen bezichtigt wurde.

Der Weg verbreiterte sich und bald hielt der Tross vor dem Portal von Dragonstone.

Das Wappen der Pendragon prangte über dem mit Eisen beschlagenen, mächtigen Tor.

Als die Wachen die schwarze Rüstung erkannten, ertönte ein Hornsignal und sogleich senkte sich die Zugbrücke.

»Furcht scheint Morgause aber zu haben.«, stellte Genevier halblaut fest. »Sonst würde sie die Burg nicht sosichern.«

Sie ritten in den Vorhof ein. Sogleich spritzten Knappen heran, die die Pferde in Empfang nahmen.

Genevier hielt ihr Helmvisier geschlossen.

»Wo ist die Herrin der Burg?«, drang es hohl aus dem Helm.

Einer der Knappen schaute auf und deutete dann zu einem weiteren Tor, aus dessen oberem Bogen die Spitzen eines Fallgitters schauten.

»Im Hof, Herr. Sie verhört eben einen abtrünnigen Gefolgsmann. Sir Gale.«

Der Name sagte Genevier nichts, aber bei der Bezeichnung Verhör konnte sie sich lebhaft vorstellen, was darunter zu verstehen war.

Zu Guss gewandt raunte sie: »Kommt mit und haltet eure Waffe bereit.«

Der Priester schluckte. »Himmel – ich bin Seelsorger!«

»Eben! Also rettet eine Seele vor der Hölle. Kommt!«

Sie schritten auf das Tor zu und bald vernahmen sie jammervolle Schreie, die zwischendurch einem fürchterlichen Kreischen wichen.

Wie angewurzelt blieb Genevier stehen.

Wahrlich! Morgause befand sich mitten in der Arbeit!

Ausgestreckt, völlig nackt, Hände und Füße durch Speichen geflochten, dass die Knochen sich bogen, lag ein Mann auf einem riesigen Wagenrad. Dieses Rad steckte auf einer Achse und konnte gedreht werden.

Morgause und zwei Burgdamen – sofern man bei dieser Angelegenheit das Wort Damen überhaupt gebrauchen mochte – thronten auf Sesseln und schienen sich herrlich zu amüsieren, während ein Henker immer wieder Pechfackeln von unten gegen den Leib des Gemarterten drückte.

In Pein reckte sich der Kopf jedes Mal grotesk hoch. Die Fußsohlen bildeten pechschwarze, kohlige Flächen. Vermutlich hatte Morgause mit der Sohlenfolter den Anfang gemacht.

Nun gebot die Usurpatin von Dragonstone Einhalt.

»Wartet ein wenig, bis er sich erholt, Henker. Er soll ja nicht sofort sterben. Übergießt ihn mit zehn Eimern kaltem Wasser. Später habe ich noch eine besondere Freude für ihn.«

Dann schaute sie zu dem schwarzen Ritter hinüber.

»Ah, Sir Boris!« Sie stand von ihrem Sitz auf.

»Ihr kommt gerade recht. Habt ihr es dem Pöbel endlich gezeigt? Bringt ihr mir den Kopf dieses Pfaffen...«

Dann stutzte sie und starrte auf Guss. »Da ist er ja. Doch...«

Endlich überblickte sie die Sache, denn Guss hatte krampfhaft den Schwertgriff umklammert.

»Hölle!«, kreischte Morgause. »Verrat!«

Da trat Genevier vor und hob das Helmvisier. »Erkennst du mich, Morgause?«

Das Gesicht der Satanin nahm einen ungläubigen Ausdruck an.

»G-e-n-e-v-i-e-r . . .«, stammelte sie.

»Ich bin's.«

Morgause' erstauntes Gesicht verzerrte sich bösartig. Höhnisch rief sie aus:

»Ha! Schickt dich meine Schwester? Deine persönliche Hure?«

Geneviers Bauchmuskeln krampften sich zusammen. Was war aus dem kleinen Mädchen geworden, mit dem sie in den Gärten Camelots gescherzt hatte ?!

Sie machte ein paar Schritte vor.

»Was soll das, Morgause?«

»Ich weiß bestens Bescheid«, geiferte sie. »Der Hades soll euch beide holen! Morgana zuerst. Jetzt herrsche ich auf Dragonstone. Mag Morgana auf ihrer heiligen Insel verrotten!«

Genevier war völlig irritiert. Welcher Hass sprach da aus Artus' Schwester!

»Morgause! Was ist los mit dir? Weshalb diese Grausamkeiten? Warum hasst du deine Schwester plötzlich?«

Die junge Frau verließ den erhöhten Platz am Folterrad und kam langsam auf die ehemalige britische Hochkönigin zu. Ganz nahe blieb sie vor ihr stehen. Ihre zierliche Gestalt reichte Genevier gerade mal bis zur Schulter.

»Das fragst d u ? Ausgerechnet d u ? Du hast dich doch an Artus' Seite gelabt. Den Reichtum genossen und bist trotzdem mit Lancelot ins Bett gestiegen. Vielleicht ist ja Galahad sogar dein Sohn?«

Geneviers Gesicht verdüsterte sich immer mehr. Zorn sprühte förmlich in ihren Augen. Doch Morgause kam mit ihrem Gesicht ganz nahe an das der Königin heran. »Nachdem du Lancelot mit deinem Spinnennetz umwoben hattest, würdigte er mich keines Blickes mehr.«

Aha! Daher wehte der Wind.

Genevier schluckte. Morgause hatte sich damals ebenfalls in Lancelot verliebt.

»Morgause – du warst damals gerade zwölf…«

»Ah ja – ein kleines dummes Mädchen, auf dessen Gefühle niemand Rücksicht zu nehmen brauchte. Ich verstehe! Du zerstörtest ein Reich. M e i nReich!«

Nun wurde es Genevier zu bunt. Sie packte Morgause bei den Schultern und rief: »Red' nicht solchen Unsinn! Selbst wenn es so gewesen wäre, gibt dir dies nicht das Recht, andere Menschen zu foltern und zu morden!«

Morgause schüttelte Geneviers Hände ab. »Sprich du nicht von Recht! Ich habe es mir genommen und die Menschen zittern vor mir.« Sie lachte irre auf. »Sie glauben alle Morgana sei die Teufelin! Ha – man wird sie auf dem Scheiterhaufen verbrennen!«

Der Warnschrei Guss' kam zu spät.

Genevier hatte nicht auf ihr Umfeld geachtet. Vier Soldaten warfen ein Netz über sie und warfen sie zu Boden. Innerhalb kürzester Zeit konnte die Königin kein Glied mehr bewegen.

Morgause baute sich breitbeinig vor ihr auf.

»Na, liebste Schwägerin? Wo ist dein Hochmut?«

Genevier kochte vor Wut. Hauptsächlich wegen ihrereigenen Dummheit.

»Lass mich sofort frei!«, schrie sie. Obwohl sie wusste, dass dies wohl das Letzte gewesen wäre, was Morgause getan hätte.

Diese beugte sich herab und zischte: »Du wirst mir noch die Fußsohlen ablecken.«

Alle waren überrumpelt worden. Zwar hatte Genevier mitbekommen, dass ein junger Mann aus dem Dorf noch gesucht wurde, doch was sollte dieser – vorausgesetzt er entkam überhaupt – noch ausrichten? Es gab nur noch Greise und Feiglinge im Dorf.

Genevier schmeckte den Moder des feuchten Kerkers, in den Morgause sie hatte werfen lassen. Ohne eine Möglichkeit der kleinsten Gegenwehr hatte man ihr die schwarze Rüstung genommen. Nur im dünnen, an einigen Stellen zerrissenen Hemd und Rüstungsstulpen an den Füßen, lag sie angekettet auf dem rohen Steinboden.

Über das, was kommen würde, machte sich die Königin keinerlei Illusionen.

Sie wusste nicht, wie lange sie im Kerker gelegen hatte, als zwei glatzköpfige Muskelprotze sie von der Wandkette lösten und hart auf die Füße zerrten. Sie spürte auch die Kälte nicht mehr. Es war, als habe ihr Nervensystem abgeschaltet.

Es ging über endlose, steile Treppen und enge Gänge. Dann erreichten sie einen großen Saal. Kostbare Teppiche lagen auf dem Steinboden und ein gewaltiges Kaminfeuer bewirkte anheimelnde Wärme.

Auf einem Thron saß Morgause. Herrlich gekleidet. Zwei nackte Sklaven reichten ihr Früchte. Eine ältere Frau – nur mit einem langen Rock bekleidet – kniete vor dem Thron. Ihr bloßer Oberkörper zeigte unmissverständlich die Spuren einer noch frischen Auspeitschung.

Die Frau zitterte am ganzen Leibe und Tränen des Schmerzes und der Scham liefen ihr die Wangen herunter.

Morgause blickte Genevier höhnisch an, als die Kerkermeister sie einfach neben der anderen Frau auf den Boden stießen.

»Sieh an. Unser Nobelkätzchen. Na – schon etwas eingelebt in der neuen Behausung?«

Genevier richtete sich etwas auf und fragte mit rauer Stimme: »Weshalb tust du das, Morgause? Ich habe dich immer geliebt. Wie eine Tochter. Weshalb dieses Grauen? Dieser Hass?«

Morgause erhob sich und kam zu Genevier herab. Sie hielt ihr den rechten Fuß, der in einem goldenen, feinen Schuh steckte, hin und forderte:

»Küsse meinen Fuß, wenn du mit mir reden willst.«

Genevier blickte sie offen an.

»Ich werde es tun, wenn du mit deinen Gräueln aufhörst.«

Morgause zog den Fuß zurück. »Oh – du stellst Bedingungen.« Sie wandte sich um. »Na schön. Wir werden sehen.« Sie lachte laut. »Wir werden noch viel Spaß zusammen erleben.« Dann blickte sie mit verkniffenem Gesicht auf die vor ihr kniende andere Frau.

»Bringt sie weg und macht die Sohleneisen glühend!«

Roh wurde die jammernde Frau fortgeschleift.

Geneviers Augen bildeten schmale Schlitze. »Du bist ja kein Mensch mehr«, zischte sie.

Die Antwort Morgause' bestand in einem irren Lachen.

Genevier wurde klar – in ihrem Hass hatte sie den Verstand verloren.

Vier Tage lang beließ man die Königin im Kerker. Dann öffnete sich rasselnd und knarrend die schwere Tür. Der Kerkermeister löste die Wandkette und riss Genevier auf die Beine.

Nach solch langer Zeit in der Finsternis, konnte sie kaum etwas sehen. Der Fackelschein blendete sie. Ihr Magen krampfte sich zusammen. Sie rechnete fest damit, in der Folterkammer zu landen. Um so mehr erstaunte es sie, dass man sie in den Saal führte.

Es war Tag.

Die Mittagssonne schien durch die Vorhänge.

Morgause stand vor ihrem thronartigen Stuhl und schien merklich nervös. Mit einer ruckartigen Kopfbewegung schaute sie auf und ihr flackernder Blick richtete sich auf die Königin.

»Du hast starke Freunde«, zischelte sie. »Doch es wird dir wenig nützen.«

Genevier wusste nicht, was sie damit meinte. Morgause machte eine fahrige Handbewegung durch ihr dunkles Haar. »Komm mit!«, sagte sie kurz.

Genevier folgte ihr durch einen Seitengang und danneine schmale runde Treppe hinauf. Sie mündete auf dem Nordturm von Dragonstone.

Morgause deutete über die Zinnen.

Der Wind zerrte an Geneviers zerrissenem Hemd, das nur noch andeutungsweise ihre Haut bedeckte. Die Rüstungsstulpen hatte man ihr abgenommen. Sie spürte die rauen Steinquader und das Moos unter den Füßen.

Morgause deutete auf die Zinnen. »Sieh selbst!«

Die Königin machte einen Schritte vorwärts und dann traute sie ihren Augen nicht.

»Boltar!«, entfuhr es ihr.

Tatsächlich hatte der Wikinger ein ganzes Heer mobilisiert und lagerte vor der Burg. Zimmerleute waren scheinbar dabei, eine Art Rammbock zu entwickeln.

»Boltar droht mit der Erstürmung der Burg.« Morgause brach in ein hysterisches Lachen aus. »Aber Dragonstone ist uneinnehmbar.«

Geneviers Atem beruhigte sich nach der Überraschung wieder. Sie schaute Morgause ernst an und sagte: »Täusche dich nicht in Boltar.«

Morgause trat ganz nah an die Königin heran. »Wie wäre es, wenn ich dich hier oben, gut sichtbar für deine Freunde, nackt an ein Kreuz nageln ließe?!«

»Tu es!«, gab Genevier zurück und riss sich den Rest ihres Hemdes vom Körper. »Worauf wartest du? Doch dann wird Boltar keine Gnade kennen.«

Morgause schien verunsichert. Sie trommelte mit den Fingern nervös auf der Mauer herum.

Endlich wandte sie sich wieder um und fragte: »Wenn ich dich ziehen lasse – lasst ihr mich dann in Ruhe?«

Genevier atmete tief durch. »Wenn du alle deine Gefangenen frei lässt und schwörst, keinerlei Gräueltaten mehr zu begehen. Wenn du schwörst, das Land im Sinne deiner Schwester Morgana zu führen. Weise und gerecht, wie Diana es uns lehrte.«

»Diana!« Morgause stieß den Namen der Gottkönigin verächtlich aus.

Genevier dachte zurück an die Zeit auf Camelot. An das verschüchterte kleine Mädchen, das immer wieder in den Gärten Zuflucht gesucht hatte. Eigentlich passte sie gar nicht in diese raue Welt.

Die Königin ergriff ihre Hand. »Morgause – weshalb hasst du alle Menschen? Was haben sie dir getan?«

Und plötzlich brach Morgause' ganze Abwehr zusammen. Sie knickte in den Knien ein und barg das Gesicht an Geneviers bloßer Schulter. Haltlos ließ der Weinkrampf ihren Körper vibrieren.

Genevier schluckte und presste ihre Arme um sie.

Mit einemmal war da nicht mehr die gefürchtete Herrin von Dragonstone, sondern wieder das kleine Mädchen von früher. Hilflos und Zuflucht suchend.

Lange Zeit standen sie so. Dann richtete sich Morgause wieder auf. Ihre Augen blickten tränenverquollen aufGenevier.

Plötzlich riss sie einen Dolch aus ihrem Gürtel und stieß ihn sich gegen die Brust.

Im Bruchteil eines Augenaufschlags reagierte Genevier und umklammerte ihre Hände.

»Lass mich !«, schrie Morgause und versuchte sich los zu reißen.

»Das ist der falsche Weg!«, rief die Königin. »Weshalb willst du dein Leben wegwerfen?«

Morgause versetzte ihr einen Tritt. Genevier sackte in die Knie. Ehe sie etwas unternehmen konnte stand Morgause auf den Zinnen. Ihr Haar flatterte im Wind und zerrte an ihrem Gewand. Wie ein Dämon aus einer anderen Welt stand sie da.

»Morgause! Komm zurück!«, schrie Genevier.

Zu spät!

Ein mächtiger Windstoß verfing sich in Morgause' Kleid und riss sie in die Tiefe.

4

»Es ist nicht deine Schuld«, versuchte Boltar zum unzähligsten Male Genevier zu beruhigen.

Ein starker Ostwind trieb das Wikingerschiff auf die Küste der Bretagne zu. Das Segel blähte sich und die Ruderer hatten wenig zu tun.

Genevier stand hoch aufgerichtet am Bug und schaute über die tiefblauen Wogen in die Ferne. Bald würde die Insel Sena zu sehen sein. Das Reich Morganas.

Morgana empfing Genevier freudig, wenn auch mit Erstaunen.

»Gibt es einen Grund für diesen beschwerlich, langen Weg?«

Genevier schaute ernst, doch sagte sie: »Schwester, lass dich erst umarmen.«

Erst vor den Säulen des großen Tempels begann sie zu berichten.

Morgana wich das Blut immer mehr aus dem Gesicht.

Nachdem die Königin geendet hatte, saß sie auf den Treppenstufen – zusammengesunken – einem Häufchen Elend gleich. Sie barg das Gesicht in den Händen.

Eine Haltung, die man bei ihr – die immer Stärke zeigte – nicht gewohnt war.

Genevier legte ihr den Arm um die Schulter und dann brach es haltlos aus Morgana heraus. Hemmungslos ließ die Herrin von Sena ihren Gefühlen, ihrer Trauer, freien Lauf.

Die Sonne sank bereits, da fasste sie sich wieder.

Sie wischte verstört die Tränen fort und erhob sich.

»Verzeih mir, Genevier. Ich habe mich gehen lassen.«

Damit eilte sie in den Tempel.

»Morgana!«

Hilflos stand die Königin da. Sie ließ die Schultern sacken und schaute zu dem geheimnisvollen Feuerrot des Himmels.

Doch irgendwie drängte es in ihr, Morgana nicht allein zu lassen. Also stieg sie die Stufen des Dianatempels hinauf. Seine weißen Säulen schimmerten bei Sonnenlicht weit über das Meer und wiesen den Seeleuten den Weg.

Im Innern umfing Genevier angenehme, mit Kräutern und Weihrauch erfüllte Luft.

Schattenhaft zeichneten sich die Innensäulen, Kapitelle und Statuen ab. Weit vorn, am großen marmornen Altar der Göttin, flackerten die heiligen Feuer. Sie warfen bizarre Reflexe auf das goldene Abbild Dianas.

Völlig allein kniete Morgana vor der gewaltigen Statue.

Sie hatte ihr Gewand abgestreift und bot sich in voller Reinheit, vertieft ins Gebet, der Göttin dar.

Nicht einmal die Feuerwächterinnen waren anwesend. Sie mussten sich wohl diskret zurückgezogen haben, um die Herrin des Tempels nicht zu stören.

Genevier blieb hinter einer der Alabastersäulen stehen. Sie rührte sich nicht. Sie schaute nur auf Morgana.

Die Frau, die ohne ihr Zutun immer wieder durch Intrigen mit Bösem in Verbindung gebracht wurde. So wie einst auf Camelot.

Morgana befand sich im selben Alter wie Genevier. Wenn sie im Gesicht auch reifer wirkte, so zeigte sich ihr Körper doch in voller Spannkraft und makellos.

Sie besaß eine kräftige Muskulatur, was auf regelmäßige Übungen mit schweren Waffen hinwies. Ihre Fußsohlen fest und doch, trotz der dauernden Berührung mit dem Boden, gepflegt.

Mit gebeugtem Haupt verharrte die Herrin von Sena lange Zeit. Sicherlich zweimal hätte man eine Sanduhr wenden müssen.

Plötzlich reckte sie die Arme empor zu Diana und rief erhobenen Hauptes: »Strafe mich Diana – du Mutter allen Seins – denn ich habe versagt! Ich hätte Morgause helfen müssen !«

Dann sank sie wieder schluchzend, hilflos zusammen.

Genevier kam lautlos vor und kniete neben ihr.

Ein Weinkrampf schüttelte die Herrin von Sena.

Genevier nahm sie fest in den Arm. Sie spürte, wie Morgana zusammenzuckte, aber nicht die Kraft aufbrachte, sich herrisch dem Griff zu entziehen.

Erst als von irgendwo, geheimnisvoll ein Gong ertönte, der alle Schwestern zum Dienst der Göttin berief, straffte sich Morgana. Sie schaute Genevier an und flüsterte:

»Du bist meiner Liebe ewig gewiss.«

Damit erhob sie sich und verließ den Tempel.

Am nächsten Morgen nahm Genevier am gemeinsamen Frühstück der Priesterinnen von Sena teil. Eine halbrunde Tafel füllte den Raum, es gab keine bevorzugten Plätze.

Danach schlug die Stunde des Abschieds. Boltar wollte nach Emporion, um dort von den Phöniziern Waren zu kaufen, die er dringend benötigte, um dann zurück nach Vienland zu fahren.

Morgana kam mit zum Kai.

So standen Genevier und Morgana vor einander. Sie schauten sich in die Augen und wussten, dass sie etwas verband, was bis über den Tod hinaus gehen mochte.

»Diana segne dich, Schwester«, kam es leise von Morgana.

»Diana segne auch dich, Schwester.«

Eine herzliche, feste Umarmung, dann bestieg Genevier das Drachenboot.

Noch lange sah sie Morgana an der Mole stehen. Der Wind ließ ihr langes, rötlichbraunes Haar wehen.

Dann wurden die Wellentäler immer tiefer und Sena verschwand aus dem Blickfeld.

5

Der Wind wehte sanft von Süd und umschmeichelte Geneviers Körper.

Sie stand an der Mauerzinne, unweit der Therme, und blickte über das unendlich tiefe Blau des Mittelmeeres.

Zwei Wochen waren vergangen, seit sie aus Britannien heimgekehrt war.

Trotzdem belasteten sie die Umstände um Morgause' Tod noch immer. Sie machte sich Vorwürfe.

»Ich hätte es verhindern müssen«, hatte sie am Abend vorher ausgerufen und verzweifelt die Hände gerungen. Sie spürte Eileens Arme und hörte noch ihre sanfte Stimme: »Genevier! Martere dich nicht selbst. Du konntest nichts tun!«

Die Königin seufzte und wandte sich um. Sie schaute auf das ausgelassene Bild, das sich ihr bot. Das muntere, ungezwungene Treiben der Schwestern in der Therme. Fröhlich hallte das Lachen von den Mauern der Gralsburg wider.

»Eileen hat recht!«, sagte Genevier zu sich selbst und strebte energischen Schrittes dem Verwaltungsraum zu. Es gab viel zu erledigen.

Es war gegen Mittag, als Eileen die Königin aufsuchte.

Diese schaute von den zahllosen Listen auf. Sie erhob sich und ging lächelnd auf die Freundin und Mitschwester zu. Sie nahm sie fest in die Arme und sagte:

»Verzeih mir. Mit meinen Sorgen und Vorhaltungen bin ich so mit mir beschäftigt gewesen, dass ich nicht einmal gefragt habe, wie es in Marrkesia steht.«

Eileen war vor einigen Tagen vom Hofe Sherazedas nach San Salvador zurückgekehrt. Mit großem Jubel hatte man sie begrüßt. Lediglich Genevier hatte sich nur ganz kurz sehen lassen.

Eileen streichelte ihr sanft über das Haar. »Ich weiß, wie sehr dich die Dinge belasten. Du lebtest zwei Wochen in einer völlig, von allem anderen abgeschlossenen Welt.«

Genevier trat ans Fenster und schaute in den Burghof hinab. Energisch schüttelte sie den Kopf. »Nein – ich hatte nicht das Recht dazu!«

Eileen hob in hilfloser Gestik die Hände. »Nicht das Recht! Genevier – auch du bist nur ein Mensch. Ein Mensch mit Gefühlen!«

Sie trat ganz dicht an die Oberstenpriesterin des Ordens heran. »Mit viel zu viel Gefühl«, setzte sie leise hinzu.

Ein warmer Blick Geneviers traf sie. »Meinst du?« Dann strafften sich ihre Schultern. »Egal! Es ist vorbei. Setz dich und berichte mir von Sherazeda.«

»Nun – ihr Einfluss in der orientalischen Welt ist inzwischen sehr groß. Sogar der oberste Baalpriester hat sie besucht und man hört von Bestrebungen, die Königin in den Rat der sechs Weisen einzuberufen.«

Geneviers Augen leuchteten. »Das ist gut!« Sie ergriff Eileens Hände. »Das ist sehr gut ! Doch sag' – kannst du hier bleiben oder zieht es dich zurück?«

Eileen lächelte mild. »Es ist schön bei Sherazeda, aber anders als hier. Nicht, dass der Orient mich nicht faszinierte. Gerade jetzt, wo auch dort durch Sherazedas Tun die Lehren Dianas auf immer mehr fruchtbaren Boden fallen. Doch hier – hier auf dem Mont Salvage ist mein Zuhause.«

Sie schwieg einen Moment, um dann hinzu zu fügen: »Trotzdem muss ich noch einmal zurück. Aber ich werde in spätestens zwei Monaten hier her zurückkehren.«

Genevier nickte: »Das ist gut. Sherazeda wird zurecht kommen. Wie steht's mit Ygrain?«

Eileen lachte. »Du kennst diese Keltin! Sie drillt die Weiber mit Schwert und Lanze. Zuerst einmal hat sie diese unmöglichen Krummschwerter abgeschafft. Statt Damaskusklingen regieren am Hofe der Herrscherin die Toledo-Schmiede.«

Nun musste auch Genevier lachen und plötzlich zeigte sich sämtliche Schwermut wie weggeblasen.

Doch dann wurde sie wieder ernster. Sie ergriff wieder Eileens Hände und meinte: »Du hast erfahren, dass Sanderah Boltars Ehefrau geworden ist.«

Eileen brach nun in solch schallendes Gelächter aus, dass der Kopf sich nach hinten bog und das goldene Haar wie eine Mähne wehte. »Oh je! Da wird aus unserem nordischen Urvieh ein zahmes Rind!«

Genevier stand auf und grinste schelmisch. »In der Tat, meine Liebe. Er befindet sich auf dem bestem Wege. Unser scheinbar so stilles Wasser hat ihn fest im Griff. Doch mein Problem liegt darin, dass ich nicht weiß, wen ich zur Führerin des Heerbanners ernennen soll. Auch brauche ich eine gute Truppführerin.«

Eileen blickte die Königin unter leicht gerunzelter Stirn an. »Ist Dereiah dir keine gute Bannerführerin?«

Genevier winkte ab. »Sie ist gut!« Sie lief ein paar Schritte im Raum auf und ab. Dann blieb sie vor Eileen stehen und ging vor ihr in die Knie. »Sie ist gut. Wirklich! Nur – sie bringt bei weitem nicht deine Erfahrung mit sich.«

»Was heißt das schon?! Ich hatte sie damals auch nicht und ein Krieg mit den Franken ist nicht in Sicht.«

Genevier legte ihre Hände auf Eileens Knie. »Sicher – doch ich fühle mich einfach besser, wenn ich dich an meiner Seite weiß.«

Eileen legte ihr die Hände auf die Schultern.

»Du kannst mich Dereiah nicht wieder einfach vor die Nase setzen. Es wäre ein Degradierung vor allen Schwestern des Ordens!«

Genevier stand auf. »Ich habe sie nie offiziell zur Bannerführerin ernannt!«

»Aber sie übt die Funktion aus und hat berechtigte Hoffnungen, von dir in dieser Position anerkannt zu werden.«

Die Königin rang die Hände. »Was soll ich tun?«

»Rufe die Versammlung ein für heute Abend. Ich ernenne sie in deinem Namen. Ich bin noch zwei Monate am Hofe Sherazedas. Dann sehen wir weiter. Gib ihr die Chance!«

Genevier seufzte. »Wenn du es so willst, dann habe ich keine Einwände.«

Eileen stand ebenfalls auf und drückte die Königin fest an sich. »Für mich gibt es andere Aufgaben. Dianas Gedanke muss weitergetragen werden. Auch in das Reich der Franken und der Sachsen.«

»Das willst du tun?«

»Ja. Als Botschafterin.«

»Das gibt Bauchschmerzen in Rom«, bemerkte Genevier knapp.

*

Am Abend, nach dem Tempeldienst, versammelte man sich im großen Saal der Gralsburg.

An den runden Tafeln wurden die besten Speisen aufgetragen. Die Kaminfeuer brannten, denn die Abende wurden am Cap Creus bereits kühl. Gut, dass es auch das Bodenheizsystem über die Thermen gab.

Nach dem Essen erhob sich Genevier und sprach zu der Versammlung. Sie entschuldigte sich bei den Schwestern, dass sie während der letzten Zeit wenig ansprechbar gewesen sei. Aber die Ereignisse in Britannien hätten auch sie seelisch sehr gefordert. Dann erteilte sie Eileen das Wort.

Eileen gab den Schwestern noch einmal einen ausführlichen Bericht vom Hofe der ehemaligen Mitschwester und jetzigen Herrscherin von Marrakesch.

»Ich war lange fort und werde noch eine Zeit jenseits des Meeres bleiben. Doch auch wenn ich nach San Salvador de Verdera zurückkehre, werde ich viele Aufgaben haben, um die Lehren Dianas weiter auf guten Boden zu sähen. Denn auch hier –

diesseits des Mittelmeeres werden viele Ungerechtigkeiten verübt. Vor allem unterdrückt Rom die Freiheiten der Frauen enorm. Wenn auch Pater Angelo – der jetzt als Felix II als Bischof von Rom agiert, ein aufgeschlossener Mensch ist, kann er nicht umhin, den Weg für die Paulinische Kirche zu ebnen. Wenn wir auch alle wissen, dass dies gegen die Auffassung des rechtmäßigen Königs von Jerusalem ist. Der, den die Römer nun nur noch Jesus nennen, wollte niemals zum Gott erhoben werden und niemand sollte in seinem Namen Macht ausüben.«

Eileen schwieg einen Moment. Dann fuhr sie fort: »Wie dem auch sei – ich möchte Dereiah danken, dass sie ihr Amt als Führerin des Heerbanners in meinem Sinne so trefflich ausgeübt hat. Sie ist noch nicht offiziell ernannt worden, doch jede hier akzeptiert sie in der Funktion.«

Eileen ging zum Platz der Schwester hinüber. Dereiah schaute sie leicht unsicher an. Die kleine schwarzhaarige Andalusierin erhob sich, als Eileen sie bat, zu ihr zu kommen. Eileen ergriff ihre Hand und führte sie in die Mitte des Saales.

Alle Schwestern schauten schweigend der Zeremonie zu.

»Dereiah – du bist eine der letzten, die unserem Orden beigetreten ist«, sprach Eileen mit lauter, ruhiger Stimme.

»Trotzdem bitte ich euch, Schwestern –« und damit blickte sie in die Runde »– Dereiah genau so in ihrem Amt als Führerin des Heerbanners zu vertrauen, wie ihr mir vertraut habt. Ich werdem e i nVertrauen undm e i n eVerbundenheit mit ihr noch besonders besiegeln.«

Eileen zog einen Schemel heran und bat Dereiah darauf zu knien.

Die Schwester wurde nun noch verlegener und sagte leise zu Eileen: »Bitte nicht. Du beschämst mich, denn ich bin den Fußkuss nicht wert.«

Eileen strich ihr sanft über die rechte Wange. »Du bist es wert. Glaube mir.«

Widerstrebend kniete sich Dereiah auf den Schemel. Doch als Eileen ihre Lippen erst auf die linke und dann die rechte Fußsohle drückte, erhob sich brandender Applaus von den anderen Schwestern.

Dereiah war als Bannerführerin anerkannt. Ihr zur Seite stand Aradia in der Position der Heerführerin.

Der folgende Morgen brachte trübes und regnerisches Wetter über die Pyrenäen.

Genevier ging über den Burghof zum Diana-Tor, dass den Burggarten vom Heiligen Hain trennte. Ein scharfer, unangenehmer Wind umfing sie. Der Boden unter den bloßen Füßen fühlte sich feucht und kalt an. Der Nieselregen verfing sich in ihrem Haar und setzte sich ab, wie hunderte von schimmernden Perlen. Auf den

Steinplatten des Hauptweges zum Tempel, machten sich die unterirdischen Warmwasserröhren bemerkbar. Das Gehen wurde angenehm.

Sie erreichte die Therme. Zu so früher Stunde – es war eben nach Sonnenaufgang – hielt sich hier noch niemand auf.

Die Königin warf einen Blick auf das aufgewühlte Meer.

Wie die urtypische Naturgewalt, prallten die schaumgekrönten Wogen gegen die Felsen.

Die Fischer würden heute nicht hinausfahren können, überlegte Genevier.

Sie legte die leichte Kleidung ab und stieg in das dampfende Wasser. Sie reckte und streckte sich. Wohlig umfing sie die Wärme. Der gesamte Körper entspannte sich.

Dann wendete sie und schwamm in kräftigen Zügen zehnmal durch das Felsbecken.

Stärker werdender Regen benetzte kühl ihr Gesicht. Sie griff in die steinernen Ablagen und ergriff die Violen mit den Badeessenzen und Salbölen.

Nachdem sie ihren Körper gründlich gereinigt hatte, wie es jede Schwester morgens nach den Vorschriften Dianas tat, entstieg sie wieder dem Wasser und ließ den Wind ihren Körper trocknen.

Obwohl Wind und leichter Niesel sich abwechselten, genoss Genevier die Nacktheit.

In ein frisches Tempelgewand gekleidet ging sie zum heiligen Ort hinüber. Sie schritt die acht Marmorstufen empor und trat durch das große, eichene Tempeltor.

Sogleich empfing sie Ruhe und Gelassenheit.

Das Heilige Feuer brannte in der ehernen Schüssel und warf bizarre Reflexe auf die goldenen Statue der Göttin. Ihre Opalaugen schauten auf Genevier.

Diese sank in die Knie und betete zu der Gottkönigin, die vor unendlich langer Zeit die erste Zivilisation von den Sternen mitgebracht hatte.

Die beiden Wächterinnen des Feuers wurden abgelöst.

Alles passierte in absoluter Ruhe und Stille.

Da spürte Genevier eine Bewegung neben sich. Sie wandte den Kopf und erkannte Dereiah. Sie kniete neben der Königin und ließ vor Diana das Gewand von den Schultern gleiten.

»Oh Diana – Mutter allen Seins«, begann sie. »Ich wurde hoch geehrt in der Versammlung der Priesterinnen und weiß nicht, ob ich dies wert bin.«

Dann blickte sie Genevier an und sagte leise: »Ich bin innerlich völlig aufgewühlt.«

Die Königin legte den Arm um sie und entgegnete leise: »Was Eileen getan hat, geschah im Namen Dianas. Du bist es wert. Doch nun zeige dich dieses Wertes gewachsen. Du bist mein Schild und mein Schwert. Im Sinne der Göttin. Handele danach.«

Dereiahs Körper straffte sich. Sie nickte. »Das werde ich tun«, sagte sie und verließ den Tempel.

Genevier hielt noch einige Zeit Zwiesprache mit der Göttin. Dann verließ auch sie den Tempel und ging in den Heiligen Hain zurück.

Die Sonne blinkte nun zwischen den düsteren Wolken hindurch. Sie würde bald den Regen vertreiben. Das Wetter hier um den Mont Salvage änderte sich stets rasch.

In der großen Halle traf Genevier auf verschiedene Frauen, die sich der Webarbeit widmeten. Die Handarbeiten von San Salvador waren inzwischen in den umliegenden Orten sehr beliebt und geschätzt. Auch die Phönizier in Emporion nahmen diese Waren gerne ab.

Die Königin überlegte, der alten Hafenstadt am Nachmittag einen Besuch abzustatten. Kareios – der alte Senator – freute sich stets, die Priesterin des Gral zu sehen.

Eileen entschied sich, Genevier zu begleiten. »Es ist viele Monate her, dass ich Kareios begrüßt habe.«

Die Sonne neigte ihre goldenen Strahlen bereits zu den Berggipfeln, als die beiden Frauen an den Hafenanlagen längs ritten. Viele Schiffe zeigten sich hier vertäut. Aus Ägypten, Punt und auch aus Griechenland.

Sanft schlug die Brandung in der Spätsonne an die Mole.

Eine prachtvolle römische Galeere erregte Geneviers Aufmerksamkeit.

»Nanu? Nach dem Zerfall der römischen Macht solch ein Schiff hier?«

Auch Eileen schaute verwundert. »Nun«, meinte sie, »der Senator wird es wissen.«

Sie ließen ihre Pferde nach links zum Marktplatz abschwenken. Bald erreichten sie das Forum. Eine große Versammlung hatte sich eingefunden. Von weitem schon erkannte Genevier Kareios in seiner roten Senatorentoga. Die Menschenansammlung wirkte aufgebracht.

Die beiden Frauen zügelten ihre Pferde.

Ein Mann in prächtiger Rüstung stieg die Stufen zum Forum hinauf und blieb vor Kareios stehen. Er überreichte diesem eine Schriftrolle. Der Senator riss sie ihm aus der Hand.

»Irgend etwas stimmt da nicht«, murmelte Eileen. Genevier musste ihr in Gedanken recht geben. Der Senator schien vom Besuch des Fremden nicht erfreut.

Kein Zweifel – er musste mit der Galeere angekommen sein.

Die Priesterinnen hielten sich im Hintergrund.

Kareios hatte das Dokument entrollt. Nachdem er es gelesen hatte, warf er es wütend auf den Mosaikboden des Forums. Trotz der Entfernung konnten die Priesterinnen sehen, dass sich das Gesicht des Senators vor Wut rötete.

Der Fremde lachte nur. Es schallte über den Platz. Dann warf er seinen Centuriomantel nach hinten über die Schultern und stieg die Stufen wieder hinunter.

Zornige Rufe aus der Menge begleiteten ihn, doch es schien ihn nicht zu stören.

Als er in einer Gasse, die zum Hafen hinab führte, verschwunden war – setzte Genevier ihr Pferd in Trab. Eileen folgte. Rasch hatten sie das Forum erreicht.

Die aufgebrachten Stimmen verstummten.

Ehrfürchtig blickte man auf die Gralspriesterinnen.

Der Senator schaute zu ihnen. Da er auf dem Forum stand, befanden sich die drei Augenpaare auf einer Höhenlinie.

Genevier hob die rechte Hand zum obligatorischen Gruß.

»Ich grüße Kareios, den ehrwürdigen Senator von Emporion.«

Kareios stieß heftig die Luft aus und versuchte dann ein Lächeln. »Genevier und Eileen – ein Besuch, der etwas Freude bringt.« Er stieg vom Forum herab und reichte erst der Königin und dann Eileen die Hand. »Ihr findet mein altes Herz betrübt. Doch euer Anblick lässt es freudiger schlagen.«

Die beiden Frauen rutschten von den Pferden. Sogleich fanden sich zwei Männer, die die Zügel entgegennahmen

»Kareios – was ist geschehen? Wer war der Fremde, der deinen Zorn entfachte?«

Das Gesicht des Alten umwölkte sich wieder. »Das war Gracchus Ibericus. Er hat sich den Beinahmen selbst gegeben. Er war Centurio in Rom. Nun gehört er zur Leibwache des Königs von Laetitia«

Genevier kniff die Augen zusammen. »Du meinst Temitius den Tyrannen? Der sich selbst die Insel als Königreich erkoren hat?«

Kareios nickte. »Genau jener! Er unterdrückt die Bevölkerung und beutet sie aus.«

»Hm«, machte die Königin. »Undw a streibt ihn nach Emporion?«

»Theophelia, meine Enkelin, befindet sich in seiner Gewalt. Sie sollte nach Lutetia reisen, zu meinem Bruder. Doch Piraten überfielen das Schiff und verkauften Theophelia als Sklavin an Temitius.«

»Daher weht der Wind! Welche Bedingungen stellt Temitius?«

»Für Theophelia soll ich ihm zwanzig Jungfrauen senden. Außerdem soll Emporion ihm die Anlegerechte übertragen und noch den zehnten Teil der Handelssteuern.«

»Bescheiden ist der Bursche nicht!«, entfuhr es Eileen.

Genevier klopfte dem Alten auf die Schulter. »Lass uns zu deinem Haus gehen. Wir werden eine Lösung finden.«

Das Haus des Senators lag auf einer Anhöhe. Von hier aus konnte man die ganze Bucht überschauen. Dienerinnen servierten Wein und Obst. Man ließ sich auf den Marmorbänken der Terrasse nieder. Der laue Abendwind war angenehm. Er signalisierte, dass das schlechte Wetter endgültig abzog.

»Ich nehme an«, begann Genevier das Gespräch, »dass du den Centurio nicht einfach festnehmen kannst.«

Kareios lachte hart auf. »Das täte ich gern. Doch wie du schon richtig überlegt hast, hat der Tyrann da einen Sicherheitsriegel angebracht. Wenn Gracchus Ibericus nicht in fünf Tagen zurück ist, so erhält Theophelia für jeden Tag Verzögerung öffentlich hundert Peitschenschläge.«

Genevier schluckte und rasender Zorn stieg in ihr hoch. Eileen legte ihr besänftigend die Hand auf den Arm. »Wir können unsere Streitmacht innerhalb von einem Tag mobilisieren.«

Die Königin nickte. »Ja – aber das hilft diesmal nichts.«

Eileen musste das zugeben.

Genevier stand auf und trat an die marmorne Brüstung der Villa. Die Sonne war untergegangen und nur noch wenige goldene Strahlen reflektierten im Meer.

Lange stand sie bewegungslos. Wie eine Statue. Das schöne Gesicht wie aus Alabaster gemeißelt.

Endlich wandte sie sich um. Sie holte tief Atem und sagte dann: »Es gibt nur eine Möglichkeit. Es werden zwanzig Frauen Gracchus übergeben. Ich werde dabei sein und neunzehn Priesterinnen.«

Kareios machte runde Augen. »Du – willst…«, begann er stammelnd.

»Es ist die einzige Chance, Theophelia zu befreien.«

»Ist dir die Gefahr klar, in die ihr euch begebt?«

Sie war Genevier klar.

»Ich bin dabei«, erklärte Eileen auf dem Rückweg zur Gralsburg. Doch Genevier verneinte dies. »Ich brauche dich als zuverlässige Vertreterin auf der Burg.«

Eileen wollte etwas sagen, doch Genevier schaute sie ernst an. »Eileen – wenn mir etwas zustößt, bist du die oberste Priesterin von Mont Salvage. Durch meinen Tod darf der Orden nicht ebenfalls sterben.«

Eileen hielt ihr Pferd an. Sie schluckte. »Genevier… wenn dir etwas passiert… das verkrafte ich nicht!«

Die Königin hatte gleichfalls den Falben angehalten. Nun trieb sie ihn näher an Eileens Ross heran. Sie ergriff die Hand der Freundin und drückte sie an ihre Lippen. »Wir wollen positiv denken, aber das Schlimmste nicht verdrängen. Jetzt komm! Die Zeit eilt!«

6

Genevier versammelte die Priesterinnen in der großen Halle. Nachdem sie den Sachverhalt dargelegt hatte, gab es keine Gegenstimmen zur Hilfeleistung. Theophelia musste aus den Klauen des Tyrannen befreit werden. Die Auswahl der neunzehn Frauen ergab ein Problem. Alle wollten sich an der Aktion beteiligen.

Nun wusste Genevier, dass sie zwar erfahrene und im Einzelkampf erprobte Frauen brauchte – andererseits mussten sie auch jung und schön aussehen.

Doch am Nachmittag war alles klar. Die Königin fragte alle noch einmal eindringlich, ob sie auch wirklich bereit wären. Keine der Priesterinnen vollzog einen Rücktritt.

Nun galt es die letzte Hürde zu nehmen. Es bestand die Möglichkeit, dass Gracchus sie selbst ablehnen könnte.

»Er könnte mich als zu alt ansehen«, erklärte sie. Daher rief sie Estralla zu sich. Die zweiundzwanzigjährige Frau war die Tochter eines Ritters der Tafelrunde und von klein auf hatte sie immer lieber mit Speer und Schwert gespielt, denn mit Puppen. Ihr Vater hatte in Camelot einmal scherzhaft zu Gawan gesagt: »Sie ist ein Irrtum der Natur. Sie sollte ein Junge werden. Eine feine Hofdame werde ich niemals aus ihr machen können.«

Nun – Estrella – mit zwölf Jahren hatte sie schon die Schrecken Childerichs erfahren, konnte sowohl vornehm sein, wie auch eine Hunnin. Und aus diesem Grunde wählte die Königin sie als Anführerin aus, falls ihr die Mitfahrt versagt werden sollte. Estrella besaß eine hohe Intelligenz und rasche Anpassungsfähigkeit. Genau das, was zu einem solchen Einsatz notwendig war.

Auf Umwegen gelangte der Trupp am späten Abend in Emporion an, wo Kareios sie durch einen Hohlweg zwischen den Weinbergen zu seiner Villa führte. Er führte Genevier allein auf die Terrasse. Dort ergriff er ihre beiden Hände und blickte ihr lange und ernst in die Augen.

»Ich werde für immer in deiner Schuld stehen, Genevier«, sagte er dann leise. »Ich gab Theophelia bereits verloren und mein altes Herz bebte in Furcht. Nun schöpfe ich Hoffnung. Aber sie wird auch überschattet von der Angst um euch.«

Genevier lächelte mild. »Kareios – mache dir keine Sorgen. Theophelia wird gesund zurückkehren.«

Der Senator hatte Tränen in den Augen, als er der Königin die Hände küsste.

Doch für Sentimentalitäten gab es wenig Zeit. Die Frauen mussten ihre Gewänder gegen die von Einheimischen tauschen.

Als die Sonne sank, meldete ein Diener den Centurio.

Gracchus Ibericus war die Arroganz in Person.

Er betrachtete die Priesterinnen, wie Vieh auf dem Markt. Dann wandte er sich an Kareios. Ein schmutziges Lächeln umspielte seinen dünnlippigen Mund.

»Alle Achtung, Senator – ihr habt da etwas zusammengesucht –« Er schnippte mit Daumen und Zeigefinger.»– das wird meinen Herrn vielleicht gnädig stimmen.«

Man merkte Kareios an, dass er am liebsten auf den Centurio losgegangen wäre. Doch ein stummer Blick Geneviers gebot ihm Einhalt.

Gracchus befahl seinen vier Begleitern, die Frauen aufs Schiff zu bringen. Nur Genevier fasste er am Ärmel ihres losen Bauerngewandes und hielt sie zurück.

»Du bleibst noch!« Er wandte sich an den Senator. »Sie ist älter als die anderen, aber…« Er schaute Genevier von oben bis unten an. »…sehr schön. Wer ist sie?«

Kareios holte tief Atem und sagte dann mit rauer Stimme: »Die oberste Priesterin unseres Tempels.«

Der Centurio lachte laut auf. »Oh! Gut! Eine Frau die Macht auf das Volk hier ausübt. Das ist sehr gut.«

Er drehte sich abrupt zu Genevier um und zischte: »Ausziehen!«

Kareios wollte eingreifen, doch Genevier löste die Bänder des Kleides und ließ es zu Boden gleiten. Mit einer einfachen Handbewegung ließ sie auch das Lendentuch zu Boden gleiten.

Der Centurio betrachtete eingehend ihren makellosen Körper. Er betastete ihre festen Brüste und flüsterte: »Du wirst mir während der Überfahrt ein wenig die Zeit vertreiben.«

Das alles marterte die Seele des Senators. Er verehrte Genevier und er würde lieber sterben, als sie so gedemütigt zu sehen.

»Gracchus Ibericus! Ich hatte immer gehofft, in dir noch einen winzigen Rest römischen Anstandes und Stolzes zu finden. Doch du bist ein Barbar geworden! Wo ist der Feldherr, den alle bewundert haben? Ist er auf dem Schlachtfeld des Machthungers gestorben?«

Zornesröte stieg in das Gesicht des Centurio. Doch dann beherrschte er sich. Er sagte zu Genevier: »Zieh dich an und folge den anderen auf das Schiff. Wir segeln im Morgengrauen.«

Während der Überfahrt lebten die Frauen zwar zusammengepfercht im Unterdeck, doch behandelte man sie gut. Man fürchtete den Zorn des Temitius. Gracchus belästigte auch Genevier nicht. Bis zu dem Tag, an dem man nachmittags das Inselreich erreichen sollte. Da ließ er die Königin zu sich holen.

Mit stolzen Blick stand Genevier am Heck und blickte den Centurio an.

Gischt spritzte, wenn der Bug der Galeere in die dunkelblauen Wogen tauchte und vom Ruderdeck dröhnte die Trommel im gleichmäßigen Rhythmus.

Bom-dom, bom-dom…

Wie von unsichtbaren Schnüren gezogen tauchten die gewaltigen Ruder in das Wasser und das Schiff stob nur so dahin.

»Es dauert nicht mehr lange und unser Ziel kommt in Sicht«, erklärte Gracchus.

»Ich möchte, dass deine Frauen baden und ihre Kleider ordnen. Um einen guten Eindruck zu machen. Daher werde ich das Schiff anhalten. Vor Haien braucht ihr euch nicht zu sorgen. Zehn erfahrene Männer mit Langbögen werden über euch wachen.«

Bald schwiegen auch die Trommeln und Genevier versammelte ihre Gefährtinnen an Deck. Sie selbst ging als Beispiel voran, ließ ihre Kleider auf die Planken gleiten und sprang ins Meer.

Das Wasser tat gut nach der Reise in dem engen Unterdeck.

Als sie über ein Seil wieder das Schiffsdeck erreicht hatten, sahen sie sich den gierigen Blicken der Mannschaft ausgesetzt. Doch die Soldaten des Centurio drängten die Männer mit kräftigen Hieben ab.

Gracchus Ibericus trat dicht an Genevier heran. Sein Blick glitt wieder genau so über ihren Leib, wie im Hause des Kareios. Dann sah er ihr in die Augen und meinte leise: »Ich bin nicht so schlecht, wie der Senator denkt. Es wäre dir bei mir gut gegangen.«

Dann wandte er sich wieder ab. »Zieht euch an und macht euch hübsch.«

Er beugte sich über eine Luke und rief: »Weiter rudern!« Und schon dröhnte wieder die Trommel.

Als sie in den Hafen einliefen, säumten viele Menschen das Ufer. Sie waren neugierig, was der Centurio von seiner Fahrt mitgebracht hatte.

Gracchus ließ die Frauen sofort mit einer Eskorte zum Palast des Temitius bringen. Dort brachte man sie in einem bequemen Raum mit viel Licht und Wasserspielen, so wie Ruhebänken unter. Dem Tyrannen schien daran gelegen, dass es seinen Sklavinnen gut erging.

Tamanah kniete sich neben die Königin, die auf einer der Ruhebänke Platz genommen hatte. »Was wird man mit uns tun?«

Genevier blickte sie freundlich an. »Ich weiß es nicht. Aber wenn man uns töten oder foltern wollte, hätte man uns in den Kerker gebracht. Also gibt es noch keinen Grund zur Sorge. Warten wir es ab. Vor allem müssen wir herausfinden, was mit Theophelia geschieht.«

Diener brachten erlesene Speisen und kostbare Kleider.

»Unser Herr bittet euch, dies anzunehmen. Ihr sollt auch die frischen Kleider anziehen«, erklärte einer der Diener – ein hochgewachsener, muskulöser Afrikaner.

Das ließen sich die Frauen nicht zweimal sagen. Nachdem sie sich an den Köstlichkeiten gestärkt hatten, vertauschten sie die ramponierten Kleider aus Emporion mit den herrlichen Gewändern, die man ihnen gebracht hatte.

»Goldene Sandalen!«, rief eine der Priesterinnen aus. »Müssen wir die anziehen? Ich kann in Schuhen gar nicht mehr laufen.«

Genevier lachte leise. »Du hast recht. Auch mir ist das Barfußlaufen viel angenehmer. Aber um nicht sofort aufzufallen, sollten wir sie anziehen.«

Bald sahen sie aus wie vornehme Römerinnen.

»Nicht schlecht«, meinte Alyshia und grinste. Doch dann wurde ihr Gesicht gleich wieder ernst. »Sag' mal, Genevier – was denkst du…«

Sie wurde durch das Eintreten von acht bewaffneten Wächtern unterbrochen.

»Seine Hoheit, Temitius Caesar!«, rief einer.

»Caesar«, murmelte Genevier. »Sieh an, sieh an.«

Temitius war von kleinem Wuchs. Deshalb versuchte er dies wohl durch besonders prächtige Kleidung auszugleichen. Er zeigte sich eitel wie ein Pfau.

Dies, so überlegte Genevier, könnte man sich zu Nutzen machen.

Temitius betrachtete die Damen interessiert. Dabei wedelte er ständig mit einem Fächer aus Pfauenfedern vor seiner Nase herum. Sein Gesicht war geschminkt, die Augenlider blaugrün gefärbt.

»Wahrlich!«, rief er entzückt aus. »Schöne Weiber!«

Das affenartige Gehabe bewirkte, dass die Königin sogleich der richtige Gedanke durchzuckte. Nur für Alyshia hörbar zischte sie: »Der Bursche steht auf Männer.«

»Na Mahlzeit«, kam es ebenso zurück.

Temitius drehte sich im Kreis wie ein Tempeltänzer.

»Sehr gut! Dareios – sorge gut für sie. Morgen kommt unser osmanischer Freund und dann werden wir glänzen.«

Damit rauschte er hinaus. Der mit Dareios angesprochene war der Hauptmann der Wache. Ein muskulöser Hüne, dessen Blick keinerlei Gefühl ausstrahlte.

Er baute sich vor den Frauen auf und schnarrte: »Aufpassen, ihr Hurenvolk aus Emporion! Ihr werdet heute Abend noch unterrichtet, was sich morgen hier abspielt. Und ich rate euch«, setzte er mit leisem, aber gefährlichem Unterton hinzu, »tanzt nicht aus der Reihe. Damit ich sicher bin, dass ihr spurt, bekommen zwei von euch sofort Einzelunterricht.«

Er zeigte auf Genevier und auf Tamanah.

»Du und du! Mitkommen!«

Ehe irgend eine Reaktion möglich war, wurden sie von den Wachen ergriffen und aus dem Raum geführt.

»Genevier ..!«, rief Tamanah.

»Mund halten!«, fuhr Dareios sie an und stieß sie unsanft in den Rücken. Um ein Haar wäre sie gefallen.

Der Weg führte durch einen Hof und dann eine steile Treppe hinab. Fackeln beleuchteten rohe Steinwände. Es roch modrig.

Kein Zweifel – man führte sie in den Kerker.

Genevier dachte an die Worte von Temitius und überlegte, dass man sie wohl kaum zu sehr misshandeln würde, denn er schien sie ja zu brauchen. W a salso mochte der Hauptmann vorhaben? Sie einschüchtern?

Der enge Gang erweiterte sich. Rasselnd wurde ein altersschwaches Gitter geöffnet.

Genevier musste nur einen kurzen Blick in den von flackernden Spanfackeln beleuchteten Raum werfen, um seinen Zweck zu erfassen.

Es handelte sich um eine Folterkammer.

Genevier versuchte ruhig zu atmen. Was sollte das bedeuten? Wollte man ihnen zur Abschreckung die Marterwerkzeuge vor Augen halten?

Doch ein Stöhnen belehrte sie eines anderen.

Nein! Der Hauptmann wollte ihnen keine der grausamen Hilfsmittel zeigen – er wollte sie an einer Folterung teilhaben lassen.

Die Gestalt, die im diffusen Licht stöhnend und in einer kaum vorstellbaren, verrenkten Stellung in einem Block eingeschlossen war, dass eigentlich sämtliche Gelenke ausgekugelt sein mussten – das war Theophelia.

»Oh Diana!«, stieß Tamanah spitz heraus.

Dareios lachte nur. Genevier saß ein Kloß im Hals. Sie konnte keinen Ton heraus bringen.

»Seht sie euch an! Auch eine Hure aus Emporion. Seit zwei Tagen und zwei Nächten liegt sie hier drin. Und genau das wird auch euch geschehen, wenn morgen der Herrscher von Bagdad nicht zufrieden sein sollte.«

Geneviers Gedanken jagten. Der Herrscher von Bagdad? Was hatte Temitius mit ihm zu tun?

Endlich fühlte sich Geneviers Kehle wieder freier an. Der erste Schock war überwunden.

»Wir werden gehorchen. Lasst das Mädchen aus dem Block.«

Dareios kam ganz nahe an Genevier heran. »Oh – du stellst Forderungen?!«

Die Königin blickte den Hautmann fest an. »Ich bitte dich darum.«

»Ah – das klingt schon besser. Na ja – vielleicht werde ich es tun. Wenn deine Arbeit getan ist.«

»Was meinst du damit?«

»Ich möchte wirklich sicher sein, dass ihr gehorcht. Deshalb wirst du diese Gefangene noch ein wenig unterhalten.«

Genevier schaute den Hauptmann irritiert an. »Was meinst du?«

»Du sollst ihr ein wenig die Fußsohlen kitzeln. Sie lacht so gern.«

Genevier blieb vor Schreck die Luft weg. Doch dann fragte sie ruhig:

»Welche Befriedigung hast du davon, wenn sie weiter gefoltert wird? Ich habe versprochen, dass wir dich unterstützen. Mein Wort gilt etwas da, wo ich her komme.«

Der Hautmann blickte zu Boden. Endlich brummte er: »Meinetwegen, macht sie los und nehmt sie mit. Aber wenn ihr euch nicht an die Abmachung haltet, liegst du auf dieser Bank!«

Er gab seinen Männern ein Zeichen und sie marschierten hinaus.

Sogleich stürzte die Königin zu der Eingeschlossenen. Ein fiebriger Blick traf sie.

Tamanah und Genevier öffneten den Block. Da sämtliche Sehnen Theophelias überdehnt waren und die Muskeln sich total verkrampft hatten, wurde das Aufrichten des Körpers in eine normale Lage zur weiteren unmenschlichen Schmerztortur. Theophelia schrie, dass es von den Wänden des Gewölbes hallte. Dann umfing sie erst einmal eine gnädige Ohnmacht.

Im Frauengemach kümmerte sich Alyshia sogleich um das Mädchen.

»Sie wird wohl noch ein paar Stunden bei jeder Bewegung Schmerzen verspüren, doch das geht vorbei. Es ist nichts gebrochen und keine Sehne gerissen. Allerdings noch einen Tag auf der Bank hätte sie nicht überstanden.«

Am nächsten Tag kündigten Fanfaren den Besuch an. Die Frauen von San Salvador sahen vom Fenster aus den prächtigen Tross in den Hof reiten.

»Kannst du dir überhaupt einen Reim auf die Geschichte machen?«, erkundigte sich Alyshia.

Genevier ließ sich auf eines der zahlreichen Polster sinken.

»Ich denke schon. Dieser Tyrann will mit Bagdad einen Pakt schließen. Eine Waffenallianz. Emporion benötigt er als Stützpunkt, um Iberien und vielleicht auch Gallien zu erobern. Um dem Herrscher ebenbürtig zu sein, benötigt er einen ausgesuchten Harem. Und das sind zur Zeit wir.«

»Bei Diana! Es ist nicht zu fassen!«

»Aber – das musst du zugeben – klug.«

Alyshia war außer sich. »Dieses Spiel sollen wir nun unterstützen?!«

Genevier ergriff ihre Hand. »Ruhig Blut, meine Liebe. Wir werden erst einmal diesem Herrn den Himmel auf Erden bereiten und dann…«

Alyshia runzelte die Stirn. »Was dann?«

Aber die Königin lächelte nur hintergründig.

Die Nacht verlief für die Gefangenen ruhig. Niemand störte sie. Nur wenn sich die Wachen vor dem Frauengemach ablösten, vernahm man leise Stimmen.

Genevier schlief unruhig. Es dämmerte bereits, als sie endlich in einen tieferen Schlaf fiel. Doch bald darauf erwachte sie wieder.

Die filigran gearbeitete Zedernholztür öffnete sich und zwei Sklavinnen traten leise barfüßig ein. Sie trugen als einziges Kleidungsstück jede nur einen Lendenschurz aus Goldfäden durchwirktem Stoff. Ihre Rücken zeugten von erst kürzlich erhaltenen Peitschenschlägen.

Geneviers Magen krampfte sich zusammen.

Sie würde versuchen diese armen Geschöpfe mit zum Cap Creus zu nehmen.

Sie geleiteten Genevier und ihre Begleiterinnen über einen herrlichen Hof mit zahlreichen Wasserspielen zu einem flachen Gebäude, dass von Marmorsäulen nach griechischer Bauart eingefasst war.

Hierin befand sich ein Becken, in das aus zahlreichen Speiern dampfendes, wohlriechendes Wasser sprudelte. Rosenblätter schwammen auf der Oberfläche. Den Beckenrand zierten Rubine und Opale.

»Der Herr befahl uns, euch zu baden und zu salben«, erklärte eine der Sklavinnen. »Anschließend erhaltet ihr wertvolle Kleidung. Ihr sollt dem Herrscher des Orients gefallen.«

Herrscher des Orients? durchzuckte es Genevier. Ein Mann von Größenwahn.

Der Besuch aus Bagdad tauchte mit großem Gefolge am späten Nachmittag im Hof auf.

Die Fanfaren meldeten ihn.

Alyshia, die neben Genevier an dem mit Kirschholz vergitterten Fenster des Harmesbereiches stand, begann leicht zu zittern. Die Königin des Mont Salvage spürte dies und nahm die Freundin fest in den Arm. »Es wird alles gut.«

Die Sonne bereitete sich bereits auf den letzten kurzen Abendlauf vor, als vier bewaffnete Wachen erschienen.

»Wer von euch ist Genevier aus Iberia?«, fragte barsch der Anführer der Wachen, ein hochgewachsener, grimmig drein blickender Mohr.

Genevier richtete sich stolz auf und blickte dem Soldaten fest in die Augen, was ihn leicht verunsicherte. Er schien Unterwerfung gewöhnt zu sein.

»Ich«, erklärte sie mit fester Stimme.

Diese Sicherheit irritierte den Mohren noch mehr.

»Komm!«, sagte er dann barsch.

»Nur ich allein soll kommen?«

Der Herr hat es so befohlen. Jetzt eil dich. Der fremde Herr ist es nicht gewohnt zu warten!«

Der König von Bagdad residierte in einer prächtigen Villa, die sich am Rande eines großen Parks befand.

Sie bestand hauptsächlich aus einem weiten Raum, dessen Boden aus purem Marmor bestand, durchbrochen von kostbaren Mosaiken aus der ägyptischen Mythologie. Die Decke wurde gestützt von Alabastersäulen, die der Architekt mit wunderschönen goldenen Verzierungen versehen hatte.

In der Mitte des Raumes sprudelte ein Brunnen aus Elfenbein. Die Schale muschelartig, am Rande eine Aphrodite mit Smaragdaugen, die Genevier anzustrahlen schienen.

Aus einer Kanne, die die Figur in der rechten Hand hielt, floss ein feiner Strom blauen Wassers, das sich mit dem des Beckens vermischte. Als Ergebnis zeigte sich ein prächtiges Farbenspiel.

Einer der Wächter flüstere Genevier zu: »Auf die Knie!«

Die Königin allerdings blieb stolz und aufrecht stehen.

Der Orientale thronte auf einem vergoldeten Pfauenstuhl mit Armlehnen. Zu seinen Füßen saßen und knieten acht Frauen in hauchdünnen Gewändern.

Sie trugen kostbaren Schmuck am Hals, so wie an Hand und Fußgelenken.

Zwei Schwarze fächelten mit breiten Federwedeln ihrem Herrn und Gebieter kühle Luft zu.

Neben dem Thron standen zwei Männer. Temitius in der Toga eines römischen Konsuls und Gracchus Ibericus in der Rüstung eines Centurio.

Als sie erkannten, dass Genevier keinesfalls beabsichtigte, das Knie zu beugen, trat Gracchus rasch vor und blieb dicht vor Genevier stehen. So dicht, dass sie seinen vom Wein durchseelten Atem spürte.

»Auf die Knie«, zischte er. »Oder ich werde dich peitschen lassen, bis kein Joda Haut mehr an deinem Körper klebt.«

Genevier warf stolz, mit Verachtung im Blick, den Kopf zurück und sagte laut und deutlich: »Du ist ein mutiger Mann, Gracchus Ibericus. Du drohst Frauen die Folter an und bist vermutlich innerlich ein feiger Hund.«

Es wurde mit einemmal so still, dass man eine Ameise hätte krabbeln hören können.

Selbst der feine Seewind schien atemlos geworden zu sein, ob der kecken Worte der Königin.

Gracchus wurde aschfahl. Seine Augen schienen aus den Höhlen treten zu wollen.

Er schnappte nach Luft.

Seine Finger verkrampften sich und einen Moment schien es so, als wolle er Genevier seinen Dolch in den Leib stoßen.

Doch dann besann er sich wohl, dass er dem Orientalen etwas schuldig war.

»Hör zu«, flüsterte er, sich mit aller Macht beherrschend, wobei seine angeschwollenen Stirnadern mächtig pulsierten. »Es geziemt sich nicht, vor dem Herrscher Bagdads zu stehen.«

Genevier lachte laut auf. »Ich bin die Herrin von San Salvador de Verdera und oberste Priesterin der Diana. Also sicherlich diesem König ebenbürtig!«

Gracchus spie vor ihr aus. »Ein Dreck bist du!«

Er wandte sich an die Wachen. »In den Hof mit ihr! Kreuzigt sie!«

Doch ehe die Wachen zugreifen konnten, ertönte scharf und deutlich die Stimme des Orientalen. »Bringt diese Frau zu mir!«

Genevier wurde hastig nach vorn geschoben. Der König war aufgestanden und sah der Gefangenen entgegen.

Der Herrscher von Bagdad war von hochgewachsener Statur, muskulös und sehnig. Eine Kämpfernatur. Unter dem prachtvollen, mit Juwelen besetzten Turban schaute ein Gesicht hervor, das aussagte: Dieser Mann weiß was er will Intelligente Augen über einer kräftigen, aber trotzdem feinmodellierten Nase – ein energischer Mund unter einem kunstvoll gestutzten Lippenbart. Das Kinn lag frei von jeglichem Bartwuchs, was für einen Orientalen eher unnatürlich zu nennen war.

Sein Blick ruhte abschätzend auf der Frau, die so stolz vor ihm stand und keinerlei Furcht zeigte.

»Ich bin Salem Hassan ben Omar ibn Acchmed – der Gebieter über tausende von Untertanen. Mein Freund Gracchus Ibericus hat mir eine willige Sklavin versprochen, die mit der Kunst des Tanzes mein Herz erquicken würde. Doch was ich sehe ist ein störrisches Wesen.«

Er kam einen Schritt näher und setzte leiser hinzu:

»Allerdings scheinst du von edlem Geblüt zu sein…«

Das erneute helle Lachen Geneviers unterbrach ihn.

Die Augen des Orientalen begannen gefährlich zu funkeln.

»Machst du dich über mich lustig?« kam es, als ob ein Panther zum Angriff knurre.

Genevier schüttelte die dunkle Haarmähne.

»Von edlem Geblüt sind meine Pferde. Es ehrt mich, damit verglichen zu werden.«

Da traf unvorbereitet ein kräftiger Peitschenhieb ihre Waden. Von der Wucht des Schlages und vom plötzlichen Schmerz, knickten ihr die Beine weg. Sie stürzte vor dem Herrscher zu Boden. Etwas rutschte hell klirrend über den Marmorboden. Es blitzte in den letzten roten Strahlen der Abendsonne.

Es war Geneviers kostbarer Ring. Ein Diamant umgeben von drei Rubinen in Form eines Kleeblattes. Eingefasst in eine wertvolle goldene Fassung, ziseliert und kunstvoll gedreht.

Ein schwarzer Sklave hob den Ring auf und reichte ihn rasch seinem Herrn.

Die Augen des Orientalen saugten sich förmlich an dem Ring fest.

Genevier kam mühsam in eine kniende Stellung hoch.

»Dieser Ring…«, murmelte der Herrscher von Bagdad. Dann ging er rasch neben Genevier in die Hocke. Er fasste sie sanft unter das Kinn. Leise erkundigte er sich: »Von wem erhieltest du diesen Ring?«

Gracchus Ibericus schnaubte. »Ha! Sie wird ihn gestohlen haben, diese Hure aus Iberia!«

Der Orientale sprang auf und fasste den Sprecher fest beim Schulterstück der Rüstung.

»Schweig!«, zischte er, aber für alle hörbar. »Schweig – oder du schweigst für immer.«

Gracchus und Temitius blickten irritiert drein.

Salem Hassan wandte sich wieder Genevier zu. Er zog sie sanft auf die Füße und fragte noch einmal: »Wer gab dir diesen Ring? Es ist ein heiliger Ring. Man verschenkt ihn höchsten an seinen Lebensretter oder... an jemanden, den man fast göttlich verehrt.«

Genevier blickte dem Sprecher fest in die Augen. »Ich besitze ihn schon lange. Ein Mann namens Ibrahim Marmar schenkte ihn mir einst.«

Salem Hassans Mund öffnete und schloss sich wieder. Sein Blick wurde so sanft, wie er wohl auf einem Kind ruhen mochte.

»Ibrahim Marmar – du hast ihn gekannt?!«

»Ein Mann von großer Güte, von denen diese Welt mehr benötigt«, erklärte die Königin leise.

»Ja.« Salem Hassan nickte. »Leider musste er diese Welt vor wenigen Monaten verlassen. Ibrahim war mein Bruder.« Genevier staunte. Damals hatte Ibrahim nie etwas von diesem Bruder erwähnt.

Der Orientale legte den Arm um Genevier und führte sie herüber zu einem Diwan.

»Dann seid ihr die Frau, von der mein Bruder immer mit solcher Hochachtung sprach. Einer Frau die einst seine Gefangene gewesen war und ihn auf einen wundervollen Pfad der Liebe führte. Er hatte sich nichts sehnlicher gewünscht, als diese Frau noch einmal wieder zu sehen.«

Salem Hassan wandte sich um und klatschte in die Hände. »Bringt Speise und Trank und einen Wundarzt. Diese Frau steht unter meinem persönlichen Schutz!«

Sogleich setzte hektisches Getriebe ein.

Gracchus Ibericus und Temitius wussten nicht, wie sie sich verhalten sollten. Der Herrscher Bagdads wollte von Genevier wissen, wie sie in die damalige Gefangenschaft Ibrahims geraten war und nun in diese.

Sie berichtete es in ihrer kurzen präzisen Art.

Als in der Erzählung auch noch der Name Sherazeda fiel, war es mit der Selbstbeherrschung Salem Hassans vorbei.

»Sherazeda – die Göttin auf dem Thron von Marrakis...«

Ohne Rücksicht darauf, dass er eigentlich nur Gast des Temitius war, ließ er von seinen Soldaten sowohl den Gastgeber, wie auch Gracchus in den Kerker sperren.

Wenig später wurden sämtliche Geiseln des Tyrannen befreit.

Salem Hassan ergriff fest die Hand Geneviers. »Königin von San Salvador – das Königreich Bagdad wird immer euer ehrlicher Verbündeter sein. Mein Großwesir Harun ben Jussef wird persönlich für die Sicherheit eurer Rückkehr nach Iberia sorgen.«

Drohende Schatten

1

Der Tag zeigte sich trübe.

Trotzdem fühlte Genevier sich wohl. Bis in die frühen Morgenstunden hatte das Fest in Emporion gedauert. Die Freude über die Befreiung von der Last des Tyrannen wollte schier übersprühen. Die Bürger wollten nicht aufhören, Genevier und ihren Gefährtinnen zu danken.

Obwohl die Königin nur wenige Stunden geschlafen hatte, fühlte sie sich erfrischt und auch der Nieselregen störte sie in keinster Weise, als sie auf das Diana-Tor zu schritt.

Ein feuchter Wind blies von den Bergen und fing sich mit leicht heulendem Ton in den Felsspalten.

Genevier durchschritt das Tor, stieg die vier steinernen Stufen empor und fühlte das feuchte, kühle Moos unter den nackten Füßen. Dampfschwaden zeigte die Lage des Thermebeckens an. Die Königin wandelte an der kleinen Goldstatue der Göttin Diana vorbei, blieb kurz an den Rosenrabatten stehen und wandte sich dann nach links zum Arkadengang.

Dort vernahm sie bereits das Tosen der Brandung weit unten. Schaumkronen tanzten auf den Wellen und Gischt spritzte zum grauen Wolkenvorhang. Genevier fröstelte, als sie an der äußersten Spitze des Burgfriedes angekommen war. Sie verweilte einen Moment, dann wandte sie sich der Therme zu. Als sie der warme Schwaden des Wassers bereits am steinernen Rand des Beckens umfing, ließ sie die leichte Tunika vom Körper gleiten. Trotz ihrer fraulichen Reife, bot sich ihr fester Körper mädchenhaft dar. Die kleinen, festen Brüste mit den knospenhaften Warzen und sanft roten Höfen, das anmutige Becken, die zart gekräuselte Schambehaarung. Die kräftigen, formschönen Beine – endend in zartgliedrigen Füßen mit festen Sohlen – mussten jeden rechten Mann in Erregung bringen.

Genevier warf den Kopf in den Nacken und hob die Arme weit zum Himmel. Ihr herrliches Haar flatterte in den Windböen. Der Bronzeton ihrer Gesichtshaut spannte sich glatt über den Wangenknochen und gab ihrem Gesicht römische Züge.

Blickte sie ernst, wirkte sie stolz und unnahbar. Doch wenn sie lachte, ging in tiefster Nacht die Sonne auf und ihre Augen hatten schon so manches Herz erwärmt.

So mancher Ritter auf Camelot hätte Hab und Gut verschenkt, um die Gunst dieser Frau zu besitzen. Doch das Schicksal lenkte Geneviers Seele und Gefühle in den Zwiespalt zwischen Artus und Lancelot. Am Ende hatte sie durch die Allmacht, die jedes Leben lenkt, beide verloren.

Genevier atmete tief ein, ließ das Kinn hinunter zur Brust sinken und legte die Hände mit den Handflächen vor dem Körper zusammen. Dann begann sie sich langsam um die eigene Achse zu drehen, wobei sie die Drehgeschwindigkeit stetig steigerte. Dies war die erste Übung von insgesamt fünf – die sie einst Ambrosius Aurelius lehrte – der letzte große Merlin Britanniens.

»Diese Übungen stammen aus einem fernen Land, das die Menschen dort als Tibet bezeichnen. In einsamen Klöstern werden sie von den Mönchen absolviert«, hatte er damals erklärt. »Sie fördern die Vitalität und reduzieren den natürlichen Verfall des Leibes. Nur sehr wenige Menschen kennen das Geheimnis der langen Jugend.«

Der alte Hochkönig war ihr in vielen Dingen ein guter Lehrmeister gewesen. Er kannte die Geheimnisse des Lebens – die oft mit normalem Verstand nicht greifbaren Dinge der Natur und des Universums. Er lehrte sie, den Verstand zu nutzen und trotzdem die Sensitivität nicht zu verlieren.

Nachdem Genevier die Übungen beendet hatte, stieg sie in das dampfende Wasser. Durch die kühle Luft hatte sich in den umstehenden Büschen und Bäumen Kondensat wie kleine Tautröpfchen abgesetzt. Es glitzerte wie von unzähligen Diamanten.

Genevier genoss das Bad und die rituelle Reinigung. Sie ließ sich auf dem Rücken liegend treiben, spürte den Nieselregen auf der Gesichtshaut und den bloßen Schultern und atmete den Duft der Reinigungsessenzen.

Sie träumte dabei, wobei längst vergangene Zeiten wieder einmal vor ihrem geistigen Auge hervortauchten. Doch auch um die Zukunft machte sie sich Gedanken. So stand die notwendige Erweiterung des Hospitals in Juncaria/Figueras in der Planung. Alyshia wollte dringend mit ihr darüber sprechen. Das Unternehmen zur Rettung Emporions hatte die Sache verzögert. Weiter galt es Entwässerungsgräben für das unterhalb der Burg liegende Dorf zu planen. Zur Zeit der Schneeschmelze hatten die Bewohner immer wieder mit Überschwemmungen zu kämpfen.

Genevier stieß sich vom Rand des Felsenbeckens ab und ihr gestreckter Körper glitt durch das klare Wasser. Die Thermestrudel in der Mitte massierten angenehm ihre Haut.

Die Königin besaß ein ausgezeichnetes Gehör und deshalb entgingen ihr auch die leichten Schritte nicht, die sich dem Becken näherten. Sie schaute auf und sah das Lächeln Sanderahs. Sie war vor einigen Tagen mit Boltar zurückgekehrt. Boltar selbst beabsichtigte in Afrika Handel zu treiben und hatte Eileen mitgenommen, die Sherazeda besuchen wollte.

»Ich hoffe, ich störe dich nicht«, sagte die Führerin des zweiten Heerbanners.

»Ganz und gar nicht«, entgegnete die Königin. »Ich hing nur etwas meinen Gedanken nach.«

Sanderah streifte ihr leichtes Tempelgewand ab und ließ sich in das warme Wasser gleiten. Sie tauchte unter und schwamm mit mächtigen Zügen einmal quer durch das Becken, bis sie dicht neben Genevier prustend auftauchte.

»Ah! Das tut gut.«

Sie ließ sich etwas auf dem Rücken liegend treiben – so wie es die Königin auch gern tat, dann schwamm sie langsam auf sie zu.

»Alyshia hat noch vor Sonnenaufgang einen Boten aus Figueras empfangen. Sie benötigen im Hospital Heilkräuter.«

Genevier hob erstaunt die Augenbrauen. »Noch vor Sonnenaufgang? Was ist passiert?«

Sanderah zuckte die Achseln. »Alyshia hat ihm etwas mitgegeben. Sie wird es dir gleich selbst berichten.« Sie schaute auf. »Da kommt sie ja!«

Die Meldung beunruhigte Genevier. Sie schwamm an den Beckenrand, doch die Ärztin schaute ziemlich gleichmütig drein.

Ehe die Königin eine Frage stellen konnte, winkte Alyshia ab. »Keine Sorge – zwei Kinder waren von einem Ausschlag befallen. Man war überbesorgt.«

»Bist du sicher?«

Alyshia warf die Tunika ab und setzte sich auf den Beckenrand. »Ganz sicher.«

Genevier atmete auf.

»Huuh! Ist das heute ungemütlich!«, rief die Freundin und ließ sich ins Wasser gleiten.

Wenig später tummelten sich viele Schwestern der Gralspriesterschaft in der Therme.

Doch bald verdichtete sich die Bewölkung weiter und der Himmel öffnete mit Macht seine Schleusen. Rasch suchte man den Wohnbereich der Burg auf.

Das Warmwasserröhrensystem sorgte für angenehme Temperaturen. Die großen Kamine wurden noch nicht benötigt, wenn sich auch die Vorboten des Winters hier oben schon zeigen wollten.

In der großen Halle wurde wenig später das gemeinsame Frühstück eingenommen. Genevier erhielt nun auch Berichte von Ereignissen der letzten Zeit. Zwischen ihrer Rückkehr und dem Fest in Emporion war kaum Gelegenheit dazu gewesen.

»Chlodwig hat einen Landrichter eingesetzt, der Verstöße gegen die Regeln der Krone ahnden soll«, berichtete Almirah. »Aber er scheint seine Untersuchungen nicht sehr genau zu nehmen.«

»Wie meinst du das?«, erkundigte sich die Königin mit gerunzelter Stirn.

»La Vajol ist letzte Woche von ihm heimgesucht worden. Es ging um angebliche Diebstähle königlicher Pferde. Sie sollen bei einem der Bergbauern im Stall vorgefunden worden sein. Der Bauer allerdings sagte aus, er habe sie herrenlos in den Bergen gefunden und nur eingefangen.«

Genevier legte das Brot aus der Hand. Sie schaute abwartend die Sprecherin an.

Almirah zuckte ein wenig die Schultern. »Du kennst diese selbst ernannten Hoheiten. Natürlich glaubte er dem Bauern kein Wort.«

»Und?«, kam es kalt aus Geneviers Mund.

»Bauer, Knecht und Bäuerin bekamen fünfzig Peitschenhiebe auf das nackte Gesäß. Danach brannte man den Hof nieder.«

Genevier ballte so die Fäuste, dass die Knöchel weiß hervorstanden.

»Verfluchte Merowingerbrut«, zischte sie. »Sie werden es nie lassen.«

Sanderah legte ihr die Hand auf den Arm. »Der Ort untersteht nicht unserer Gerichtsbarkeit und ob der Bauer die Wahrheit gesagt hat, weißt du auch nicht. La Vajol ist ein Räubernest. Immer gewesen!!«

Genevier seufzte. Sanderah hatte ja recht. »Trotzdem! Es muss vor jeder Verurteilung geklärt werden, was die Wahrheit ist. Wie sollte wohl ein Bergbauer aus diesem Ort an königliche Pferde kommen? Das nächste Gestüt ist zweihundert Meilen entfernt!«

Alyshia hob die Arme. »Sei froh, dass dieser Landrichter nicht versucht hat, dies zu klären. Das hätte für alle Beteiligten verbrannte Fußsohlen und, weiß Diana was noch, gegeben!«

Geneviers Gerechtigkeitssinn ließ es nicht zu, sich so rasch zu beruhigen. Sie würde sich der Geschichte annehmen.

»Kriemhild und Carmen – ihr reitet nach dem Frühstück nach La Vajol. Ich will diesen Bauern und seine Frau auf San Salvador sprechen!«

Alyshia verdrehte die Augen. Sie kannte den Starrsinn der Königin. Vor allem dann, wenn Merowinger in die Affäre verwickelt waren.

Draußen grollte der Donner und der Regen prasselte.

Eigentlich hätten Verwaltungsaufgaben auf Genevier gewartet, doch sie zog es in den Tempel. So rannte sie durch das Unwetter über den Burghof, das Kapuzencape tief über das Gesicht gezogen und geschickt die Pfützen überspringend. Trotzdem patschten ihre nackten Füße hier und da in einige der zahlreichen Seen zwischen den Pflastersteinen.

Zwischen den Säulen ließ sie das Cape fallen und trat in das anheimelnde Dämmerlicht des Tempels. Öllampen und das heilige Feuer warfen bizarren Widerschein an die mit ägyptisch anmutenden Symbolen gezeichneten Wände.

Hier im Tempel fiel von Genevier immer jegliche Anspannung ab. Sie kniete, mit auf die Brust gesenktem Kopf, vor der großen Statue der Göttin. Ihre Gedanken wurden plötzlich frei. Ihr Geist war bereit für die Inspiration. Sie ließ sich einfach treiben. Bunte Symbole trieben vor ihrem geistigen Auge und sie glaubte schmeichelnde Musik zu vernehmen.

Genevier spürte die Nähe der Göttin.

Ambrosius Aurelius hatte ihr einmal gesagt, dass Diana niemals gestorben sei, sondern sich auf ihrem ewig kreisenden Schloss im Universum der Gestirne aufhalte, um dort die ewige Jugend zu empfangen. »Das war nach der letzten großen Flut.«

An sich war Genevier sehr realistisch erzogen worden. Zwar kannte sie ihre Abstammung vom Hause David und kannte auch die Legenden, die sich um die davor lebenden Generationen rankten – doch sah sie in all diesen Personen auch sehr reale Menschen aus Fleisch und Blut. Daher hatte sie sich sehr schwer getan, Diana mit einer Göttin gleich zu setzen. Aber im Verlauf der Zeit hatte sich ihre Interpretation des Göttlichen verschoben.

W a swar denn eigentlich eine Gottheit?

Eines hatte sie erfahren – kein göttliches Wesen half, ohne dass der Mensch selbst etwas dazu tat. Aber mochte dieses Tun dann nicht auch wieder überirdische Eingebung sein ?

Wenn sie im Tempel betete, hatte Genevier immer das Gefühl, Diana sei direkt in ihr.

Diana hatte gelebt. Dessen war Genevier überzeugt. Sie hatte das Königtum in Sumer innegehabt. Doch was hatte sie in die Göttlichkeit erhoben? Ihr für damalige Zeit hohes Wissen?

Oder doch – wie Ambrosius Aurelius behauptete – ihre Abkunft von den Sternen?

Genevier erinnerte sich an die Visionen, die sie in der Vergangenheit erlebt hatte. Es war, als habe sich die Göttin direkt in ihren Geist eingeschaltet.

Merkwürdigerweise war dies bisher nur ihr passiert und keiner der anderen Priesterinnen.

Die Königin kam langsam aus der Demutsstellung auf die Füße. Sie atmete tief ein und langsam aus.

Noch vier Tage – dann würde das alljährliche FEST DER DIANA gefeiert.

Nicht wie bei den Paulinischen Christen die Geburt des Messias. Die Priesterinnen feierten den Ritus des ERSTEN KÖNIGTUMS auf Erden.

Genevier verließ den Tempel. Der Regen hatte aufgehört. Doch der nächste Guss würde heute nicht lange auf sich warten lassen.

Verwaltungs- und Planungsarbeiten warteten auf die Oberste Priesterin des Ordens.

»Ach«, seufzte sie. Eileen fehlte an allen Ecken und Kanten. Nicht, dass Aradia ihre Sache nicht vorzüglich machen würde. Sanderah hatte sie vor der Britannienreise als Stellvertreterin des Heerbanners und danach als Organisatorin der Ordensburg bestätigt.

Doch ihr fehlte einfach die Erfahrung Eileens.

In einem Zimmer des Hauptturms versammelte sie alle wichtigen Personen. Auch Alyshia gehörte dazu.

»Liebe Schwestern des Grals«, begann Genevier und legte mehrere Pergamentrollen vor sich hin.

»Es sind mehrere wichtige Punkte, die besprochen werden müssen. Zum einen feiern wir in vier Tagen das FEST DER DIANA. Dann geht es um die Erweiterung des Hospitals in Juncaria, das die Iberer jetzt auch Figueras nennen. Auch müssen der Gemüseanbau und die Viehzucht neu geregelt werden.«

Sie wandte sich an Belakane. »Wie sieht es im Gestüt aus?«

Die zierliche Frau aus Samarkand lächelte und legte der Königin eine Liste vor. »Wir konnten zwölf neue Fohlen verzeichnen. Alle von bestem Geblüt. Die gelungene Mischung zwischen Arabien und der Camarque. Arabisches Feuer und gallische Belastbarkeit und Widerstandskraft.«

»Ausgezeichnet!«, freute sich Genevier. Die Pferde von San Salvador besaßen inzwischen bis weit ins Land den besten Ruf.

Vieles wurde besprochen und es war wohl kurz vor Mittag, als der Ton der Fanfare bis in die Turmstube drang.

Alle horchten auf.

»Wer kann das sein?«, fragte Alyshia und trat ans Fenster, von wo aus sie das Haupttor sehen konnte. Da entrann ihr ein Freudenschrei.

»Es ist ein großer Zug Reiter und an ihrer Spitze befinden sich Sherazeda und Ygrain und…« Sie jubelte: »…ja! Und Eileen ist ebenfalls dabei!«

Alle eilten in den Hof und es wurde eine grandiose Begrüßung. Genevier konnte es kaum fassen, die drei Freundinnen wiederzusehen.

»Wir wollten unbedingt das Fest mit euch gemeinsam feiern«, sagte Sherazeda und umarmte Genevier fest.

Eileen und die Königin schauten sich lange in die Augen. Dann drückte Genevier die frühere Führerin des Heerbanners fest an sich. Auch Sherazedas Begleitung – etwa dreißig gut bewaffnete Frauen und vier Männer – wurden aufs herzlichste begrüßt.

Sanderah führte die Besucher in die große Halle. Genevier sah sich um. Wo war Ygrain?

Die Königin und Oberste Priesterin des Ordens wandte sich suchend einmal um sich selbst. Da entdeckte sie Almirah. »Hast du Ygrain gesehen?«

»Als du Eileen begrüßtest ging sie zum Heiligen Hain hinüber.«

Rasch machte sich Genevier auf, ihr zu folgen.

Der Regen setzte wieder ein und er benetzte Geneviers Gesicht und Haar.

Im Heiligen Hain konnte sie Ygrain nicht entdecken,also wandte sie sich zum Tempel. Doch auch dort fand sie die Kampfgefährtin nicht. Auch Make-Re, die Wächterin des Feuers, hatte die kleine Keltin nicht gesehen.

Die Königin schüttelte verständnislos den Kopf. Langsam schritt sie die Stufen des Portals hinunter und lehnte sich dann an eine Säule.

Der Regen platschte nun mächtig und bildete zahllose Seen zwischen den Blumenbeeten.

Da richtete sich ihr Blick zu den Arkaden an der Seeseite.

Ja! Unverkennbar! Dort stand Ygrain und schaute über das aufgewühlte Meer. Der Wind ließ ihr dunkles Haar wild wehen.

Genevier rannte durch den Regen und erreichte den Aufgang der Arkaden. Ihre nackten Füße patschten auf den Steinfliesen.

»Ygrain!«, rief sie etwas atemlos. »Weshalb bist du verschwunden?«

Ohne sich umzudrehen kam es leise, halb vom Wind fortgerissen: »Bin ich das?«

Genevier schluckte. Sie legte der Freundin die Hand auf die Schulter. »Ygrain? Was hast du? Ich bin so glücklich, dass du wieder auf San Salvador bist.«

Nun erst blickte die Heerführerin die Königin an.

Es war ein merkwürdiger Blick, der Genevier tief berührte, den sie aber nicht zu deuten vermochte.

»Ygrain . . .«

»Du warst so mit Sherazeda und Eileen beschäftigt… da wollte ich nicht stören«, sagte sie und drehte sich rasch wieder dem Meer zu.

Genevier zog ihre Hand zurück und fragte verunsichert: »Was willst du damit sagen?«

Als keine Antwort kam, trat sie ganz nahe an Ygrain heran, fasste sie an den Schultern und drehte sie zu sich herum. Dann drückte sie sie fest an sich.

»Verzeih – es... ich... wollte dich nicht verletzen – nicht hinten anstellen...«

Sie schaute ihr in die ernsten Augen. »Oh Ygrain – ich bin so glücklich, dass ihr alle drei wieder hier seid!«

»Schon gut«, kam es von den Lippen der Keltin und sie zeigte ein verunglücktes Lächeln.

Genevier ergriff ihre schmalen Hände, denen man nicht ansah, dass sie so hart das Schwert zu führen vermochten. Sie sank in die Knie und schaute zu ihr auf.

»Ygrain – du bist verletzt.«

Die Heerführerin schüttelte heftig den Kopf.

»Nein, nein ...«

Sie brach mitten in ihrem Protest ab, als Genevier ihr die Füße küsste.

Ygrain wedelte heftig mit den Armen. »Nicht! Genevier! Du hast mir schon einmal die Füße geküsst. Erhebe mich nicht so. Im Namen Dianas!« Sie ergriff die Königin bei den Schultern. »Ich bin es, die dir die Füße küssen muss!«

»Ich bin es, die dich – wenn auch ohne es zu wollen – in der Seele verletzt hat. Niemand ist glücklicher als ich, dass du wieder auf Munsalvache bist.«

Ygrain legte ihre Stirn an die Geneviers und flüsterte. »Meine Gedanken sind dumm gewesen. Verzeih mir.«

Genevier lächelte. »Dann komm mit zu den anderen.«

Sie erhoben sich und während sie unter den Arkaden hindurch gingen, fragte die Königin: »Wer ist der junge schöne Mann, der an deiner Seite geritten ist?«

Täuschte sie sich oder errötete die kleine Keltin.

»Das ist Omar. Ein Cousin Sherazedas.«

»Ah –«, machte Genevier. Dann schaute sie Ygrain von der Seite an. »Du magst ihn?«

»Ich – ach was! Nur ...«

»Also liebst du ihn«, stellte die Königin sachlich fest.

Ygrain schoss das Blut noch mehr ins Gesicht. Genevier drückte sie ans sich. »Wenn eine Frau sich so äußert, steckt mehr dahinter. Aber es ist deine Sache. Diana war den Männern sehr zugetan. Also lass dich nicht aufhalten. Doch nun wollen wir die anderen nicht warten lassen.«

Sie eilten durch den Regen zur großen Halle hinüber.

Es gab viel zu erzählen und so kam es, dass man noch bis spät zum Abend zusammensaß und an Arbeit nur so viel gedacht wurde, wie es zur Funktion der Gemeinschaft unumgänglich war.

Der nächste Morgen bot sich kühl und klar. Eigentlich untypisch für die Jahreszeit, in der man auch in den Bergen noch äußerst warme Mittagstemperaturen verzeichnete.

Nach dem Bad in der Therme, zu der sich auch Sherazeda gesellt hatte, betrat Genevier den Tempel, um mit den Hüterinnen des Heiligen Ortes über den Schmuck für das Fest zu sprechen.

Große Kandelaber und Girlanden würden den heiligen Ort in einen Festsaal verwandeln.

»Wir werden auch Tannenzapfen und Zedernzweige einfärben, so wie es die Kelten tun und Nüsse vergolden, wie die Etrusker«, rief Genevier und klatschte vergnügt in die Hände. Das Fest der DIANA war keineswegs so trübselig, wie in den Gotteshäusern der Paulinischen Christen die Geburt des Messias. Während der Bischof von Rom und sein Klerus dafür sorgten, dass alle Gläubigen mit gesenkten Köpfen einhergingen, würden hier Tanz und Ausgelassenheit Hof halten.

Make-Re zeigte sich von den Vorschlägen der Königin entzückt. Sogleich ging es an die Arbeit.

Der Regen hatte aufgehört und die Sonne schien wieder. Der kurzfristige Wechsel, wie er hier am Cap Creus usus war. Regen und Kälte wurde oft rasch von der Sonne verdrängt.

Genevier nutzte die Gelegenheit, sich die Stallungen anzusehen. Belakane begrüßte sie erfreut.

»Es ist lange her, dass du hier unten gewesen bist«, sagte sie und führte die Königin an der Umzäunung entlang. Stallungen und Weiden lagen unterhalb der Burg – im Ring einer äußeren Mauer. Allerdings hatte der Orden auch Weiden unten im Tal. Da es aber in letzter Zeit wieder verschiedentlich Überfälle durch herumziehende Horden der Merowinger und auch Sachsen gegeben hatte, waren die Pferde zur Burg hinaufgebracht worden.

Im Stall trafen sie auf Ygrain. Sie legte gerade eine wunderschöne, arabische Decke auf Atalon, den Falben.

»Ich werde ein wenig durch die Umgebung reiten«, erklärte sie und sprang auf den Rücken des feurigen Tieres. »Ich weiß schon gar nicht mehr, wie schön es hier ist.«

Genevier ergriff den geflochtenen Zügel. Sie blickte zu ihrer Heerführerin auf.

»Reite nicht allein, Ygrain! Es treibt sich Ungeziefer in der Gegend herum. Nimm zwei gute Kämpferinnen mit. Salome und Farahnah.«

Ygrain winkte lachend ab und klopfte auf ihr Schwert, das an der Seite des Falben hing. »Ich weiß mich schon zu wehren.«

»Du trägst keinerlei Rüstung. Zieh den leichten Kettenpanzer an.«

»Wenn die Sonne Iberiens es erlaubt, werde ich ihr Panzer sein«, erklang eine tiefe und doch so melodische Stimme vom Eingang der Stallung.

Es war Omar.

Um Geneviers Lippen zeichnete sich ein warmes Lächeln.

»Na«, meinte sie, »dann sind meine Sorgen wohl überflüssig. Hüte mir Ygrain gut. Ich rate es dir, Recke des Orients.«

Sie blickte den beiden nach. Ygrain auf ihrem Falben und Omar auf seiner Araberstute.

Unwillkürlich stieg ihr ein Klos im Halse hoch, doch rasch lenkte sie sich ab. Sie ließ sich von Belakane durch die restlichen Stallungen führen. Dabei sparte die Königin nicht am Lob über die gute Arbeit der Ordensschwester.

Wenig später zeigte es sich aber unumgänglich, sich doch um Verwaltungsarbeit zu kümmern. Doch kaum saß sie über den Pergamentlisten, als die Fanfare ertönte. Hoch vom Turm drang es in Geneviers Stube und es handelte sich nicht um einen Begrüßungsruf.

Genevier eilte auf den Söller und schaute hinaus. Mehrere ihrer Gefährtinnen liefen im Hof zusammen und der Ausguck rief etwas, das Genevier aber nicht direkt verstand.

Da rannte Sanderah herbei. Sie war außer Atem.

»Ygrain und Omar scheinen in einen Kampf verwickelt zu sein!«, rief sie.

Die Königin rannte mit ihr zur Plattform des Hauptturmes hinauf.

Vom Arbeitsraum waren es nur einundzwanzig Stufen.

Eine große Staubwolke zeichnete sich auf dem halben Weg zum Tal ab. Der blitzende Widerschein stammte von Schwertern.

»Es ist die Straße nach Llansa«, murmelte die Königin und ihr Herz schlug rascher.

»Komm!«, rief sie Sanderah zu.

In kürzester Zeit machten sich zwanzig Frauen bereit und bald jagte der Trupp aus dem Tor. Allen voran Genevier. Ihr Haar flatterte im Wind und die rechte Hand hielt das kostbare Schwert hoch erhoben. So mussten sich einst die Griechen Pallas Athene vorgestellt haben.

Die Pferde und ihre Reiterinnen brauchten viel Geschick, um im gestreckten Galopp die schmalen Serpentinen hinab zu stürmen. In halsbrecherischem Tempo ging es vorwärts. Doch als der Trupp den Ort der Kampfhandlungen erreichte, fanden sich nur Hufspuren, stark zerzaustes Gras und einige Blutflecken.

Genevier ließ ihren Schwarzen einen Kreis laufen und ihre Augen sogen jede Bodenspur schier auf. Dann schaute sie nach Süden, hoch aufgerichtete im Sattel, den Arm mit dem Schwert seitlich nach unten hängend.

»Es sind Sachsen gewesen und ihr Schiff liegt in der kleinen Bucht unterhalb der Steilfelsen. Folgt mir!«

Doch als sie einen Punkt erreichten, von dem sie den Gegner sehen konnten, riss die Königin ihr Pferd zurück.

Gerade noch rechtzeitig, um von den Wachen nicht erblickt zu werden.

»Oh Diana!«, entfuhr es Sanderah.

Genevier hatte mit ihrer Ortskenntnis recht behalten. Nur lag nichte i nSachsenschiff dort, sondern mehr als dreißig.

Von oben sahen die Gralspriesterinnen, wie Ygrain und Omar wie erlegtes Wild, an Stangen gebunden, zum Lagerplatz der Barbaren getragen wurden.

»Was will die Horde hier?«, flüsterte Sanderah und man merkte ihr an, dass die Sorge um die Freundin und Omar ihr den Hals zuschnürte.

»Ich weiß es nicht«, gab Genevier leise zurück. »Aber sicherlich nichts Gutes.«

Sie gab Befehl, die Burg zu informieren. Sanderah übertrug die Aufgabe vier besonders erfahrenen Kämpferinnen. Genevier selbst suchte einen geeigneten Beobachtungsplatz, von dem alle, ungefährdet zwar, alles sehen konnten, für sie aber von den Sachsen keine Gefahr drohen konnte.

»Woher haben sie die Pferde?«, fragte Sanderah erstaunt. »Die Sachsen sind eher Seeleute.«

Genevier schüttelte den Kopf. »Werfe nicht Sachsen und Nordmänner zusammen. Zwar operieren sie manchmal gemeinsam, doch die Sachsen sind eher ein Landvolk. Ihre Ponys sind äußerst zäh und wendig. Sie haben sie auf den Schiffen mitgeführt. Sieh« – die Königin deutete mit dem ausgestreckten Arm nach unten – »es handelt sich nicht um Drachenboote, sondern um Langschiffe.«

Sanderah fuhr sich mit der Hand über den Mund. »Große Göttin! Ich sehe weder Ygrain noch Omar.«

»Man wird sie auf eines der Schiffe gebracht haben«, zischte Genevier.

Sanderahs Atem ging flach. »Was werden sie mit ihnen tun?«

Genevier zuckte die Achseln. Sie wagte nicht daran zu denken. »Es kommt darauf an, welchen Plan die Sachsen verfolgen«, meinte sie leise. »Sie sind bekannt für ihre besonders ausgesuchten Marterpraktiken.«

»Oh nein!«, flüsterte Sanderah entsetzt.

Die Königin legte ihr beruhigend die Hand auf die Schulter. »Noch ist nichts passiert und wenn möglich, werden wir die beiden rasch befreien.«

Drei Sonnenspannen später erreichte ein mächtiger Reitertrupp von der Gralsburg den Beobachtungsort. Die Burg selbst blieb im Alarmzustand.

Sherazeda hatte es sich nicht nehmen lassen, den Trupp anzuführen, obwohl Eileen mächtig protestiert hatte.

»Genevier braucht dich hier«, hatte Sherazeda gesagt. »Niemand kann die Verteidigung besser organisieren, als du.«

Das hatte Eileen dann – wenn auch murrend – eingesehen.

»Wie sieht es aus?«, erkundigte sich die Königin von Marrakis noch leicht außer Atem.

Genevier gab einen kurzen Lagebericht.

Sherazeda starrte hinab in das Sachsenlager.

»Ein Überraschungsangriff würde wohl hier nicht funktionieren«, stellte sie sachlich fest.

Die Königin und oberste Priesterin von San Salvador schüttelte den Kopf. »Nein! Es würden Menschen sterben, die mir sehr lieb sind.«

Da zogen sich die Augen der schönen Orientalin zu Schlitzen zusammen und gleichzeitig reckte sich ihre Nase spitzbübisch nach oben. »Erinnere dich doch, wie du es damals in Cadaques gemacht hast. Als dort die Nordmänner einfielen.«

Genevier dachte einen Moment nach. »Du meinst ..?«

»Richtig! Wann wird es dunkel?«

Genevier blickte zum Himmel. »Etwa in drei Stunden.«

Sherazeda nickte befriedigt. »Gut. Bis dahin müssen Ygrain und Omar durchhalten.«

Das war sicherlich gut gedacht, wenn es nicht die Sachsen aus irgend einem Grunde plötzlich eilig gehabt hätten. Noch berührte die Sonne nicht die Berggipfel, als im Lager hektisches Getriebe einsetzte. Man baute zwei tischartige Gebilde auf und einen ehernen Feuerkessel. Zwei muskulöse Hünen entfachten darin ein Holzkohlenfeuer und legten breitschneidige Schwerter hinein.

Sanderah betrachtete die Szene mit gemischten Gefühlen. »Was bezweckt das?«, fragte sie leise Genevier, die auf dem Bauch liegend, ihr Kinn auf die Fäuste gestützt hatte.

»Folter«, gab sie leise zurück.

»Oh nein!«, entfuhr es Sanderah lauter, als sie beabsichtigt hatte. Genevier hielt ihr rasch die Hand auf den Mund.

»Wir müssen abwarten«, zischte sie.

»Willst du ..?«

»Nein!«, unterbrach die Königin mit funkelnden Augen.

Inzwischen brachte man einen großen geschnitzten Sessel. Darin nahm der Anführer der Horde Platz.

»Ares!«, entfuhr es Genevier. »Ich kenne ihn! Einer der erbarmungslosesten Henkersknechte.« Ihre Stimme klang heiser.

Dann bewahrheitete sich ihre schlimmste Ahnung. Man schleifte Omar und Ygrain herbei. Die Keltin wehrte sich verzweifelt, doch es half ihr nichts. Mit gefesselten Händen warf man sie vor Ares in den Sand. Mustafa nahm die Sache äußerlich gleichgültiger. Er wusste, dass er seine Kräfte noch brauchen würde.

Was Ares zu den Gefangenen sagte, konnten die Beobachter in ihrem Versteck nicht verstehen. Aber Ygrain schien den Sachsen zu beleidigen, denn plötzlich riss man ihr das Gewand bis zu den Hüften herab und einer der Sachsen – ein mit Narben übersäter Muskelprotz – schlug ihr mit einem flachen Stück Holz zweimal kräftig über die Brüste, so dass Ygrain vor Schmerz zusammensackte.

Sanderah grub ihre Finger in Geneviers Arm, während sich die Lippen der Königin zusammenpressten. Ihr war, als spüre sie körperlich den Schmerz der Freundin.

Da ertönte von unten ein markerschütternder Schrei. Die beobachtenden Priesterinnen rissen die Augen weit auf.

Der Schrei stammte von Omar. Der narbige Sachse hatte ihm die Araberhose heruntergerissen und seine Hände befanden sich nun zwischen den Beinen des Gefangenen.

»Himmel! Was macht er?«, kam es krächzend aus Sanderahs Mund.

Genevier fuhr sich mit den Händen über das Gesicht. »Er zerquetscht Mustafa die Hoden mit seinen Händen.«

Der Schrei verebbte und bewusstlos lag der Araber im Sand. Ygrain hatte sich halb aufgerichtet und schrie Ares etwas zu, doch der lachte so laut, dass es durch die ganze Bucht dröhnte. Dann packten zwei Sachsen die Keltin und warfen sie auf einen der Tische. Sie strampelte. Die beiden Sachsen hielten ihr die Beine mit aller Kraft fest, während ein anderer genüsslich eines der Schwerter aus dem Feuertrog nahm und die glühende Klinge flach unter ihre Fußsohlen hielt. Obwohl die Klinge die Füße nicht berührte, musste die Hitze die ungeschützten Sohlen blasig brennen.

Genevier sprang auf.

»Genug!«, schrie sie und rannte zu ihrem Pferd. Ehe sie jemand aufhalten konnte, galoppierte sie den schmalen Pfad zur Bucht hinab und stand auf einmal, hoch zu Ross, das Schwert wütend erhoben, mitten unter den Sachsen.

Sherazeda gab sofort Befehl an zehn Bogenschützinnen, sich zu postieren.

»Sobald einer Genevier angreift, tötet ihn!«, rief sie mit kalter Stimme.

Die Henker ließen von Ygrain ab. Ares war verblüfft von seinem Sessel aufgestanden.

»Diana! Was tut sie?!«, rief Sanderah aus und starrte Sherazeda ratlos an.

Genevier trieb ihren Schwarzen langsam auf Ares zu.

»Ah – Königin Genevier«, rief der Sachsenführer erstaunt aus und kam auf sie zu. Er machte eine spöttische Verbeugung. »Es ist lange her, dass wir uns in Summerset gesehen haben. Was verschafft mir die Ehre?«

Genevier musterte ihn mit einem Blick, der jedes Wasser zu Eis hätte bringen können.

»Macht es dir Freude, eine hilflose Frau zu foltern?«

Ares strich sich über die Enden seines abstehenden Schnauzbartes. »Nicht unbedingt – aber sie hat mich beleidigt.«

»Ach ja…«, kam es höhnisch von Genevier. »Ihr habt sie überfallen. Was tut ihr hier überhaupt?«

»Nun –«, der Sachse machte ein paar Schritte um den Schwarzen herum. »– ich hörte von einem Schatz auf einer Burg. Einer Weiberburg.« Er lachte, wie über einen guten Witz. Genevier war auf der Hut und ließ Ares nicht aus den Augen.

»Deshalb braucht ihr die Marterwerkzeuge?«

Der Sachse winkte ab. »Bei Wotan! Ich hasse Gewalt. Aber dieses Weib braucht Strafe.«

Genevier strich sich eine Haarsträhne aus dem Gesicht. »Gut – lasst die beiden frei und martere mir die Fußsohlen.«

Nun blickte Ares drein, als verstünde er die Welt nicht mehr. »Du willst für diese Frau Schmerzen erdulden? Weshalb?«

»Das ist meine Sache. Etwas, was du niemals verstehen wirst. Also – geht es dir nur um die Beleidigung, nimm mich.«

Ares strich sich wieder durch den Bart und näherte sich dabei dem Kopf des Pferdes.

Doch die Königin durchschaute das Manöver. Als Ares zugreifen wollte, holte sie mit dem Schwert aus. Die Klinge blitzte nur in der rötlichen Abendsonne, da schrie Ares auf und warf sich in den Sand.

Die Sachsen schauten, als könnten sie das, was sie sahen, nicht glauben. Ares Hand, die an den Zügel des Schwarzen greifen wollte, flog durch die Luft, vollzog dort eine groteske Spirale und fiel dann mit dumpfem Blubb in den Sand.

Ares wand sich am Boden, wobei unablässig das Blut aus dem Armstumpf sprudelte.

Endlich begriff einer der Sachsen, was passiert war und riss das andere Schwert aus dem Tiegel, um die glühende Klinge auf die Wunde zu pressen. Diesen Moment nutzte Genevier um Ygrain auf ihr Pferd zu reißen. Um Omar konnte sie sich im Moment nicht kümmern.

Mit Geheul wollten die Sachsen sie aufhalten, doch da ergoss sich ein wahrer Pfeilhagel über sie. Sherazeda und ihre Gefährtinnen leisteten ganze Arbeit. Die Schar der Eindringlinge – noch unter dem Schock der Verletzung ihres Häuptlings – rannten zu den Schiffen. Da ließ die Königin von Marrakis noch eine Wolke Brandpfeile zu den Schiffen jagen.

Das Wutgeheul der Sachsen drang die Felsen hinauf, doch die Priesterinnen lachten sie aus.

Genevier kam mit Ygrain an galoppiert. Die Heerführerin hing mit schmerzverzerrtem Gesicht in ihren Armen. Sogleich untersuchte Sherazeda die Wunden. Sanderah und zwei weitere Kämpferinnen holten Omar. Seine Geschlechtsteile zeigten sich rot und bläulich geschwollen.

»Bei beiden ist es noch einige Tage sehr schmerzhaft, aber nicht weiter bedrohlich«, erklärte Sherazeda, die begnadete Ärztin.

Auf San Salvador de Verdera wurden alle mit großem Jubel begrüßt. Ygrain und Omar kamen unter Alyshia Obhut ins Burg-Hospital.

In der großen Halle trat der Rat des Diana-Ordens zusammen.

»Was meinte der Sachse mit dem Schatz?«, wollte Make-Re wissen, nachdem Genevier ihren Bericht beendet hatte.

»Ich weiß es nicht. Aber die Bemerkung gibt mir sehr zu denken und ich schätze, diese Information entstammt dem Merowingerlager in Renné le Chateau.«

»Chlodwig hat Frieden geschworen«, warf Alyshia ein.

Eileen hob abwehrend die Arme hoch über den Kopf. »Was heißt das schon?! Merowinger bleibt Merowinger!« Mit einem Seitenblick auf Genevier frotzelte sie: »Hübsche Familie seid ihr.«

»Ja«, murmelte die Königin. »Die selbe Abstammung. Aber die Sucht nach Macht hat den Familiengedanken zerstört. Das begann schon bei Artus' Geburt. Uter ist ein schwacher König gewesen und ohne seinen Bruder Ambrosius Aurelius – den späteren Merlin – hätte Childerich in Camelot gesessen. Oder bereits Meroweus.«

Eileen stand auf und machte eine ausladende Handbewegung. »Wären die Römer nicht gewesen, hätte euer Urahn Josef seinen rechtmäßigen Thron in Jerusalem bereits eingenommen. Was nützt es, nach irgendwelchen Ursachen zu forschen?! Wir müssen jedenfalls auf der Hut sein. Die Hauptstadt des Merowingerreiches ist nicht weit entfernt. Chlodwig hat Renné wieder zum Königssitz erhoben.«

»Dabei munkelt man, er wolle katholisch werden«, bemerkte Sherazeda.

Genevier schüttelte heftig den Kopf. »Die Merowinger sind machtsüchtig, aber sie verraten den Gral nicht.«

Dann wechselte man das Thema.

Es gab noch viel zu tun. Für den Abend des großen Festes wurden die Wachmannschaften durch das Los bestimmt. Manche der Priesterinnen, die dadurch an der größten Tempelzeremonie des Jahres nicht teilnehmen konnten, zeigten sich enttäuscht, doch Genevier beruhigte sie.

»Zum Mitternachtsgottesdienst wird der Wachwechsel vollzogen und anschließen werden die Wachzeiten so verkürzt, dass alle auch etwas vom Bankett haben. Erfahrungsgemäß zieht es sich ja durch die ganze Nacht.«

Damit war der Frieden hergestellt. Außerdem sahen sie alle ein, dass gerade nach dem überstandenen Zwischenfall besondere Vorsicht geboten war. Als besondere Maßnahme ordnete Genevier an, dass am Nachmittag des Festes die Zugbrücke eingezogen werden sollte.

»Verkündet es in den Dörfern, damit die Frauen, die dem Orden nahe stehen und an der Tempelzeremonie teilnehmen möchten, rechtzeitig eintreffen.«

2

Der folgende Morgen zeigte sich von seiner strahlendsten Seite.

Nach dem Tempelgebet suchte Genevier Ygrain im Hospital auf. Die schöne Keltin begrüßte sie mit einem dankbaren Lächeln und drückte ihr fest beide Hände.

»Ich bin mir nicht sicher, ob ich die Folter überstanden hätte«, flüsterte sie.

»Ein Glück, dass unsere Wächterin so aufmerksam gewesen ist«, entgegnete die Königin.

Ygrains nächste Frage galt Omar.

»Keine Sorge«, konnte Sherazeda sie beruhigen. Die Königin von Marrakis und Ärztin war neben das Lager getreten und legte der Heerführerin behutsam die Hände um die Schultern. »Seine Manneskraft bleibt ungebrochen«, spöttelte sie leise.

Wieder einmal errötete Ygrain und Genevier lächelte nur. Sie dachte sich ihr Teil.

»Kann ich ihn sehen?«, folgte Ygrains rasche Frage.

Sherazeda zuckte die Achseln. »Wenn deine Füße das mitmachen . . .«

Die Keltin erhob sich von ihrem Lager. Trotz der dicken Verbände versuchte sie zu gehen und verzog dabei keine Miene des Schmerzes. Doch Sherazeda und Genevier wussten, dass sie nur energisch die Zähne zusammenbiss.

Die Königin musste sich weiter um die Vorbereitungen des Festes kümmern. Morgen war es soweit. Sie rief Dereiah zu sich – die offiziell von Eileen als Castellanin eingesetzt worden war. Genevier musste zugeben, dass die junge Andalusierin ihre Aufgabe hervorragend ausführte. Die Vorbereitungen zeigten sich fast abgeschlossen. Später inspizierte die Königin die Wachen. Da trabten zwei Reiterinnen, gefolgt von einem Bauernkarren durch das Haupttor. Geneviers Beauftragte hatten die Bauersleute gefunden, die von einer Merowingerpatrouille misshandelt worden waren. Sogleich gab die Königin Anweisung, sie in die Halle zu bringen. »Versorgt sie gut und nehmt ihnen mögliche Ängste. Ich werde gleich mit ihnen sprechen.«

Als Genevier nach ihrem Rundgang in die Halle kam, warf sich die Bäuerin ihr zu Füßen. »Habt Erbarmen, hohe Frau – wir haben nichts Böses getan!«

Genevier zog die Frau sogleich sanft hoch und schaute ihr fest in die Augen.

Furcht spiegelte sich darin, aber auch Verzweiflung.

Nein – Genevier glaubte nicht, hier Pferdediebe vor sich zu haben.

»Setzt euch und berichtet mir was geschehen ist.«

»Es ist vor dem letzten Vollmond gewesen. Da kamen vier Reiter auf unseren Hof und sie führten mehrere Pferde mit sich.«

»Wer sind die Reiter gewesen?«

»Einer nannte sich Hagen und behauptete, er sei Hauptmann in Chateau. Mehr brauchten wir nicht zu wissen. Er zahlte uns zwanzig Goldstücke, wenn wir die Tiere unterstellen und gut pflegen würden. Dann ritten sie wieder davon.«

Genevier staunte. »Zwanzig Goldstücke! Eine Menge Geld. Da kam euch kein Zweifel?«

Der Bauer, der bisher geschwiegen hatte, fragte nun: »Zweifel? Können wir uns als arme Bergbauern bei zwanzig Goldstücken Zweifel leisten?«

Die Königin stieß zischend die Luft aus den Lungen. »Nein, das könnt ihr sicher nicht. Außerdem hättet ihr vielleicht nur Ärger bekommen.«

»Herrin – wenn solche Leute in der Nacht kommen, fragt man nicht. Man ist dankbar, dass man nach solchem Besuch noch lebt. Dieser Hauptmann sah auch finster aus. Er besaß nur ein Auge und das andere blickte bösartig unter dem Flügelhelm hervor.«

Die Königin setzte sich neben die Bäuerin und legte ihr den Arm um die Schulter.

»Was geschah später?«

»Vor drei Tagen kam ein Reitertrupp . Im Auftrage des Königs, wie sie sagten«, berichtete die verängstigte Bäuerin weiter. Sie durchsuchten den Hof und behaupteten, wir hätten die Pferde aus dem königlichen Gestüt entwendet. Als wir ihnen erklärten, wie wir zu den Tieren gekommen seien, da… da…«

»Schon gut«, warf Genevier rasch ein. »Ich weiß Bescheid!«

Sie machte ein paar Schritte auf den großen Kamin zu, blickte sinnend auf die zahlreichen Wappen und wandte sich dann wieder den Bauersleuten zu. »Werdet ihr weiter bedroht?«

Der Bauer zuckte die Achseln. »Wir sind weiter in die Berge geflohen. Vorsichtshalber. Gestern sahen wir zwei Reiter in der Nähe unseres Hofes. Einer schien der Einäugige zu sein. Aber letzte Nacht hat es auf dem Pass schon geschneit. Da werden sie sich verzogen haben.«

»Weshalb habt ihr euch meinen Priesterinnen nicht gezeigt?«

Der Bauer blickte etwas hilflos zu seiner Frau. Diese antwortete: »Wir wussten ja nicht, was sie von uns wollten…«

»Hm«, machte Genevier. »Ihr solltet wissen, dass wir da sind, um zu helfen, wenn andere in Not sind.« Sie schürzte die Lippen und überlegte einen Moment. Dann meinte sie: »Ihr bleibt besser auf San Salvador, solange die Sache sich nicht aufgeklärt hat.«

Nach dem Fest würde sie sich um die Angelegenheit kümmern.

Es stellte sich heraus, dass der Bauer auch ein sehr guter Hufschmied war und so machte die Königin ihm den Vorschlag, in der Schmiede tätig zu werden.

Sie setzte nun ihren Rundgang durch die Burg fort. Sie sprach mit den Schwestern, die für den Gartenbau zuständig waren und sie ließ sich auch in der Zimmerei sehen. Es gab unzählige Werkstätten auf San Salvador. Der Orden selbst hatte sich auf die stolze Zahl von 128 Frauen erhöht. Oftmals waren es Frauen aus den umliegenden Dörfern, die sich dem Orden anschlossen, wenn sie auch nicht immer selbst auf der Burg ihre Wohnung nahmen. Doch hatten sich im Verlauf der Zeit auch noch Frauen eingefunden, die einst auf Camelot ansässig gewesen waren.

Es gab auch einige Männer auf der Burg. So zwei Schmiede, einen Sattler und Schuster, sowie einige Maurer.

Die Männer lebten mit ihren Familien im Umfeld von San Salvador und so gab es auch eine stolze Schar an Kindern inzwischen. Diese sorgten dafür, dass es im Hof und auf den Wehrgängen manchmal ganz turbulent herging.

Die Männer akzeptierten, dass sie den Heiligen Hain nicht betreten durften. So wollte es das Gesetz der Diana. Aber sonst konnten sie sich auf der Burg frei bewegen, wohin immer sie wollten.

Den größten Teil der Arbeiten erledigten die Priesterinnen selbst. Die hilfreichen Männer hatten die größte Achtung vor ihnen.

Es war kurz vor der Abendandacht, als Genevier im Nordflügel das Observatorium betrat. Hier arbeitete Shebaah – eine Jüdin maurischer Abstammung. Sie schaute von den astronomischen Karten auf, die sie auf einem großen, langen Tisch ausgebreitet hatte. Viele stammten von Merlin, andere hatte Sherazeda dem Orden überlassen. Gerade aus dem Orient waren Informationen der Himmelskunde von unschätzbarem Wert dem Abendland überliefert worden.

Genevier staunte, als sie eine weitere Person im Halbdunkel des Observatoriumsturms erkannte. Harun ben Achmet – Sherazedas Hofastronom und Astrologe.

Er verneigte sich ehrerbietig vor der Königin.

»Harun ist eine große Hilfe für mich«, erklärte Shebaah. »Er hat das Teleskop Merlins noch verbessern können.«

Genevier hob fragend eine Augenbraue.

»Ich habe mir erlaubt, hohe Frau, noch zusätzliche Linsen zu erstellen, so dass die Auflösung der Gestirne noch deutlicher wird.«

»Das ist sehr nett von euch, Harun ben Achmet. Ihr wisst, welche Berechnungen wir anstellen?«

Der Maure nickte. »Der Planet Anus ist der arabischen Welt durchaus bekannt, Erhabene.«

Genevier lächelte und meinte: »Ich bin nicht erhabener, als jede Person hier auf der Burg. Sagt einfach Genevier zu mir.«

Haruns Augen strahlten und irgendwie spürte die Königin ein merkwürdiges Kribbeln in sich. Harun ben Achmet stellte eine stattliche Persönlichkeit dar. Seine bronzefarbene Haut und die dunklen Augen – die unergründlich wirkten – seine aufrechte Haltung und seine Bildung zogen Genevier von der ersten Begegnung an.

Wenn sie es auch nicht zugab – sie fühlte sich verunsichert in seiner Nähe. Allerdings in einer Weise, die sie magnetisch anzog.

So kam es, dass sie ihm Sekunden länger in die Augen schaute, als sie eigentlich wollte.

Haruns melodische Stimme riss sie aus einer Art Trance.

»Der Planet schwingt in die rückläufige Ellipse ein. Allerdings dauert es noch sehr, sehr lange, bis er sichtbar wird.«

Genevier räusperte sich. »Ihr meint also, dass dieser Planet der Götter tatsächlich existiert?«

Der Maure nickte. »Natürlich! Ich stelle seit Jahren Berechnungen an und vergleiche sie mit den Aufzeichnungen aus Akkad. Es gibt ihn!«

Die Königin machte ein paar Schritte auf das Fernrohr zu. »Man sagt, seine Umlaufzeit betrüge mehr als dreitausend Jahre.«

Harun trat dicht hinter sie und bemerkte leise: »Nein. Bei dieser Aussage ist die kosmische Katastrophe um 1700 vor unserer Zeitrechnung nicht berücksichtigt. Vor dem Zusammenstoß der Planeten zählte das Jahr weit weniger Tage.«

Genevier schaute den Astronomen ernst an. »Ich hörte auch einst Ambrosius von einem Zusammenprall der großen Planeten sprechen. Ihr müsst mir nach dem Fest mehr darüber sagen.«

Die Nacht hatte sich bereits lange über San Salvador de Verdera gesenkt. Genevier saß in ihrer Kemenate und studierte alte Aufzeichnungen der Diana-Dynastie. Da klopfte es an der schweren Eichentür.

Erstaunt blickte die Königin auf. Sie erhob sich und öffnete.

Als sie Harun ben Achmet erkannte, wuchs ihr Erstaunen noch mehr. »Ihr ?«

Der Maure lächelte und verbeugte sich dann. »Verzeiht hohe Frau – ich bin mir der Unziemlichkeit des späten Besuches bewusst. Ich bitte euch auch nicht darum, eintreten zu dürfen. Es ist nur...«

Genevier schaute ihn fragend an. Die Pechfackel auf dem Gang neben der Tür zeichnete geheimnisvolle Schatten auf sein dunkles Gesicht. Wie zwei Sterne wirkten die Augen darin.

Harun löste etwas von seinem Hals, barg es in der rechten Hand und reichte es dann der Königin.

»Bitte nehmt dies von mir. Ich wünsche euch eine angenehme Nachtruhe.«

Ehe Genevier etwas erwidern konnte, war der Maure im Dunkel des Ganges verschwunden.

Sekundenlang stand Genevier reglos da. Dann senkte sie den Blick und öffnete ihre Hand. Ein kleines Medaillon glänzte darin. Sie schloss die Tür und schritt durch den Raum. Vor dem vierarmigen Kandelaber blieb sie stehen. Die Kerzenflammen ließen die Diamanten des Schmuckstückes blitzen.

Genevier betrachtete die massive goldene Kette mit dem kunstvoll gearbeiteten Verschluss.

Sie öffnete das Medaillon. Unwillkürlich hielt sie den Atem an. Ein in Gold graviertes Bildnis steckte darin.

Für Genevier gab es keinen Zweifel, wen das Bild darstellte. Zu oft hatte sie dieses Gesicht geschaut. Es handelte sich um das Antlitz der Gottkönigin Diana.

Als die ersten Sonnenstrahlen golden den Gipfel des Mont Salvage berührten, erhob sich Genevier aus einem unruhigen Schlaf. Haruns nächtlicher Besuch und das Medaillon hatten sie völlig durcheinander gebracht.

Doch es gab viel zu tun. Nach dem rituellen Bad in der Therme und dem morgendlichen Tempelbesuch, rüstete man für das Jahresfest zu Ehren der Gottkönigin.

Der Tag zeigte sich strahlend und am Nachmittag, zu einer genau festgesetzten Stunde des Sonnenlaufes, der durch die Astronomin bestimmt wurde, sollte der Festgottesdienst beginnen.

Den Mauren sah Genevier im Verlauf des Tages nirgendwo. Als sie Sherazeda nach ihm fragte, konnte diese nur darüber Auskunft geben, dass er ausgeritten war.

Als die Sonnenscheibe den errechneten Punkt ihrer Bahn erreicht hatte, brach ein rötlicher Lichtstrahl durch einen Spalt im oberen Bogen des Diana-Tores – dem Eingang des Heiligen Hains. Dort hatten sich die Priesterinnen in ihren Festroben versammelt.

Bestehend aus blendend weißem Tuch, tailliert und von einem goldenen Gürtel vorn zusammengehalten – einem purpurnen Mantel aus Phönizien, versehen mit einem kostbaren Kragen aus Hermelin.

Am mittleren Zeh des rechten Fußes der Priesterinnen blitzte der Ring der Diana.

Zwanzig, mit den Flaggen des Ordens verzierte Fanfaren ertönten. Die Bläserinnen hatten sich auf alle Türme der Gralsburg verteilt. Vom Hauptturm wehte zusätzlich das Drachenbanner und daneben, zum Gedenken an Sir Lancelot, flatterte der Löwe von Benoic.

Die Spätnachmittagssonne hüllte den Heiligen Hain in rötlich goldenen Schein.

Der Zug der Priesterinnen setzte sich in Bewegung – allen voran Genevier.

Auf ihrem, in sanften Wellen gekämmten hüftlangen Haar, saß das Diadem der obersten Priesterin, beherrscht von einem Taubenei großen, bläulich funkelndem Diamanten. Der Überlieferung nach, sollte IN.ANNA / Ishtar – die Königin von Uruk – ihn in ihrer Krone getragen haben.

Langsam, mit melodischem Gesang, vollzog sich die Prozession durch den geheiligten Garten zum Tempel.

Der Tempel selbst erstrahlte im Schein von zweitausend duftenden Kerzen – entzündet an einer Flamme aus den Ruinen des Tempels von Babylon.

Geheimnisvolle Musik, erzeugt von unzähligen Harfen erfüllte das Heiligtum.

Beinahe lautlos, auf ihren bloßen Füßen, schritten die Priesterinnen einher.

Genevier – gefolgt von Eileen, Sherazeda, Ygrain, Sanderah und Alyshia.

Obwohl noch unter den Nachwirkungen der Misshandlung leidend, bestand Ygrain darauf, die Prozession mit zu führen.

Genevier blieb vor dem Altar, in unmittelbarer Nähe der mächtigen goldenen Statue der Diana stehen.

Nach und nach füllten die anderen Priesterinnen den Säulenraum. Das flackernde Licht der Kandelaber verstärkte noch die mystische Atmosphäre.

Genevier betrat langsam die Marmorstufen, die zum Alabasteraltar empor führten. Sie hob weit die Arme und wandte sich zum Antlitz der Göttin.

Die Harfen wurden immer leiser, so, als verwehten die Töne in einem geheimnisvollem Wind der Unendlichkeit.

Genevier schritt die letzte Altarstufe hinauf, ließ die Arme sinken und ergriff das dort liegende zeremonielle Schwert. Eine kostbare Toledoarbeit. Griff und Klingenansatz mit herrlichen Smaragden und Rubinen besetzt.

Die Königin drehte sich zu den Schwestern des Ordens und hob, den Griff mit beiden Händen umfasst, das Schwert mit der blitzenden Klinge weit über ihren Kopf.

»Diana – Mutter allen Seins – Königin dieses Planeten – Herrscherin über das Leben – wir huldigen dir mit Seele, Geist und Leib.«

»Große Diana!«, rief der Chor der Priesterinnen und die Stimmen hallten von den Wänden wider.

»Wir grüßen auch dich – Aradia – Tochter der Göttin«, rief nun Genevier.

»Wir grüßen Aradia«, kam es von den Priesterinnen.

Nun nahm die Königin das Schwert in beide Hände – die Rechte um den Griff gefasst, die Klinge sanft flach in der Linken – und schritt auf die Statue zu. Dort sank sie in die Knie, hielt das Schwert waagerecht vor den Leib und hob das Gesicht empor zur Göttin.

»Diana! Bella Diana. Tu che della grande caduta, mi ai bene salvata.«

Nach dieser Formel richtete sie sich wieder auf – das Schwert immer noch waagerecht haltend – und schritt vor die Versammlung. Langsam, den Oberkörper nach unten beugend, legte sie das Schwert auf die oberste Marmorstufe vor sich. Nachdem sie sich wieder aufgerichtet hatte, sprach sie, mit gen Himmel gehobenen Armen:

»Lauschet dem Rauschen und Pfeifen des Windes, dem hohlen Dröhnen, wenn er heran rauscht. Die Stärke besitzt viele Stimmen. Deine ist stark. Das Echo hallt, wenn der Sturm die Bergflanke trifft, so wie dein Ruf uns erreicht.«

»Große Diana!«, rief die Versammlung.

Von irgendwo dröhnte ein Gong. Dumpf zog sich der abschwellende Klang durch den Tempel. Genevier sank auf die Knie und hob die Arme dabei leicht angewinkelt hoch, so dass ihre Handflächen sich in der Höhe ihres Kopfes befanden.

Alle Priesterinnen taten es ihr gleich.

Erneut ertönte der Gong.

Diesmal noch lauter und intensiver.

Eine wundervolle Stimme hob an und das Lied war einem Choral nicht unähnlich.

Zauberhaft hallte es von den Wänden des geschmückten Tempels wider – zog sich melodisch durch die Säulen und Kapitelle.

Die Hymne an Diana!

Dann setzten alle Priesterinnen in den Gesang ein.

Draußen – im Hof, auf den Türmen und den Wehrgängen – lauschten Wächterinnen und einfaches Bauernvolk entzückt der Melodie.

Sie schwebte scheinbar durch die Steine, hing wie ein sanfter Schleier über den Erkern und Mauern und es schien, als würde sie die ganze Burg entrücken.

Etwa zwei Stunden dauerte die Zeremonie. Danach zogen die Priesterinnen in feierlicher Prozession bei Fackelschein durch den Heiligen Hain zur großen Halle zurück.

Hier fand das Festmahl statt.

Beim Eintritt in die festlich, mit Tanne und Zeder, sowie geschnitzten Sternen geschmückte Halle, sah Genevier Harun wieder. Er stand etwas abseits und blickte ihr direkt in die Augen.

Ohne es verhindern zu können, durchrieselte die Königin ein Gefühl, das nicht beschreibbar war. So, wie einst bei der ersten Begegnung mit Lancelot.

Rasch wandte sie ihre Augen ab und schritt weiter zur hufeisenförmigen Tafel, die sich mit allerlei Leckereien gedeckt zeigte.

An diesem Festmahl durften alle teilnehmen und so reichte die gewaltige Halle so eben aus.

Während des Essens und auch danach, gab es Gauklerspiel und andere Kurzweil.

Bereits weit fortgeschritten war der Abend, als Harun zu Genevier hinüber ging, sich verneigte und fragte: »Darf ich um diesen Tanz bitten, hohe Frau?«

Die angesprochene schaute auf und meinte dann leicht amüsiert: »Es ist lange her, dass ich in dieser Form getanzt habe. Wenn ihr es mit mir wagen wollt…«

Harun lächelte mild: »Ihr schwebt sicherlich wie eine Feder zu der herrlichen Musik.«

Die Männer und Frauen aus der Umgebung, die auf der Burg zum Tanz aufspielten, setzten eben zu einer einschmeichelnden Weise an und tatsächlich hatte die Königin das Gefühl, als ob sie unter der Führung des Mauren den Boden gar nicht berühre.

Nach dem Tanz standen Genevier und Harun auf dem kleinen Balkon, der an der Nordseite der Halle angebracht war. Von hier schaute man über den Burggarten und den Heiligen Hain weit zu den Berggipfeln der Pyrenäen. Noch immer lag Schnee hoch oben.

»Meine Herrscherin beabsichtigt in zwei Tagen zurück nach Marrakis zu reisen«, bemerkte Harun leise.

Das stimmte Genevier traurig, denn gern hätte sie die Freundin länger in ihrer Nähe behalten.

»Verzeiht«, meinte Harun. »Ich dachte, ihr hättet es gewusst. Es lag mir fern, meiner Herrin vorzugreifen.«

»Ach, lasst nur.« Die Königin legte ihm die Hand auf den Unterarm. »Ihr reist natürlich mit ihr?«

Harun schaute sie ernst an und nickte dann. »Es ist meine Pflicht.«

Irgend etwas im Blick des Mauren hinderte Genevier daran, etwas zu sagen. Sie schauten sich nur in die Augen. Die Königin glaubte in den dunklen, unergründlichen Pupillen Haruns zu versinken. Ohne es zu wollen, schlug ihr Herz heftig. Dieser Mann gewann unmerklich die Macht über ihr Herz und ihr Fühlen.

»Ich wünschte mir, ihr könntet mit reisen«, kam es leise, wie ein Windhauch aus seinem Mund.

Genevier musste schlucken. »Ihr… weshalb?«

Harun wandte sich ihr etwas mehr zu. »Der Mond dort oben –«, dabei deutete er zu der vollen Scheibe des Gestirns, »– weiß um die Geheimnisse der menschlichen Gefühle. Denn er ist in der Lage, sie zu entflammen und zu lenken. Ihr habt es geschafft, dass meine ruhelose Seele zu eueren Füßen liegt. Ich wünsche mir, die Sonne über der unendlichen Wüste aufgehen zu sehen und ersehne eueren Schatten herbei, der mein Herz stillt.«

Geneviers Kehle fühlte sich trocken an, ob dieser poetischen Liebeserklärung. Ihr Herz schlug bis zum Hals und sie befand sich nicht in der Lage, etwas zu erwidern. Sie spürte Haruns Hände in den ihren, fühlte seine Lippen und versank in seinem Kuss.

Die Sonne weckte zwei Menschen, die in der Nacht eins geworden waren. Zwei Augenpaare trafen sich, die wussten, dass etwas sie für ewige Zeiten verband.

»Wärme meines Herzens, Wonne meines Leibes – meine Seele schreit nach dir«, flüsterte Harun und strich über Genevier ausgebreitetes Haar.

Die Gefühle der Königin rotierten wie ein Rad. Seit Jahren hatte sie kein Mann mehr so durcheinander gebracht, wie dieses Abbild eines antiken Gottes. Und als sie erneut seine geballte männliche Kraft in ihrem Schoß spürte, zerbrach auch die letzte Abwehrbastion gegen das, was man Liebe nennt.

3

Die Sonne bahnte sich ihren Weg durch den Frühnebel.

Mit kräftigen Zügen durchschwamm Genevier das Thermebecken, zog sich am Naturfelsrand hoch und griff zu ihrer Tunika. Dabei kamen zwei Beine in ihr Blickfeld.

Sie schaute auf und sah in das lächelnde Gesicht Ygrains.

»Na? Wie war die Nacht mit deinem orientalischen Prinzen?«, kam es schelmisch über die Lippen der Heerführerin.

Die Königin warf sich die Tunika über und machte ein paar Schritte auf die marmorne Sitzgruppe zu. Sie ließ sich darauf nieder, zog die Beine mit hinauf auf die Sitzfläche und legte den Kopf in den Nacken. Dabei rutschte die Tunika zur Seite und gab so den größten Teil ihrer herrlichen Beine frei.

»Oh Diana!«, rief Ygrain aus. »Wenn das jetzt deinPascha sehen könnte…«

Genevier lachte glockenhell. Sie wandte die Augen zu der Sprecherin und meinte dann spitzbübisch: »Klingt da der Neid durch? Wie ich zu beobachten glaubte, war dein lüsterner Blick doch auf den muskulösen Schirrmeister der Königin gerichtet.«

Ygrain ließ sich ebenfalls auf die halbrunde Bank sinken, wobei sie Geneviers Füße hoch nahm und auf ihren Schoß legte. Träumerisch meinte sie:

»Ein Bild von einem Mann.«

»Tja«, sprach Genevier leichthin. »Da du es ja gern etwas härter liebst, sind Schmiede und Schirrmeister genau deine Kragenweite. Was sagt denn dein Omar dazu?«

Die kleine Keltin formte ihre Finger zu Krallen und hielt sie Genevier vors Gesicht. »Biest !«, zischte sie.

Genevier hob theatralisch die Arme. »Oh Männer! Weshalb fahren wir Weiber nur auf diese Mischung von Arroganz und Göttlichkeit ab?!«

In diesem Augenblick tauchte Alyshia auf. Sie schien ziemlich aufgeregt.

Genevier und Ygrain sahen sie an und fragten in selben Atemzug: »Was ist los?«

»Die Turmwache meldet Rauch aus einem der Bergdörfer!«

Genevier rutschte in einem Dreh von der Bank in Standstellung. »Verdammt! Der Merowinger?«

»Dieser Brut darf man niemals trauen. Chlodwig hin, Chlodwig her! Merowinger bleibt Merowinger auch wenn er sich unter die Flagge des Papstes flüchtet«, zischte Ygrain und es klang wie das Angriffssignal einer Kobra.

»Zehn Frauen sogleich kampfbereit machen!«, gebot die Königin.

»Ich komme mit«, rief die Keltin und sogleich stoben sie los.

Unterwegs trafen sie auf Harun. Er wollte Genevier aufhalten, doch sie schob ihn zur Seite. Verdattert schaute er den drei Frauen nach.

Der Zeitraum ließ sich kaum messen, da stand der berittene Trupp, in leichter Rüstung mit Lanzen, bereit.

Genevier wollte gerade den Befehl zum Niederlassen der Zugbrücke geben, als ein Araber auf einem Rappen herangesprengt kam.

Rundschild und Sarazenerschwert blitzten in der Sonne.

»Ich weiß nicht, was passiert ist, aber ich denke, ihr werdet eine gute Klinge nicht ablehnen!«, rief Harun ben Achmet.

Die Augen der Königin blitzten. »Du bist mir an meiner Seite willkommen. Los!«

Rasselnd donnerte die schwere Brücke hernieder. Das Rumpeln vermischte sich mit dem Getrappel der Hufe. Mit einem rasanten Sprung setzte Genevier über den Burggraben, ehe die Planken den Boden ganz berührt hatten.

Wie die Wilde Jagd ging es in Richtung des schmalen Passweges. Es gab nur ein winziges Dorf dort hoch oben, innerhalb der Schneegrenze. Wer mochte ein Interesse daran haben, bei diesen armen Bergbauern zu wüten? Vielleicht dieser Hagen? Der Einäugige mit dem Flügelhelm?

Der Pfad zeigte sich immer steiler und an den Rändern bildeten sich Schneestreifen. Diese wuchsen mit zunehmender Höhe und der Untergrund wurde steiniger und gefrorener. Die Priesterinnen wickelten sich eng in ihre Mäntel. Die leichten Rüstungen erbrachten kaum Schutz vor der hier oben herrschenden bitteren Kälte.

Ein Berghang versperrte den Blick, so dass man die Rauchsäule nicht mehr sehen konnte.

Etwa fünf Meilen trennten den Trupp nur noch von dem Dorf, als der Schnee so tief wurde, dass die Pferde bis zum Bauch einsackten.

Ygrain trieb ihr Tier an die Seite der Königin. »Ich befürchte, dass dieser Pass unpassierbar ist.« Die Keltin deutete zu einem glatten Schneefeld voraus. Trügerisch glatt.

Genevier kniff die Augen zusammen. »Es hat den Anschein, als sei eine Felsspalte von einer Schneebrücke überdeckt worden. Der Pass an sich muss mehr nördlich führen.«

Doch dort zeigte sich nur unpassierbares Felsmassiv.

Um diese Jahreszeit hatte noch keine der Priesterinnen einen Ritt zu dem Dorf unternommen.

»Wir sollten umkehren«, riet Ygrain.

Genevier schaute sie ernst an. Sie wusste, dass die Keltin recht hatte. Aber was war mit den Menschen dort oben?

Da ertönte Haruns Stimme von hinten. »Lasst mich versuchen, ob das Schneefeld uns tragen kann. Vielleicht verläuft der Pass ja wirklich dort. Weiter höher zwischen den Felsen kann er nicht sein. Das ist zu seitenabfällig.«

Genevier schüttelte den Kopf. »Nein, Harun. Das ist zu gefährlich. Wir wenden und versuchen von der Westseite den oberen Pass zu erreichen.«

»Das dauert fast fünf Stunden«, stöhnte Ygrain.

Harun trieb sein Pferd näher. »Die Menschen dort benötigen rasche Hilfe. Falls überhaupt noch jemand lebt. Hier trennen uns nur noch knapp zwei Stunden von dem Dorf.«

»Ich weiß«, bestätigte die Königin, »aber es hilft uns und den Menschen nicht, wenn wir in den Tod stürzen.«

Harun nickte. »Der Pass kann aber nach den Gegebenheiten nur dort verlaufen.«

Genevier schien den Schnee mit ihren Augen durchbohren zu wollen. Dann fasste sie einen Entschluss. Sie trieb ihr Pferd auf das Schneefeld zu. Harun wollte ihr in den Zügel greifen, doch er verfehlte ihn.

»Um Isis Willen! Wartet!«, rief er und trat seinem Tier in die Seiten.

Doch die Königin war ihm bereits zwei Pferdelängen voraus. Sie näherte sich dem glatten Schneefeld. Dort hielt sie ihr Tier kurz an, um es dann vorsichtig – Schritt für Schritt weiter zu treiben.

Der Hengst schnaubte unwillig, so als ahne er eine Gefahr.

Mit angehaltenem Atem schauten die Priesterinnen zu und auch Harun stand mit samt seinem Pferd wie eine Statue da.

»Oh göttliche Mutter Diana…«, murmelte Ygrain und schloss die Augen.

Genevier hatte die Mitte der Fläche erreicht. Sie hielt das Pferd an. Es schien tatsächlich festen Boden unter den Füßen zu haben.

Die Priesterinnen jubelten. Dort verlief wohl tatsächlich der Pass.

»Alles in Ordnung!«, rief Genevier. Sie wandte sich auf dem Rücken ihres Tieres etwas zur Seite, um den Schneeboden noch genauer in Augenschein zu nehmen.

Da passierte es!

Ihr Pferd machte mit den Hinterbeinen einen Seitwärtsschritt – um der Gewichtsverlagerung der Reiterin zu folgen – da sackte es hinten weg. Wiehernd bäumte es sich auf, was zur Folge hatte, dass es bis zum halben Körper tiefer rutschte, als sei es in einen Strudel geraten. Miteinem Aufschrei warf Genevier sich nach vorn, griff in die Mähne, als das Pferd plötzlich mit den Vorderhufen hilflos in der Luft paddelte.

Dumpf rollend brach die Hälfte des trügerischen Schneebrettes ab. Das panikartige Paddeln des Pferdes mit den Hufen führte dazu, dass es wie auf einer Rutschbahn der sich auftuenden Felsspalte näher kam. Es mochte nur noch die Zeit einiger Wimpernschläge dauern, bis Ross und Reiterin in der unergründlichen Tiefe verschwanden.

Ygrain wollte schreien, doch es kam nur ein hilfloses Krächzen aus ihrer Kehle.

Die anderen verhielten sich wie erstarrt – das blanke Entsetzen in den Gesichtern.

Nur der Maure erwachte zur Bewegung. Mit wildem Kampfruf legte er den Oberkörper nach vorn flach auf den Hals seines Pferdes – trat ihm mit den Fersen heftig in die Seiten. Es machte einen solchen Satz, dass der Schnee wie eine gewaltige Wolke aufflog. Er erreichte Genevier, deren Pferd bereits bis zum Hals in der Schneerutschbahn steckte, ergriff ihren linken Arm und riss sie zu sich hinüber. Dann wendete er sein Tier auf den Hinterhufen. Vor Schmerz gab es einen klagenden Ton von sich, der im Todeswiehern von Geneviers Hengst unterging, als dieser mit dem Donner des restlichen Schneebrettes in die Spalte stürzte.

Haruns Pferd strauchelte, doch es fing sich wieder. Genevier krallte ihre Hände in den Hals des Tieres, was ein erneutes Aufbäumen zur Folge hatte. Harun stürzte herab. Durch das zweite Gewicht plötzlich erleichtert sprang das Pferd auf die wartenden Priesterinnen zu, riss zwei weitere Pferde um und kam dann selbst zu Fall.

Sogleich gab es unzählige helfende Hände. Die Königin kam auf die Beine, wollte nach Harun sehen, der lang am Rande der unergründlichen Felsspalte lag.

Da begann der Berg zu grollen.

Der ganze Trupp fand sich in einer riesigen, weißen, undurchdringlichen Wolke wieder.

Die Macht der Lawine riss mehrere Pferde nebst ihren Reiterinnen um. Durch das Grollen und Donnern drang ein kurzer Schrei.

Die Ereignisse hatten sich in solch kurzer Zeit abgespielt, dass sie kaum in der richtigen Form zu schildern sind.

Als sich der Schneenebel verzogen hatte, kroch Genevier dort hin, wo sich vor wenigen Augenblicken noch der trügerische Pfad befunden hatte.

Dort klaffte nun eine gewaltige Spalte von zwei Pferdelängen.

»Harun!«, schrie es aus Genevier. »Harun!«

Tödliches Schweigen war die einzige Antwort.

*

Das Dorf bildete einen Ort des Grauens.

Kohlende Reste von dem, was einst Häuser und Hütten gewesen waren. Grässlich verstümmelte Leichen.

Es stank nach Tod.

Genevier, die ihre Umgebung während der letzten Meilen kaum wahrgenommen hatte, wischte sich die Tränen aus den geröteten Augen. Ein Klos saß in ihrem Hals und schien sie erwürgen zu wollen.

Ygrains wütender Aufschrei zeigte ihr den Weg in die reale Welt.

Die Keltin trieb ihr Pferd im Kreis und verfluchte die Mörder bis in unzählige Generationen.

Da zischte ein Pfeil haarscharf an ihrem Kopf vorbei und ein höhnisches Lachen erscholl.

»Verflucht ihr vielleicht auch mich?«, kam es mit einer Stimme, die vor Hohn nur so triefte.

Der pechschwarz gerüstete Reiter mit dem Flügelhelm trabte langsam heran und blieb vor den Priesterinnen stehen. Vom Sattel aus verneigte er sich. Eine Geste, die spottend wirkte.

Genevier ließ ihr Pferd zwei Schritte vor machen.

»Ihr seid Hagen?«, fragte sie. Aber sie wusste, dass er es sein musste. Ein Windstoß ließ seinen abgewetzten schwarzen Mantel wie Fledermausflügel aussehen.

»Ich bin Hagen! Ihr kennt meinen Namen schon. Das erspart uns Zeit. Ihr seid wohl diese Genevier?«

»Ich bin Genevier«, gab diese eisig zurück.

»Hm«, machte der Schwarze und kam noch etwas näher.

Die Königin schaute sich um. »Wo sind die anderen Mörder?«

»Mörder?« Hagen schüttelte den Kopf. »Nicht doch. Vollstrecker!«

Genevier straffte sich und reckte das Kinn vor. »Vollstrecker? Von was? Für wen?«

»Viele Fragen auf einmal, Mylady. Ich mache euch einen Vorschlag. Ihr ladet mich und meine Leute auf euere Burg ein und dann werdet ihr alles erfahren.«

Das war entschieden zu viel für Ygrains Nerven. Sie jagte – ehe jemand es verhindern konnte – auf den Schwarzen zu und…

Ein Klatschen. Ein Schrei.

Der Schwarze lag im Schnee.

Sogleich näherte sich Hufschlag von zahlreichen Pferden. Doch da hockte die Keltin bereits auf Hagen, hatte ihm den Helm vom Kopf gerissen und das Messer an die Kehle gesetzt.

»Wenn deine Leute auch nur wenige Fuß näher kommen, wirst du deine Götter sehen«, knurrte die Keltin und es klang, wie ein Panther vor dem tödlichen Sprung.

Sogleich hob Hagen seinen linken Arm etwas und seine Krieger verharrten wie Statuen.

»Schon gut, bei Odin«, krächzte er.

»Das gefällt mir schon besser. Und nun – stehe derobersten Priesterin des Diana-Ordens Rede und Antwort!«

Genevier war vom Pferd gestiegen und schritt durch den tiefen Schnee auf den Ritter zu. Hoch aufgerichtet blieb sie vor ihm stehen. »Wer hat dich zu dieser Strafaktion geschickt und weshalb?«

»Er nennt sich Gareis. Ich kenne ihn nicht näher.«

Genevier schaute ihn abwartend an. Als er nicht weiter sprach, trat sie ihm unsanft in die Seite. »Weiter!«

»Er versprach mir Gold. Sehr viel Gold. Dafür sollte ich zehn Pferde auf die Höfe hier verteilen und…«

Der Tumult ließ sich nicht mehr aufhalten. Alle Priesterinnen hatten zu Genevier, Ygrain und den am Boden liegenden Hagen geschaut. Das hatten Hagens Begleiter zu einem Angriff genutzt. Ein Speer traf Isolde in die Seite. Genau dort, wo das Kettenhemd nicht schützen konnte. Aufschreiend sank sie in den Schnee, der sich sogleich von ihrem Blut färbte.

Mit einem Wutgeheul wirbelte Genevier herum. Der Angreifer, der direkt hinter ihr stand, hatte Pech. Das Schwert der Königin schnitt seinen Hals glatt ab. Der Kopf gab noch unartikulierte Laute von sich, als er längst durch den Schnee rollte. Er blieb auf dem Mund liegen und brachte diesen so zum Schweigen.

Ygrain packte Hagen und riss ihn halb hoch. Der Araberdolch ritzte die Haut unterhalb des Adamsapfels.

»Um Walhalla's Willen!«, schrie der Schwarze. »Haltet ein!«

Doch niemand hörte auf ihn. Ygrain hatte einen Mann abzuwehren, von dem sie im Bruchteil eines Augenaufschlages nur den Falken auf dem Helm sah. Dann hatte sie alle Hände voll zu tun.

Schwerter prallten aufeinander, dass die Funken nur so stoben. Genevier drosch so mächtig auf zwei Gegner gleichzeitig ein, dass sie beiden die Schilde in Stücke schlug.

Irgendwann flog ihr der Helm vom Kopf, doch sie bemerkte es kaum. Immer wieder traf das Schwert aus Zierahs Schmiede einen Gegner.

Die fahle Sonne legte wohl einen Weg von zwei Breiten ihrer Scheibe zurück, solange wogte der Kampf. Dann ergriffen die Mörder die Flucht.

Erschöpft sank Genevier, auf den Schwertgriff, gestützt in die Knie.

»Isolde verblutet!«, vernahm sie da Ygrains Aufschrei.

Sogleich richtete sie sich wieder auf und schaute sich um.

»Diana!«, entfuhr es ihr.

Isoldes Gesicht war weiß wie der Schnee. Sie hatte die Augen geschlossen und das rote Haar wurde benetzte von den frisch fallenden Schneeflocken. Unaufhaltsam floss pochend das Blut aus der Seitenwunde.

»Oh nein! Nicht auch noch du!«, rief Genevier verzweifelt. Alyshia riss das Panzerhemd herunter. Mit dem Messer entfernte sie den Stoff des Unterkleides und betrachtete mit Entsetzen sie die tiefe Wunde.

Dann zog sie die Wundränder weiter auseinander, was den Blutfluss noch steigerte – und presste ihre geballte Faust hinein.

Sie schaute Genevier an und verstand den fragenden Blick der Königin. Wird sie von uns gehen?

»Wenn kein Wunder geschieht – ja«

Sie senkte den Kopf, atmete tief durch und flüsterte dann: »Den Weg nach San Salvador überlebt sie nicht.« Sie blickte sich gehetzt um. Ihre Augen blieben auf einer nur halb ausgebrannten Hütte haften.

»Wir müssen sie dort hinein bringen. Aber so, dass ich die Ader abgepresst halten kann.«

Kein einfaches Unterfangen. Doch dann lag die Verletzte auf einer rohen Holzbank, auf die notdürftig zwei Felle geworfen worden waren.

Der aufkommende Schneesturm fegte durch die Ritzen der verkohlten Holzwände und durch ein Loch im Dach. Doch der Herd funktionierte noch.

Alyshia stand trotz allem der Schweiß auf der Stirn, als sie sagte:

»Es gibt jetzt nur Leben oder Tod. Heizt den Herd ordentlich an. Stopft mit eueren Mänteln die Ritzen hier, so gut es geht. Jemand muss zur Burg reiten und alles notwendige für ein Winterlager heranschaffen. Aber schnell. Schmelzt Schnee in einem der Kessel und bringt das Wasser zum Kochen. Dann benötige ich aus einem Kettenhemd fünf eiserne Ringe, die mit ausgekocht werden.Außerdem muss eine Dolchklinge zum glühen gebracht werden.«

Mit aller Macht hielt die Ärztin ihre Faust auf die Wunde gepresst. Vor Anstrengung verschwamm beinahe die Umwelt vor ihren Augen.

Genevier und Ygrain organisierten sogleich alles. Farah, die junge Perserin, erklärte sich sogleich bereit, nach San Salvador zu reiten.

Bald hatte man mit den Mänteln die Ritzen zwischen den Balken verstopft. Die Priesterinnen stopften sogar noch ihre Kleider hinein. Beinahe nackt waren sie nun der eisigen Kälte ausgesetzt und froren erbärmlich. Der Schnee schmolz und das entstandene Wasser in dem verbeulten Eisenkessel begann zu zischen und zu brodeln.

Alyshia war der Erschöpfung nahe. Trotzdem wich zusehends das Leben aus Isoldes Körper.

Genevier hatte den Kopf der Gefährtin in ihren Schoß gepresst. Auch sie hatte ihre Kleidung zur Abdichtung der Hütte gegeben und trug nur noch ein Lendentuch. Obwohl ihr Körper bereits blaue Kältespuren aufwies, versuchte sie mit ihren Brüsten Isolde zu wärmen.

»Wir können nicht mehr warten«, stieß Alyshia vor Kälte bibbernd hervor. »Bringt das glühende Messer und die Ringe. Dazu die Sattelgurtzange.«

Ygrain sprang sofort auf, während zwei Gefährtinnen noch ein Wolfsfell fanden und es Alyshia umlegten.

Aus Alyshias Augen flossen Tränen, die sogleich gefroren. »Ich weiß nicht, ob ich's schaffe«, kam es wie ein Hauch aus ihrem Mund. »Ich spüre meine Finger kaum noch.«

Eine der Priesterinnen massierte Alyshias Oberkörper, eine andere legte sich über Isoldes Beine, um diese vor Erfrierung zu schützen. Zwar trugen alle Fellstiefel, doch sie nützten zur Zeit wenig.

Ygrain brachte den glühenden Doch. Sie hatte ihn mit der Sattlerzange gefasst. Alyshia betrachtete den schwelenden Holzgriff. Dann zog sie mit einem Ruck die Hand aus der Wunde, griff mit der anderen den Dolch – schrie vor Schmerzen auf und presste die Klinge in die Wunde.

Blutspritzer besudelten ihr Gesicht.

Trotz tiefster Ohnmacht bäumte Isoldes Körper sich auf.

Die glühende Klinge verschmolz die Ader und Gewebeteile.

Mittels der Klammern aus dem Kettenhemd versuchte Alyshia den Rest der klaffenden Wunde zu verschließen.

Endlich lehnte die Ärztin sich zurück – atmete tief – und sackte zusammen.

Genevier verband rasch Isoldes Verletzung mit einem Stück von ihrem Lendentuch.

Das hatte allerdings zur Folge, dass sie nun völlig nackt in der zugigen Hüttenruine saß.

Alyshia erholte sich etwas. Ygrain gab ihr eine Hand voll Schnee, die sie in den Mund steckte. Es wirkte belebend.

»Deckt Isolde mit allem zu, was ihr finden könnt. Ich befürchte aber, dass sich das Fieber nicht aufhalten lässt.«

»Wahrscheinlich sind wir in kurzer Zeit sowieso alle tot«, kam es zwischen Geneviers klappernden Zähnen hervor.

Der Sturm entwickelte sich zum Orkan.

Für die Verletzte hatten die Priesterinnen einen Verschlag aus allen möglichen Brettern, Balken und Möbelresten erbaut, durch den die Wärme des Herdes zog. Sie selber hatten unter dem Loch des Daches ein gewaltiges Feuer entfacht und drängten sich eng darum. Trotzdem zeigte sich die Lage mangels Bekleidung beängstigend und es machten sich an einigen Körperstellen Erfrierungen im Anfangsstadium bemerkbar.

Isolde lag in tiefster Ohnmacht – und das war gut so.

Die Nacht brach herein.

Genevier machte sich Sorgen bezüglich eines Überfalls. Aber sie konnte im jetzigen Zustand keine Wachen aufstellen.

Als sie das dumpfe Trappeln von Hufen im Schnee durch das Sturmgeheul hörte, griff sie mit klammen Fingern zum Schwert. Ygrain tat das selbe.

Die Königin machte den anderen ein Zeichen, sich still zu verhallten, obwohl ihr klar war, dass dies bei einem Anrücken der Räuberhorde kaum etwas nützen würde.

Sollte Hagen und seine Bande tatsächlich noch einmal zurückkehren, so gab Genevier für ihr aller Leben keinen Pfifferling.

»Hoooh!«

Die Königin zuckte. Die Stimme kannte sie doch.

»Bei Diana! Sherazeda… das ist Sherazeda…«, stammelte sie vor Verwunderung und eisiger Kälte.

Tatsächlich!

Die Königin von Marrakis hatte es sich nicht nehmen lassen, persönlich mit einer Streitmacht von fünfzig Kämpferinnen anzurücken.

Die Maurin betrachtete die nackte Genevier im Widerschein des Funken sprühenden Feuers. Trotz der Situation grinste sie unverschämt.

»Ei, sieh an. Mylady frönt dem Nackttanz. Hat dich unser Orient so beeindruckt?«

Doch nach dieser anzüglichen Bemerkung verwandelte sie sich sogleich wieder in die befehlsgewohnte Herrscherin. Sie ließ ein perfektes Winterlager aus speziellen Nordmannszelten errichten. Die warme Kleidung wurde von den Lasteseln genommen und rasch kleideten sich Genevier und ihre Gefährtinnen wieder ein.

Dann sah die Maurin nach der schwer verwundeten Isolde. Sie untersuchte die Wunde, schaute dann Alyshia an und meinte leise: »Wenn ich auf Leben und Tod läge, würde ich mich nur dir anvertrauen, Alyshia. Wenn Isolde diese Nacht überlebt, ist es dein Verdienst.«

»Ich tat, was ich tun musste«, flüsterte Alyshia nur – mit bleichem, abgezehrten Gesicht.

Sherazeda nahm sie stumm in den Arm.

Mit der gesamten Bank ließ die maurische Ärztin die Verwundete in ein Zelt schaffen, in dem sie ihre Apotheke untergebracht hatte.

Das Orgeln des Schneesturms wirkte ohrenbetäubend.

Sherazeda hatte Wachen aufstellen lassen. Genevier und ihre tapferen Frauen erhielten Einreibungen und Tees nach uralten asiatischen und orientalischen Rezepturen. Bei Dereiah machten sich Anzeichen einer Lungenunterkühlung bemerkbar. Sherazeda ließ sie sogleich auf ein Lager in dicke Felle packen und flößte ihr eine stark nach Minze und anderen Kräutern riechende Mischung ein.

Die Wirkung war ein baldiger tiefer Schlaf.

Dann passierte das, was Alyshia befürchtet hatte – Isolde wurde vom Fieber geschüttelt.

Gemeinsam mit Sherazeda kümmerte sie sich die ganze Nacht um die Gefährtin.

Genevier stand im Morgengrauen allein im Aufruhr der Elemente. Schneeflocken verwandelten sich im Sturm in Eispfeile. Die Königin spürte es durch den schweren Pelz, den sie über der dicken Wollkleidung trug. Ihr Haar wirbelte im Sturm und der Schnee bildete bizarre Kristallformen in ihrem rötlich braunen Haar.

Sie warf den Kopf in den Nacken und schrie gen Himmel: »Diana! Du Mutter allen Seins! Göttin des Lebens und der Macht! Höre meine Stimme! Hilf Isolde! Rette sie vor der Macht der ewigen Finsternis! Hauche ihr die Kraft des Lebens wieder ein.«

Da! Ein Blitzen zwischen den sich auftürmenden, brodelnden Wolken. Ein Zischen. Genevier spürte ein Beben unter den Füßen. Sie taumelte, stürzte in den Schnee und blieb mit dem Gesicht nach unten liegen.

Wie viel Zeit vergangen war, wusste sie nicht einmal zu erahnen, als sie sich benommen aufrappelte.

Was war geschehen? Hatte ein Schwächeanfall sie nieder geworfen? Mehr taumelnd als laufend erreichte sie das Zelt Sherazedas.

Da brach golden die Sonne durch die Wolken. Wie ein Lichtfinger bahnte sie sich einen Weg und umgarnte den Lagerplatz.

Erst jetzt bemerkte die Königin, dass es nicht mehr schneite und auch der Sturm nicht mehr toste.

Ihre Kehle fühlte sich trocken an. Ihr Götter – wie lange hatte die Bewusstlosigkeit sie gefangen gehalten ?

Sie trat in das Zelt und ihre Augen trafen mit den benommenen Blicken Sherazedas und Alyshias zusammen.

»Oh, es ist bereits Tag…« Sherazeda wischte sich über die Augen. »Ich muss wohl einen Moment eingeschlafen sein. Alyshia war es nicht anders ergangen.

Genevier schwieg.

Da bewegte sich tastend Isoldes Arm unter der Felldecke hervor. Sogleich beugten sich alle über die Verletzte.

Isoldes Gesicht zeigte sich zwar blass, aber nicht mehr totenbleich.

Sherazeda fühlte ihren Puls, untersuchte die Augen und jubelte dann: »Sie hat es geschafft! Oh große Diana! Sie hat es geschafft!«

4

Genevier hielt ihren Schimmel auf der Höhe an.

Sie schaute über das weite Land. Helle Schaumkronen tanzten auf den Wellen des Mittelmeeres. Die Sonne reflektierte golden in den springenden Gischttropfen.

Tief unten lag Emporion.

Langsam lenkte die Königin ihr Pferd den schmalen Pfad abwärts. Kareios erwartete sie.

Bewundernde Blicke folgten ihr, als sie so allein und stolz durch die Gassen der Stadt ritt. Unterwegs traf sie auf Tharios, einen jungen Geschichtsschreiber, der des öfteren bei Kareios zu Gast war. Er kam lächelnd auf Genevier zu. Diese hielt den Schimmel an und beugte sich herab, um dem jungen Mann die Hand zu reichen.

»Ich freue mich dich zu sehen, Tharios. Wie geht es dir?«

»Danke – sehr gut«, entgegnete dieser und strahlte die Königin an. »Ihr wollt zu Kareios?«

Genevier nickte.

»Sagt«, er ergriff die Zügel ihres Pferdes. »habt ihr danach noch etwas Zeit?«

Sie schaute ihn fragend an.

Tharios druckste etwas herum, ehe er antwortete: »Ich würde euch gern etwas Zeigen. Etwas, was ich nur für euch gemacht habe.«

Die Königin zog die rechte Augenbraue etwas höher. »Für mich?«

»Ja«

»Gut ich komme. Aber ich weiß noch nicht wann.«

Tharios strahlte und das Blut stieg ihm ins Gesicht. »Es hat keine Eile. Ich bin daheim.«

Wenig später hielt Genevier ihr Reittier vor dem Palast des Konsuls an. Zwei Diener nahmen es in Empfang. Dann führte man die Besucherin auf die Dachterrasse, von wo aus man den gesamten Hafen Emporions übersehen konnte. Gerade lief ein kretischer Dreidecker ein.

Kareios umarmte Genevier freudig. »Mein Herz blüht auf, wenn ich dich sehe, Genevier. Komm! Setz dich. Trink Tee mit mir. Oder lieber etwas Neues? Ein Getränk, das die Tarsisflotte vor kurzem aus einem Land jenseits des großen Ozeans mitgebracht hat. Es wird aus gerösteten Früchten erstellt, die die Phönizier Bohnen nennen und wird heiß getrunken.«

»Ich probiere immer gern etwas Neues. Ja! Möglicherweise handelt es sich um das selbe Getränk, das mir auch die Wikinger brachten.«

Kareios klatschte zweimal in die Hände und schon erschienen zwei Sklaven, die das Getränk brachten.

Die Königin war gegen den allgemein üblichen Sklavenhandel eingestellt und missbilligte im Innersten, dass der Konsul sich Leibeigene hielt.

»Ach Genevier – sie sind in das Sklavenleben hineingeboren und könnten allein nicht überleben«, stellte seine stete Antwort dar.

Sie probierte den Kaffee und sie fand den Geschmack außerordentlich gut. »Die Phönizier bearbeiten die Bohnen etwas anders, als die Nordmänner«, stellte sie fest.

»Wie dem auch sei! Es hilft gegen den Durst bei Hitze und bei Kälte«, erklärte Kareios.

Genevier stellte die aus dünner Keramik gefertigte Schale ab. »Was gibt es neues in Emporion?«, erkundigte sie sich.

»Oh, wir bauen eine neue Werft. Platz genug, um auch Tarsisschiffe zu bauen. Cartagena will uns einen großen Auftrag erteilen.«

Genevier nickte anerkennend. »Das ist gut für die Stadt.«

Kareios berichtete noch von verschiedenen Dingen, dann wollte er wissen:

»Was macht der Zwist mit deiner fränkischen Verwandtschaft? Ist etwas Ruhe an der Front?«

Genevier blickte zu Boden. »Es scheint so. Nach der Auseinandersetzung in den Bergen mit diesem Hagen und seinem Trupp, ist nichts passiert.«

Kareios legte der Königin die Hand auf den Arm. »Du hast diesen Harun sehr geliebt?«

Geneviers Augen wurden feucht. Sie schluckte, ehe sie antwortete: »Er gab sein Leben für das meine.«

Der alte Mann nahm die Königin in den Arm und plötzlich ließen sich die Tränen nicht mehr aufhalten.

Kareios sagte nichts. Er wusste, dass es Genevier gut tat, sich an seiner Schulter einfach gehen zu lassen.

Sie richtete sich wieder auf und wischte sich über die Augen.

»Verzeih mir«, murmelte sie

Der Konsul lächelte mild. »Dafür gibt es keinen Anlass. Du hattest Harun längst dein Herz geschenkt. Aber auch für dich kommt noch einmal das Glück.«

Genevier schüttelte den Kopf. »Daran glaube ich nicht mehr, Kareios.«

»Vertraust du Diana nicht mehr?«

Der Blick des weisen Mannes erinnerte die Königin an Merlin. Sie seufzte tief.

»An manchen Tagen ist es schwer, Vertrauen aufzubringen.«

»Da gebe ich dir recht. Doch die Verzweiflung hilft da wenig. Entspanne dich und leite deine Gedanken in ruhigere Bahnen.«

Genevier lächelte verunglückt. »Sicher ist das wahr«, meinte sie dann leise. Sie stand auf und schritt an den Rand der großen Terrasse. Sie ließ den Blick über das Meer schweifen, das sie so liebte.

Wieder einmal senkte sich die Sonne herab, um am nächsten Morgen neu geboren zu werden.

»So wie die Sonne immer wieder aufersteht, ist es auch mit den Menschen und ihren Gefühlen. Jeder Tag bringt Neues. Leid oder Glück? Wer mag das voraussagen«, kam es sanft von Kareios. Dann ergriff er ihre Hand. »Komm! Ich will dir etwas zeigen.«

Neugierig folgte Genevier ihm über die lange Freitreppe bis hin zu den Stallungen. Hinter der weiträumigen Anlage befanden sich mehrere Koppeln. Etwa zwanzig ausgesuchte Rassepferde tummelten sich dort. Eines schöner, als das andere.

Doch den ungekrönten König stellte sicherlich der Graue dar. Auf langen, sehnigen Beinen, denen man die Kraft ansah, stand er da und hob witternd den herrlichen Kopf.

Kareios trat an die Fenz heran und rief: »Poseidon!«

Kaum hörte der Hengst die Stimme, da blähte er vor Freude die Nüstern, sog tief die Luft ein und galoppierte heran.

Er gebärdete sich wie ein junger Hund, als der Konsul ihm den Kopf kraulte.

»Welch wundervolles Tier!«, rief die Königin begeistert aus. »Wo hast du es her?«

»Man sagt, sein Stamm sei aus der Zucht des Königs Priamos.«

Das stolze Tier wieherte, wie zur Bestätigung.

»So etwas Schönes habe ich selten gesehen«, rief Genevier begeistert.

Kareios legte seinen Arm um ihre Schultern. »Er gehört dir.«

Die Königin war so perplex, dass sie kein Wort heraus brachte. Sie starrte den Konsul nur an.

Endlich schluckte sie und fragte rau, mit vor Erregung bebender Stimme:

»Was sagst du da?«

Nun lachte Kareios aus vollem Hals.

»Oh Genevier«, rief er dann und hob die Arme hoch über den Kopf. »Du müsstest dich jetzt sehen!« Ein erneuter Lachkrampf schüttelte ihn.

Die Königin trommelte in gespieltem Zorn mit den Fäusten gegen seine weiße Tunikabrust.

Doch dann wurde sie wieder ernst. »Kareios«, sagte sie. »Ich danke dir von Herzen, aber…«

Der Konsul zog die Augenbrauen hoch. »Was, aber?«

Genevier war verwirrt.

»Das kann ich nicht annehmen!«

Kareios nahm sie fest in den Arm. »Nimm es von mir. Ich stehe tief in deiner Schuld. Und vielleicht –« fügte er hinzu »– hilft es ein wenig über den Schmerz der Seele hinweg.«

So kam es, dass Genevier sich auf dem Rücken des Grauen auf den Weg nach Munsalvache machte.

Der Graue verhielt sich so, als habe niemals jemand anderes als Genevier auf ihm gesessen.

Die Dunkelheit umfing bereits das Land, da ritt die Königin durch das Tor von San Salvador de Verdera.

Zierah blickte aus der Tür ihrer Arbeitsstätte bewundernd zu dem Grauen. Das gewaltige Schmiedefeuer warf rötliche Reflexe nach außen und ließ die Schmiedin, die mit verschwitztem bloßen Oberkörper arbeitete, wie eine germanische Walküre wirken. Ihr gewaltiger Busen wogte bei jedem Hammerschlag. Doch nun legte sie das Handwerkszeug auf den Amboss und wischte sich über die rußverschmierten Brüste.

Sie kam auf Genevier zu und ließ fachfrauisch den Blick über die Muskeln und Sehnen des Pferdes gleiten.

»Ein wundervolles Tier«, murmelte Zierah. »Es ist von Kareios, nicht wahr?«

Genevier blickte erstaunt. Doch die Schmiedin lächelte sanft, was ihrem sonst etwas harten Gesicht sehr frauliche Züge verlieh. Hier zeigte sich die wahre Zierah, die im Innersten keineswegs so grob war, wie es oft scheinen mochte.

Die Königin stieg ab und wollte den Grauen zu den Ställen führen, doch die Schmiedin nahm ihr die Arbeit ab.

In ihrer Kemenate zog Genevier die Pergamentrolle hervor, die ihr der junge Dichter noch überreicht hatte.

»Aber bitte – lest es erst, wenn ihr auf San Salvador seid«, hatte er gebeten und Röte hatte sein Antlitz überzogen.

Sie legte den Umhang ab und nahm auf ihrem Bett Platz. Sie entrollte das Pergament.

Sie las es langsam und dann neigte sie den Kopf nach hinten, die Hand mit dem Pergament auf der Brust ruhend.

Ein Lächeln umspielte ihre Lippen. »Oh Tharios«, murmelte sie. »Das ist das schönste Liebesgedicht, das ich je gelesen habe.«

*

Als der neue Tag anbrach und Genevier aus den Wassern der Therme stieg, lenkte sie ihre Schritte zur Mauer des Steilufers. Lange schaute sie auf die weißen Schaumkronen des Mare Mediterrane. Der Morgenwind umschmeichelte sanft ihren nackten Körper und ließ die Haut trocknen.

Sie überdachte die letzten Wochen. Und immer wieder tauchte das Bild Haruns vor ihr auf.

Sie kämpfte erneut mit den Tränen.

Dann dachte sie an die Freundinnen. Eileen, Ygrain und Sherazeda waren wieder nach Marrakis gereist. Doch Eileen und Ygrain hatten versprochen in weniger als drei Monaten wieder auf San Salvador zu sein.

Die Fanfare riss sie aus ihren Grübeleien. Viermal erschallte der langgezogene Ton. Das bedeutete, dass kein Feind nahte, sondern ein bekanntes Banner.

Rasch zog sie die Tunika über, fuhr sich etwas über das lange, braune Haar und eilte zum Haupttor.

»Wer kommt?«, rief sie fragend der Wache zu.

»Roter Schild mit gelbem Löwen«, kam zur Antwort vom Turm.

Geneviers Herz schlug bis zum Hals. Das Wappen von Benoic! Das konnte nur Galahad sein. Was mochte ihn zu diesem Besuch veranlasst haben?

»Öffnet das Tor!«

Da kam der Recke auch bereits über die Zugbrücke gedonnert. Hundert Ritter, wohlgerüstet im Gefolge.

Sein Schecke stand noch nicht ganz im Hof, da sprang der junge Held bereits ab und umarmte die Königin überschwänglich.

»Genevier! Es tut gut, dich zu sehen!«

Die Augen der Königin glänzten vor Freude. »Ein Überraschungsbesuch!«

Doch da überschattete ein ernster Blick die Augen des jungen Ritters.

»Nicht ganz. Ich eilte von Benoic hier her, weil Emporion schnelle Schiffe besitzt. Ich erhielt vor vier Tagen einen Hilferuf per Brieftaube von Sena.«

Genevier schlug die Hand erschreckt zum Mund.

»Sena?«, kam es mehr gehaucht. »Ist Morgana in Gefahr?«

»Die Botschaft war nur kurz und wohl in großer Hast geschrieben. Hier ist sie!« Galahad reichte der Königin das winzige Pergament.

Helft! Wir halten nicht mehr lange stand!

Mehr war der Mitteilung nicht zu entnehmen.

Geneviers Herz verkrampfte sich. Mit sorgenvollem Blick sah sie auf den Ritter.

»Morgana weiß sich sehr wohl zu verteidigen. Außerdem wird die Insel von allen Völkern als geheiligt anerkannt. Außer…«

Galahad schüttelte den Kopf. »Nein, nein! Selbst Chlodwig würde es nicht wagen, die Tempelinsel anzugreifen.«

»Hoffentlich hast du recht. Jedenfalls muss die Gefahr sehr groß sein.«

Galahad bestätigte den Verdacht. »Ich denke an maurische Seeräuber.«

Die Königin straffte sich. »Gut! Wir werden sehen. Trotz der Eile und Gefahr müsst ihr ruhen. Sonst helfen wir niemandem.«

Sie ließ in der großen Halle Speisen auftragen und gab Anweisungen, die Pferde der Ankömmlinge bestens zu versorgen. Anschließend sandte sie eine Botin mit dem schnellsten Pferd zu Kareios nach Emporion.

»Normalerweise wäre ich von der Dordogne aus schneller gewesen, doch besitze ich kaum gute Schiffe und außerdem wäre ich mit Sicherheit in Gefechte mit Chlodwigs Patrouillen verwickelt worden.«, erklärte Galahad seinen Umweg.

Der Kriegsrat von San Salvador wurde in das Turmzimmer berufen.

Nach drei Stunden kehrte die Botin völlig ausgepumpt zurück. Sie fiel bald Genevier zu Füßen. »Kareios lässt vier Schnellsegler fertig machen. Dazu stellt er ein Heer von fünfhundert Mann zusammen. Er selbst will es führen.«

»Oh guter Kareios!«, rief Genevier aus. Dann sprang sie auf. Alle Anweisungen waren erfolgt. Fünfzig Kriegerinnen würden sie nach Sena begleiten. Dazu Galahads Heer mit siebzig Mann. Dreißig sollten als Schutzwache mit auf San Salvador bleiben.

Am frühen Nachmittag schiffte sich die Kampftruppe in Emporion ein.

»Wenn Morgana und ihren Frauen etwas zugestoßen ist, dann müssen die Götter der Angreifer stark sein. Denn sonst schicke ich alle zum Hades!«, zürnte Kareios.

Obwohl der Wind günstig wehte, legten sich die Ruderer in die Riemen. Die Schiffe schossen nur so vorwärts.

Es war tiefe Nacht, als sie die Säulen des Herakles hinter sich ließen.

Nun zeigte es sich stürmisch und rau. Die Mannschaften hatten alle Hände voll zu tun.

Obwohl Kareios Genevier mehrfach aufforderte, am Heck unter dem geschützten Zeltdach Platz zu nehmen, hielt sie nichts dort. Sie stand weit vorn am Bug und der Sturm ließ ihr langes Haar wehen. Sie glich einer Götterkämpferin, wie man sie aus Abbildungen alter germanischer Sagenbücher kennt.

»Morgana! Wir kommen!«, schallte ihre klare Stimme den Elementen entgegen. So, als würde der Ruf von den Dämonen der Winde bis nach Sena getrieben werden.

Ein Schiff folgte dem ihrem ganz dicht und dort erblickte die Königin Galahad – ebenso hoch aufgerichtet am Bug, als könne er die Nacht mit den Augen durchdringen und den Feinden Morganas Blitze zu schleudern.

Im nebligen Morgenlicht des zweiten Tages sahen sie Sena.

Grau erhob sich die Küste der heiligen Insel im Gegenlicht aus den Fluten.

Kareios ließ beidrehen. »Wir werden von der anderen Seite an der Insel landen. Im Licht der aufgehenden Sonne werden mögliche Besatzer unsere Schiffe nicht sehen.«

»Erblicken sie uns nicht jetzt schon?«, fragte Genevier zweifelnd.

Der Konsul zuckte die Achseln. »Wenn wir vorbei segeln, halten sie uns vielleicht für harmlose Kauffahrer. Die Krieger sollen sich ducken.«

Ein entsprechendes Signal ging auch an die anderen Schiffe.

Das von Kareios geforderte Manöver nahm drei Stunden in Anspruch. Eine Zeit, die Genevier immer nervöser machte. Sie versuchte etwas an der vorbeiziehenden Küste von Sena zu erkennen. Doch kein Lebewesen zeigte sich. Alles wirkte friedlich.

Zu friedlich!

Als das erste Schiff knirschend den Sand berührte, sprang Genevier sogleich an den Strand. Kareios hielt sie zurück. »Wo bleibt dein strategischer Verstand?«, zischte er. »Als Leiche hilfst du Morgana nicht!«

Die Königin sah das ein.

Galahad war ebenfalls in den Sand gesprungen. Seine Augen suchten sogleich nach irgend welchen verdächtigen Spuren. Doch es ließ sich nichts entdecken.

»Wieso stellen mögliche Piraten keine Wachen auf?«, fragte sich Genevier selbst mit leiser Stimme.

Der weise Kareios legte ihr die Hand auf die Schulter. »Das kann zwei Ursachen haben. Entweder, es gibt keinen Überfall oder man fühlt sich sehr sicher auf der Insel. Allerdings denke ich, dass etwas hier nicht stimmt. Morganas Wachen wäre unsere Landung sicher nicht entgangen. Sie hätte auch das Wappen von Emporion – den Delphin – erkannt.«

Unter der Leitung des Herzogs von Benoic wurde ein Spähtrupp zusammengestellt. Genevier wollte sich diesem anschließen, doch Kareios schüttelte den Kopf. »Ich weiß, dass du eine begnadete Späherin bist, Genevier. Doch ich brauche dich im strategischen Zentrum. Komm!«

Am Uferbereich – in Sichtweite auseinander – wurden Wächter aufgestellt. Auf den Kuppen der Felsen postierte der Konsul Bogenschützen. Das strategische Zentrum wurde auf eines der Schiffe verlegt. Im Mast hoch oben saß der Ausguck, der jede Zeicheninformation von den Uferwachen sogleich an einen Boten an Deck weiter zu leiten hatte.

Die Sonne hatte bereits einen weiten Himmelsbogen gezogen, als die Späher zurück kamen.

»Die Tempelstadt ist fest in den Händen von fremden Kriegern. Sie kamen zu Pferde und mit Flößen«, meldete der Anführer.

Kareios stand da und hörte die Meldung, die Arme vor der Brust verschränkt und eine Hand unter das bärtige Kinn gelegt. Sein weißes Haar flatterte im Seewind.

»Also keine Mauren oder Nordmänner«, brummte er.

»Nein. Aber ihr Führer scheint ein finsterer Bursche zu sein. Er trägt eine pechschwarze Rüstung, einen Flügelhelm und scheint nur ein Auge zu haben. Der grauschwarze Bart reicht ihm bis an den Schwertgürtel.«

Genevier zuckte zusammen. Sie fasste den Sprecher bei den Schultern. »Nur ein Auge? Schwarze Rüstung? Bist du dessen sicher?«

»Ganz sicher, Hoheit!« Der Spähtruppführer nickte zur Bestätigung dazu.

Genevier wandte sich rasch Kareios zu.

»Du kennst ihn«, stellte dieser sachlich fest.

»Ja! Er heißt Hagen. Man nennt ihn den Tronjer oder auch Trojaner. Er ist Söldner Chlodwigs.«

Der Konsul wusste um das Zusammentreffen zwischen diesem verschlagenen, geheimnisvollen Burschen und den Gralsschwestern in den Bergen.

Kareios beugte sich über die Karte von Sena. Er nagte an seiner Unterlippe.

»Wenn es dieser Bursche ist, dann steckt der Merowinger dahinter. Feine Gesellschaft! Chlodwig wäscht seine Hände in Unschuld.«

Der Herzog von Benoic schlug mit der linken Faust in die rechte Handfläche. »Ich hörte von dem Tronjer. Er steht im Verdacht, König Sigurd hinterrücks ermordet zu haben. Aber da steckt diese Seeprinzessin dahinter.«

Genevier schaute Galahad an. »Diese Brünhilde meinst du? Man erzählte mir von Intrigen am Hof der Niflungen. Eifersucht soll eine Rolle spielen.«

Galahad winkte ab. »Auch diese Niflungen gehören dem Merowingerzweig an und alles was dort passiert, hat mit politischer Gier zu tun. Jedenfalls ist mit diesem Hagen nicht zu spaßen.«

Er wandte sich an den Späher. »Habt ihr etwas von den Priesterinnen gesehen?«

Das musste dieser verneinen.

»Hm«, Galahad zuckte die Achseln. »Möglicherweise hält man sie im Tempel gefangen. Sie fühlen sich wohl doch sehr sicher. Morgana konnte ihre Nachricht also unbemerkt losschicken.«

Er wandte sich Kareios zu. »Warten wir die Nacht ab?«

Der Konsul nickte. »In der Dunkelheit erkunden wir weiter. Dann werden wir planen. Wir wissen zu wenig Einzelheiten.«

Genevier wurde ungeduldig. »Was ist, wenn sie Morgana töten oder foltern oder...«

Der alte Feldherr nahm die Königin zärtlich in den Arm. »Meine Tochter – mit Ungestüm wurde noch kein Krieg gewonnen oder Menschen gerettet. Nur mit Informationen und weiser Planung. Also übe dich im Warten.«

Die Dunkelheit kam – und mit ihr der stärkste Regen, den diese Region seit Jahren gesehen hatte.

Die Schiffe wurden mit Segeltuch abgedichtet, am Heck verband man das Zeltdach mit Seitenteilen, um wenigsten so einen mäßigen Schutz vor dem vom Sturm getriebenen Wasser zu haben. Der Wind schleuderte die Tropfen krachend gegen die Lederwände, und die Schiffe – halb auf dem Strand liegend – ächzten unter dem plötzlich aufgepeitschten Meer.

Genevier, Kareios und Galahad studierten bei zwei flackernden Talglichtern den Lageplan der Tempelstadt.

»Genevier – du kennst dich dort aus. Du bist auf Sena gewesen. Könntest du uns führen?« Galahad hatte sich aufgerichtet.

Die Königin sah ihn an. Die Talglichter warfen vibrierende Schatten auf das jugendliche Gesicht – und doch – als seine dunklen Augen auf ihr ruhten, glaubte sie, Lancelot blicke sie an.

Unwillkürlich musste sie schlucken.

»Genevier...«

Sie schreckte auf. »Äh, ja – führen... wann?«

Der Herzog von Benoic lächelte. »Sofort. Dieses Wetter ist die beste Gunst, die Gott uns schicken konnte.«

Genevier fuhr sich mit der Hand verunsichert durchs Haar. »Jetzt?«

Kareios ruhige Stimme drang an das Ohr der Königin. »Galahad hat recht. Würdest du dich in dieser Finsternis auf Sena zurecht finden?«

Genevier atmete tief durch und straffte sich.

»Ja«, antwortete sie knapp.

So kam es, dass Frauen und mehrere Männer – in drei Trupps aufgeteilt – vor Nässe triefend – sich einen Weg durch Fels und Schlamm bahnten. Sie wichen vor den Wasserkaskaden aus Bäumen und Büschen so gut es ging aus und versuchten den Nebenmann oder die Nebenfrau nicht aus den Augen zu verlieren.

»So ähnliche Bedingungen müssen bei Artus letzter Schlacht vorgeherrscht haben«, zischte Galahad Genevier ins Ohr. »Mein Vater hat es mir so erzählt.«

Die Königin versuchte das lange Haar, aus dem das Regenwasser in Bächen floss, zu einem Knoten zu binden, um wenigstens ein wenig sehen zu können.

Da!

Diffus und schemenhaft… Fackelschein.

Der Eingang zur Tempelstadt.

Das Unwetter entwickelte sich erst jetzt zur vollen Stärke. Mehrere, gezackte Blitze schossen in kurzer Folge über den Himmel. Im Widerschein des Ätherlichts erkannte Genevier zwei Wächter, die sich – tief in ihre Mäntel gehüllt – mit den Gesichtern zur steinernen Tormauer drängten.

Das musste die Gelegenheit sein!

Da stürmte Galahad auch schon vor. Ihn hatte der selbe Gedanke durchzuckt.

Während er den rechten Wächter ausschaltete, fuhr dem anderen Geneviers Messer tief durch die Rippen ins Herz.

Keiner von beiden hatte Gelegenheit, noch einen Atemzug zu tun. Der Schatten des Todes traf sie völlig aus dem Nichts.

Der Weg war frei !

Niemand hielt sie mehr hier auf. Die Tempelstadt glich einem Geisterort.

Finster!

Keine Fackeln. Nichts! Alle Feuer vom Regen ausgelöscht, weil keiner sie bewachte. Die Schale mit der sonst so gewaltigen Heiligen Flamme vor dem Dianatempel war ebenfalls erloschen. Kein Mensch zeigte sich.

»Scheinbar hat sich der Tronjer mit seinem Otterngezücht irgendwo verkrochen«, zischte Kareios. »Wo könnte Morgana mit ihren Frauen stecken? Falls sie noch leben«, setzte er hinzu und umkrampfte den Griff seines Toledoschwertes.

Genevier deutete nach vorn.

»Möglicherweise im Tempel. Die Tore sind äußerst fest. Vielleicht konnte der Merowingervasall sie noch gar nicht öffnen...«

Das Herz der Königin begann zu rasen.

»Hm«, machte der Konsul von Emporion und ließ seinen Blick einen Moment zweifelnd auf Genevier ruhen. Dann zeigte er nach vorn. »Dann los!«

Galahad gab an die Unterführer und Unterführerinnen seine Anweisungen. Genevier hatte ihre Kriegerinnen ganz unter sein Kommando gestellt. Sie selbst und Kareios huschten durch den Vorhang des Unwetters geschützt, auf die gewaltigen Portalstufen zu. Zweiundfünfzig waren es an der Zahl, die zu den zwölf Meter hohen Toren des Haupttempels empor führten. Matt schimmerte der weiße Torgiebel durch die Nacht. Ein gewaltiger Blitz, gefolgt von ohrenbetäubendem Donnerlärm ließ die Erde beben und die Luft nach Ozon riechen. Genevier schwankte auf den Stufen. Galahad fing sie im letzten Moment auf. Endlich fanden sie Schutz hinter den Säulen.

Celiah – die junge Byzantinerin – tauchte plötzlich neben Genevier auf.

»Ich sah flackernden Schein unterhalb der Torspalte«, rief sie gegen das jämmerliche Heulen des aufkommenden Orkans an.

Die Königin schöpfte Hoffnung.

Sie ergriff mit beiden Händen den gewaltigen Bronzeklopfer und ließ in dröhnend gegen die Eichenbohlen knallen.

Es hörte sich an, als ob der Schmied der Unterwelt seinen riesigen Hammer betätigen würde.

»Morgana!«, schrie Genevier – den Kopf dicht an das Holz gepresst. »Hier ist Genevier! Öffne uns!«

Doch so sehr sich die Königin auch anstrengte – sie vernahm keine Antwort.

Sie legte sich lang auf den Bauch und versuchte durch den unteren Torspalt zu sehen. Doch es gab nicht einmal den Hauch eines Lichtscheins.

Celiah hatte sich getäuscht!

»Wen sucht ihr – edle Dame?«, bahnte sich eine schnarrende Stimme den Weg an Geneviers Ohr.

Sie zuckte zusammen, denn sie kannte die Stimme.

Noch zu gut hatte sie diesen scheppernden Klang aus den Pyrenäen im Ohr.

Da stand er – gefolgt von etwa fünfzig finsteren Gesellen – verteilt hinter Säulen und auf den Treppenstufen.

Hagen von Tronje!

Vor ihm – zu seine Füßen im Blut, das noch pulsierte – Kareios.

»Nein!«, schrie Genevier und presste beide Hände an ihr Herz, das bei diesem Anblick wie von einer eisernen Zwinge zerquetscht zu werden schien.

Der Tronjer musste sich angeschlichen haben. Für Kareios hatte es keine Chance gegeben.

Galahad umkrampfte den Griff seines Schwertes.

»Verfluchter Mörder«, kam es aus seinem jungen Mund.

Der Tronjer stemmte die Arme in die Seiten und vor Lachen bog sich sein Oberkörper nach hinten.

Da schleuderte der Herzog von Benoic sein Schwert mit aller ihm zur Verfügung stehenden Macht.

Wie ein Speer zischte die Klingenspitze auf den lachenden zu und mit einem dumpfen Geräusch setzte sie auf dem Flügelhelm auf. Sie durchdrang das Eisen und suchte seinen scharfen Weg durch die Schädeldecke, durch's Gehirn und trat im dichten schwarzen Haar wieder aus.

Blitze zuckten und in ihrem Schein stand der Tronjer – hochaufgerichtet. Die Augen waren aufgerissen – das Weiße blinkte wie aus einer Zwischenwelt. Seine Hände zuckten im Krampf. Der wilde Kopf – gefärbt von zwei dicken Blutströmen – durchbohrt vom Schwerte – wippte wild. Unartikuliert der Schrei – im Krächzen verebbend und untergehend im Grollen des Donners.

Versteinert standen die Helfer des Mörders. Zu entsetzt um sich zu wehren.

Da drang johlend und schreiend die Streitmacht aus Benoic und Emporion herbei.

Sie eroberte die Tempelstufen und machte alles nieder, was im Wege stand.

Niemals – so heißt es in der Chronik – habe heiliger Boden mehr Blut getrunken, als in jener Nacht.

Das Heer traf auf die Macht des Tronjers. Auch er hatte mehrere hundert Krieger nach Sena geführt.

Doch gegen die Ritter aus Benoic, Emporion und die Kriegerinnen der Gralsburg – die von ihrer gesamten Wut getrieben wurden – hatten die Gegner keine Chance.

Knarrend und zaghaft öffnete sich der rechte Flügel des Tempeltores einen Spalt, nachdem der Kampflärm verstummt war. So, als ob auch die Elemente ihren Einsatz als beendet ansahen, schwieg der Sturm und der Regen ging in Tröpfeln über, um dann zu versiegen.

Die Wolkendecke riss auf und ein wunderschöner Mond ergoss sein silbernes Licht über Sena.

Morgana sah mit staunenden Augen auf die völlig verschmutzte Genevier.

Dann fiel sie ihr zu Füßen.

5

Kareios, der edle Konsul von Emporion war mit allen nur möglichen Ehren bestattet worden.

Weiß schimmerte der Marmor seines Grabmales auf einem Hügel. Kareios lag so in seinem Goldsarg, dass sein Gesicht der Hafeneinfahrt zugewandt war.

So, wie er es sich einmal gewünscht hatte.

Geneviers Tränen um den edlen Feldherrn trockneten nur schwer. Daran mochte auch die Anwesenheit Galahads auf San Salvador nichts ändern.

Immer wieder zog es die Königin zum einsamen Ritt ins Tal. Oftmals stand sie bis zum Sonnenuntergang am Grabe und ihr Blick war über das Meer gerichtet. So, als ob sie in einer unergründlichen Ferne mit Kareios Seele Zwiesprache hielte.

Eileen und Ygrain waren endgültig auf die Gralsburg zurückgekehrt.

Den beiden Freundinnen gelang es schließlich, Genevier ins tägliche Leben zurück zu holen.

Es zeigte sich ein wunderschöner Morgen am Cap Creus, als Eileen die Königin daran erinnerte, dass noch eine Einladung Parcivals nicht erfüllt war.

»Eine weite, wenn auch sicher interessante Reise«, meinte die Königin und lächelte. »Ich werde sie im Frühjahr unternehmen. Im Moment bereitet mir meine Verwandtschaft in Gallien noch etwas Sorge.«

Eileen schüttelte unwirsch den Kopf. »Der Tronjer ist tot. Chlodwig wird Ruhe geben. Übrigens – er soll sich tatsächlich mit dem Gedanken tragen, sich unter die Flagge des Bischofs von Rom zu begeben.«

Genevier lachte laut und glockenhell auf. »Dieser miese Weichling! Nun denn! Soll er täglich zur Beichte rennen und dem monotheistischen Gott huldigen. Soll er den rechtmäßigen König von Jerusalem und seine Abstammung verraten. Was kümmerts mich?«

Eileen zuckte die Achseln. »Papst Felix steht auf deiner Seite. Als Pater Angelo hat er dich immer gemocht, obwohl im deine Beeinflussung Merlins gegen den Strich ging. Paulus ist für ihn unantastbar.«

Genevier nickte. »Eine Glaubensentwicklung auf paulinischer Grundlage scheint mir kaum noch aufhaltbar zu sein. Obwohl Jakobus immer dagegen kämpfte.«

»Jakobus war zu schwach, um ein neues, echtes Königtum vorzubereiten. Außerdem ist die Zeit nicht reif. Das Römische Reich ist tot. Doch andere Mächte verhindern es. Lass es, wie es ist!«

Genevier küsste Eileen auf die Stirn. »Du hast recht. Uns stehen andere Aufgaben zu. Wir haben Menschen zu helfen, ihre Rechte zu verteidigen. Im Sinne Dianas aber ohne religiöse Dünkel.«

Die Abendsonne tauchte das Cap in ein unwirkliches, märchenhaftes Licht. Die zierlichen Wolken überzogen ihre Ränder mit Gold und silbrige Lichtfinger fielen dahinter zur Erde. Die Gipfel der Pyrenäen erglühten und wie der Ton einer fernen Harfe säuselte der Wind um die Pinien.

Genevier stand auf dem Hauptturm und blickte über das Land, das sie so liebte.

Hier wurzelte auch ihre Seele.

Weit entfernt lagen die Zeiten Camelots. So verblassten die Erinnerungen an das Königreich des Sommers.

»Genevier.«

Die Stimme ließ die Königin zusammenzucken. Sie wandte sich um und blickte in die Augen Galahads.

Oh wie schön war dieser junge Recke. Ganz sein Vater Lancelot. Lediglich das blonde Haar wies auf seine Mutter Elene von Escalot.

»Die Zeit des Abschieds naht«, sagte der Herzog von Benoic leise. »Meine Männer und ich müssen zurück.«

Genevier schluckte. »Habt ihr nicht noch etwas Zeit? Eine Woche! Einige Tage!«

Galahad lächelte. Er ergriff Geneviers Hände. »Wie gern würde ich euch den Wunsch erfüllen. Auch meinen Männern. Viele haben Verbindungen geschlossen, die weit über eine Freundschaft zwischen Mann und Frau hinausgehen. Doch es gibt Pflichten.«

Genevier nickte. Sie hatte während der letzten Zeit die vielen glücklichen Paare beobachtet. »Kann man sie auseinander reißen? Galahad – lass bleiben, wer will. San Salvador bietet viel Platz und starke Männerhände sind willkommen. Auch wenn wir gelernt haben, vieles selbst zu tun.«

Der Herzog blickte irritiert. »Ja, aber… euer Orden…?«

Genevier zog die Augenbrauen hoch. »Was ist damit? Wir sind keine Nonnen. Wir kastrieren niemanden und haben unsere Weiblichkeit nicht vergraben. Schau doch, wie viele Kinder inzwischen auf Mont Salvage leben. Ganze Familien! Auch Frauen, die ihre Familien in den Dörfern haben. Sich aber am Tage dem Ordensdienst verpflichten. Weshalb sollten sich nicht auch neue Familien gründen. Nur dadurch und durch gezeugte Kinder kann der Gral weiterleben. Nicht wir leugnen, sondern die künstliche Kirche leugnet Jesus Liebe zu Maria von Magdala. Aus Gründen der Unterjochung und zur Stärkung der eigenen Macht.«

Galahad schluckte.

Genevier lachte leise. »Wozu hat der Mann den Penis und die Frau den Schoß? Was nutzen beide, wenn sie nicht gebraucht werden? Diana war niemals keusch. Es wäre gegen jegliche Natur und die – so sagt doch auch die weise Kirche – kommt von Gott.«

Nun mussten beide herzlich lachen und es schallte in den Abendwind.

Aus der Ebene erklang eine kleine Glocke. Ein Eremit hatte sich am Fuße von San Salvador niedergelassen.

Eine winzige Klausnerei. Eigenhändig hatte der Alte den Glockenturm aus unbehauenen Steinen erbaut. Nur zwei Manneslängen hoch. Doch die winzige Bronzeglocke ließ seit dem ihren hellen Ton weit über Berg und Tal erschallen. Genevier hatte nichts gegen diese Ansiedlung. Der alte Mann hatte zwar nicht gefragt, doch er störte nicht. Er grüßte die Priesterinnen stets freundlich. Die Königin hatte bisher nur wenige Worte mit dem Alten wechseln können und sie nahm sich vor, ihn am nächsten Tag doch einmal aufzusuchen.

Jetzt war es Zeit für die abendliche Andacht im Tempel.

Auf dem Weg durch den Garten mit seinen spätsommerlichen Blüten, traf sie am Brunnen Ygrain.

Sie saß auf dem steinernen Rand und bemerkte Genevier gar nicht. Sie las versunken in einem Brief.

»Nachrichten von deinem Liebsten?«, erkundigte sich die Königin leise.

Die Heerführerin schreckte hoch, dann lächelte sie. »Ein Bote aus Emporion brachte ihn am Nachmittag. Serak der Phönizier hat ihn persönlich in Marrakesch in Empfang genommen.«

Die Königin blickte fragend, was Ygrain zu der Antwort animierte: »Omar reist im Auftrage Sherazedas nach Venezia. Danach wird er mich hier besuchen.«

Genevier ergriff Ygrains Hände.

»Sag' – geht die Beziehung in ernstere Absichten? Ich meine…«

»Die Ehe meinst du?« Ygrains Blick wurde verträumt, was man normalerweise von ihr gar nicht so gewöhnt war. Die Abendsonne verzauberte ihr Antlitz dabei ganz besonders. Das dunkelbraune, beinahe schwarze Haar nahm dabei einen leicht bronzenen Schimmer an.

»Ich weiß nicht«, meinte sie leise. »Wir haben nie direkt darüber gesprochen.«

Die Königin drückte Ygrains Hände fest. »Ich weiß, dass du gern eine Familie hättest, und dir Kinder wünschst. Wenn du ihn also wirklich liebst – geh mit ihm den Weg des Lebens. Wohin es auch sei. Auch wenn mir der Abschied von dir schwer fallen würde.«

Ygrain umarmte Genevier. »Hier ist mein zu Hause. Das habe ich am Hofe Sherazedas gemerkt. Ich weiß nicht, ob...« Sie wandte sich ab und Genevier sah eine Träne glitzern.

»Komm!«, sagte sie und zog die Italokeltin mit sich. »Diana wird dir zur rechten Zeit den rechten Weg zeigen.«

Nach der Tempel-Zeremonie traf man sich zum gemeinsamen Abendessen. Hier sah die Königin auch Galahad wieder. Er saß mit seinen Männern am unteren Ende der Tafel. Der normale lange Tisch der Priesterinnen war einfach entsprechend verlängert worden.

Die große Halle erfüllte sich mit einem Gewirr von Stimmen. Hier und da erklang auch fröhliches Lachen. Die Männer aus Benoic und die Frauen des Gral verstanden sich ausgezeichnet.

Nach dem Essen mischte sich alles bunt durcheinander und als die ersten Klänge der typischen catalunischen Musikinstrumente durch die Halle zogen, erreichte die Heiterkeit ihren Höhepunkt.

Viele Frauen der Burg hatten sich mit Männern ausGalahads Heer angefreundet und es gab auch Beziehungen – das konnte kaum verborgen bleiben – die weit tiefer reichten.

Genevier betrachtete das Treiben leicht nachdenklich. Wie würde sich ein Abschied vollziehen? Wer würdeeventuell bleiben? Welche von den Frauen würde vielleicht dem Geliebten nach Benoic folgen? Alle Männer standen schließlich im Sold des Herzogs.

Da nahm Galahad selbst neben der Königin Platz.

»Deine Worte von vorhin haben mich nicht ruhen lassen. Auch ich sehe die Liebe zwischen manchen Paaren hier im Saal. Ich denke, dass es grausam wäre, zwei Menschen, die sich gefunden haben, zu trennen. Was soll ich also tun?«

»Lass diese Menschen selber entscheiden.«

Galahad lachte rau. »Dabei laufe ich Gefahr, nur mit dem halben Heer nach Benoic zurück zu kehren.«

Genevier legte ihm die Hand auf den Arm. »Unterschätze die Frauen nicht, die nach Benoic ziehen würden. Sie stehen den Männern im Kampf in nichts nach.«

»Oh jeh ...«, seufzte der Herzog.

Genevier sprang auf. Ihre Augen blitzten. »Was bedeutet dieses Oh jeh? Ich könnte dir beweisen, dass mein Schwert dem deinigen sehr wohl ebenbürtig ist. Wenn nicht gar überlegen!«

Galahad machte eine abwehrende Armbewegung.

»Gemach, gemach – ich glaube dir.«

»Das sei dir geraten«, zischte die Königin und kniff die Augen zusammen. Sie beugte sich dabei nah an den Herzog heran. Es ließ sich nicht vermeiden, dass er einen tiefen Einblick in gewisse hübsche Dinge bekam.

Genevier bemerkte das leichte Flackern in seinen Pupillen und lächelte spitzbübisch.

»Tu, wie ich dir riet. Vielleicht ist der Minne Lohn nicht fern.«

Mit diesen leisen Worten – die nur des Herzogs Ohr vernahm – rauschte sie aus der Halle.

Die Sonne rötete zaghaft den Horizont über den Bergen. Die Hähne krähten ihren Gruß. Genevier schwebte mehr zum Tempel, denn dass sie ging und wer ihr Antlitz sah, dachte an die alte Weisheit, dass nächtliche, geballte Manneskraft befähigt ist, einen gewissen Glanz in Frauenaugen zu zaubern.

Ein guter Beobachter hätte festgestellt, dass auch die Pupillen des Herzogs von Benoic ein merkwürdiges Glitzern widerspiegelten.

Gegen Mittag machte sich der Tross abzugsbereit. Acht Männer aus Galahads Heer hatten sich für den Verbleib auf der Gralsburg entschieden, während elf Priesterinnen ihren Geliebten folgten.

Die Königin wünschte allen Frauen von Herzen Glück. Sie verabschiedete jede persönlich. »Doch denkt daran – hier auf Muntsalvat seid ihr immer und ewig willkommen. Euer Priestertum ist nicht vergangen.«

Der Abschied zwischen dem jungen Herzog und der Königin vollzog sich – naturgemäß – etwas ausgiebiger.

Doch dann gab es keinen Aufschub mehr.

Vom Hauptturm aus blickte Genevier dem Tross noch lange nach – bis das Löwenbanner in der Ferne immer kleiner und kleiner wurde und als Pünktchen zwischen den Klüften der Felsen verwehte.

Wie zwei Perlen glitzerte in jedem schönen Auge der Königin eine Träne.

Doch Galahad würde zurückkehren.

Er hatte es versprochen.

Diana's Allmacht

1

Der Sturm pfiff um das Cap Creus.

Nur fahl erkannte man den Mond hinter den jagenden Wolkenfetzen. Das vertraute Rauschen der Wellen hatte sich umgewandelt in ein Dröhnen. Es hallte zwischen den Felsen. Die weißen Gischtberge schimmerten durch die Nacht wie Leichentücher.

Genevier schätzte, dass es die vierte Morgenstunde sein mochte. Doch von dem rötlichen Schein, den die Sonne sonst bereits um diese Zeit zaghaft über das Cap sandte, gab es keine Spur.

Die Königin zog rasch den Vorhang ihres Kemenatenfensters wieder dicht zu. Bereits am Vorabend hatte sich die Wetteränderung angekündigt. Ein wahres Höllenfeuer von Blitzen.

Im flackernden Kerzenschein nahm Genievier am Schreibpult Platz. Zahlreiche Pergamentrollen lagen darauf. Darunter eine Depesche aus Lyoness. Dort hatte einst Tristan regiert. Der jetzige Herzog schien einige Probleme mit unkontrollierten Überfällen Chlodwigs zu haben. Er bat Genievier um Vermittlung.

Doch viel mehr Sorgen bereitete der Königin eine Rinderseuche, die um Castello herum ausgebrochen war. Innerhalb weniger Wochen war dadurch der Bestand bald um die Hälfte dezimiert worden. Bisher gab es keinen Hinweis auf einen Erreger.

Die Königin fuhr sich mit den Händen über die Augen. Obwohl man ihr die Müdigkeit ansah, konnte sie keinen Schlaf finden. Also entschloss sie sich, erst die Therme und dann den Tempel auf zu suchen.

Auf San Salvador war noch alles ruhig.

Lediglich die Wächterinnen sah Genevier im bizarren Schein der Pechfackeln. Obwohl die Bevölkerung der Region die Priesterinnen liebte und verehrte und unzählige Männer der umliegenden Orte die Gralsfrauen unterstützten und auch kämpferisch für diese eintraten, durften nach den Ordensregeln keine Männer fest auf der Burg wohnen. Gäste für einige Tage oder Wochen bildeten eine Ausnahme. Oder wenn die Bevölkerung zum Schutz vor feindlichen Übergriffen auf San Salvador weilte.

Es gab auch Ehefrauen unter den Priesterinnen. Diese wohnten wahlweise auf der Burg oder kehrten des nachts in ihre Dörfer zurück. Am Tage tummelten sich oft ganze Familien auf San Salvador und eine bunte quirlige Kinderschar sorgte für Leben. Hinzu kamen noch die Kinder, die von den Priesterinnen im eigens errichteten Waisenhaus lebten.

Genevier durchschritt das Dianator und gelangte in den Heiligen Hain. Der Sturm rauschte durch die Wipfel der uralten Bäume. Die Fontäne des Springbrunnens vollführte, von Windstößen gelenkt, die unwahrscheinlichsten Kapriolen. Die Fontäne basierte auf einer Erfindung Merlins und war einem Brunnen auf Camelot nachempfunden. Durch ein besonderes System wurde das heranfließende Wasser gestaut, um sich dann mit einem heftigen Druck schlagartig aufwärts zu ergießen. Dabei umspielten dann zahlreiche kleinere Strahlen eine goldene Diana-Skulptur.

Die Naturgewalten rissen an Geneviers Tempelkleidung und ihr Haar glich der wilden Mähne eines galoppierenden Pferdes.

Auf den Tempelstufen hatten sich unzählige abgerissene Zweige und Blätter gesammelt, die immer wieder aufgewirbelt und von neuem zu grotesken Naturkunstwerken geformt wurden.

Erst durch die Aktivierung all ihrer Kraft gelang es der Königin eines der hohen Tempeltore zu öffnen. Nachdem der Eichenholzflügel sich mit einem dumpfen Knall wieder hinter ihr geschlossen hatte, umfing sie die beruhigende Stille des heiligen Ortes.

Angenehmes Dämmerlicht umfing sie.

Durch die Säulenallee schimmerte das heilige Feuer.

Die beiden Hüterinnen des Feuers knieten in Andacht vor der großen Statue der Göttin.

Durch das Geräusch des sich schließenden Tores aufmerksam geworden, hatten sie sich nun umgewandt und schauten Genevier entgegen. Eine der Priesterinnen erhob sich und schritt auf die Königin zu. Zwei Schritte vor ihr blieb sie stehen und huldigte ihr mit einem höfischen Knicks.

»Sanerah«, tadelte Genevier und lächelte. »huldigt Diana und nicht mir! Wann werdet ihr das verstehen?!«

Genevier seufzte. Sie wusste, dass alle Priesterinnen sie hoch verehrten, und ihr am liebsten täglich die Füße küssen würden. Das machte sie innerlich stolz – aber auch verlegen. Sie wollte Gleiche unter Gleichen sein. Nicht Königin, nicht oberste Priesterin und schon gar nicht eine Göttin.

Sicher – ohne sie hätten die Merowinger bestimmt das Land besetzt und aus den Menschen mehr Sklaven als Untertanen gemacht. Doch Genevier liebte diese Menschen hier. Sie wollte helfen – und nicht mehr.

Genevier umarmte Sanerah und gemeinsam gingen sie zu der großen goldenen Statue Dianas.

Als auch die zweite Hüterin des Feuers vor ihr knien wollte, ergriff Genevier rasch ihre Hände und küsste diese. »Lasst uns zu Diana beten.«

Alle drei knieten sie vor der Statue nieder, ließen die Gewänder bis über die Hüften herab gleiten und sprachen: »Oh Diana – Mutter allen Seins. Sieh uns hier, wie du uns erschaffen hast. Wir danken dir für all deine Gnade und erbitten für alle Menschen nur das Gute…«

Das lodernde Feuer gab dumpfe Geräusche von sich. Sonst war es still im Tempel.

Und doch – plötzlich glaubte Genevier eine Stimme zu hören. So nah und auch wieder fern.

Sie zuckte zusammen und hob den Blick zu Diana. Da schien es ihr, als ob die Lippen der Göttin sich bewegten und die Augen sie ansehen würden.

Schon mehrfach hatte Genevier diese Visionen gehabt und niemand anders, außer ihr, hatte etwas bemerkt.

Genevier – meine Priesterin. Höre diese Worte. Unheil bahnt sich an.
Die Natur wird sich erheben. Schütze dein Volk.

Die Stimme verebbte. Wie ein ausklingendes Echo.

Geneviers Herz klopfte bis zum Hals. Sie schaute zu den beiden Hüterinnen des Feuers. Sie hatten sich ins Gebet vertieft.

Nein – von ihnen hatte keine die Stimme gehört.

Nur wieder sie – Genevier.

Wieso sprach Diana zu ihr?

Tat sie es wirklich oder handelte es sich um das eigene Unterbewusstsein?

»Wer mit den Göttern und der Natur im Einklang steht, der hört auch ihre Stimmen«, hatte Merlin ihr einst gesagt. Es war im Ring der Steine gewesen. Dort, wo einmal im Jahr, zu Frühlingsbeginn, die heiligen Runen sichtbar wurden.

Genevier stand auf und verließ leise den Tempel.

Vor dem Portal griff der Sturm unbarmherzig nach ihr.

»Die Natur wird sich erheben…« Was mochte damit gemeint sein. Dieses Unwetter?

Genevier schüttelte den Kopf. Nein! Es hatte in der Vergangenheit noch wildere Stürme gegeben.

Ratlos stand sie da, während der Wind ihr Haar zerzauste.

Sie hob die Schöße des Tempelkleides an und rannte durch den Heiligen Garten zur Therme.

Als sie nackt in das warme Wasser tauchte – über ihr das Tosen des Sturmes – wurde sie ruhiger.

Obwohl die Oberfläche des Felsenbeckens aufgepeitscht wurde, streckte Genevier sich lang aus.

Da glaubte sie ein rötliches Licht am Himmel zu sehen.

Wie ein kleiner Ball, der durch die schwarzen Wolken schoss. Den Bruchteil eines Augenzwinkerns nur.

Die Königin schüttelte den Kopf. Nur eine Einbildung?

Sie schwamm an den Beckenrand.

Sie war verwirrt.

Da kam – durch das Wabern des Frühnebels – eine Gestalt auf das Thermebecken zu.

»Ygrain!«, rief Genevier. »Auch schon so früh?!«

Die Keltin und Hauptheerführerin ließ sich am Beckenrand nieder. Sie fröstelte.

»Ich konnte nicht schlafen. Weiß auch nicht weshalb.«

Sie legte die Tunika ab und glitt zu Genevier in das dampfende Wasser. »Oh – das tut gut!«, seufzte sie und ließ sich durch den Wasserdampf treiben.

Neben Genevier fand sie am abgerundeten Beckenrand Halt. Wassertretend hielt sie ihren Körper in der Waage. »Irgend etwas liegt in der Luft«, bemerkte die Heerführerin leise. »Ich schlief erst unruhig und dann gar nicht mehr. Aber…« Sie schaute die Königin von der Seite an. »Irgendwie scheint es dir genau so ergangen zu sein.«

Genevier drehte sich um und blickte Ygrain direkt an. Dann berichtete sie von der Vision im Tempel.

Ygrain wirkte danach sehr nachdenklich. Endlich meinte sie: »Bisher hat außer dir niemand von uns diese Visionen gehabt. Aber du hast jedes Mal auf die Stimme Dianas gehört. Das hat sich als richtig erwiesen.«

Die Königin nickte. »Wenn ich nur wüsste, was es diesmal bedeutet?«

Als sie zwei Stunden später mit den anderen Schwestern gemeinsam frühstückten, schien die Sonne über dem Cap Creus.

Belaka-Re, die Ägypterin, teilte Genevier mit, dass ein Edelmann aus der Region Orlot beabsichtige, mehrere Pferde aus der Zucht von San Salvador zu erwerben.

»Das ist sehr gut«, gab die Königin zurück und erkundigte sich, für wann der Interessent sich angesagt habe.

»Er schickte einen Boten. Der Termin wird in etwa sechs Tagen sein«, rief Katja aus einer Ecke der Stallungen.

»Fein«, sagte Genevier und nickte. »Ich werde heute Nachmittag einige Tiere begutachten und vorab auswählen.«

Später machte sie noch einen Rundgang durch die Gärten. Die Priesterinnen, die sich für den Gemüse- und Obstanbau zuständig zeigten, freuten sich sehr, dass die Königin sie wieder einmal aufsuchte.

Auch die Schmiede suchte sie auf. Das Fauchen des Blasebalgs am Feuer erfüllte den hohen Raum. Zierah wischte sich den Schweiß von der Stirn. In der Schmiedeglut lag ein breites Stück Eisen. Genevier kam interessiert näher.

»Was wird das?«, erkundigte sie sich wissbegierig.

Die Schmiedin stemmte die kräftigen Arme in die Seiten und lachte fröhlich. »Ich habe mir überlegt, dass Ygrain einen neuen Helm benötigt. Da sie ja keinem Streit aus dem Weg geht, wenn sie auch nur einen Merowinger ahnt, zeigt sich ihre Rüstung sehr lädiert.«

Nun musste auch Genevier laut auflachen. Sie nickte dabei. »Du hast recht. Ygrain ist schlecht zu bremsen. Erst gestern hat sie den Einspänner eines gallischen Raufboldes beinahe in Grund und Boden geritten

»Sieht ihr ähnlich«, grunzte Zierah trocken und legte das Eisen auf den Amboss. Als sie mit dem Hammer zuschlug, verließ Genevier lieber die Schmiede.

Kurz vor Mittag entschloss sie sich, einige der Weinbauern aufzusuchen. Sie hatten unlängst über Parasiten an den Rebstöcken geklagt. Die Königin wollte herausfinden, ob man etwas dagegen tun konnte.

»Seht euch die Stöcke an, Herrin«, murrte wenig später der dicke Alfonso. »Völlig kahl von diesen Raupen.« Er kratze sich verzweifelt unter der Mütze. »Ich weiß mir keinen Rat mehr.«

Tatsächlich sah die gesamte Reihe der Rebstöcke schlimm aus.

Genevier sammelte mehrere Exemplare der Raupen in einem Tuch ein.

»Ich werde diese hier mitnehmen. Vielleicht weiß Maranah ja einen Rat.«

Damit verließ sie den Bauern.

Sie ritt langsam über die Ebene und genoss die sanfte Sonne. Bald erreichte sie den Strand. Hier ließ sie den Falben ordentlich ausgreifen. Sie spürte, mit welcher Lust er sich austobte.

So jagten sie dahin. Geneviers Haare flogen wie eine Mähne.

Sie erreichte die Mündung des Rio Muga, der auch Plimizol genannt wurde, als sie den Falben wild zügelte. Genevier beugte sich zur Seite und ihre Augen saugten sich in der frischen Schleifspur fest.

Kein Zweifel! Hier war erst vor ganz kurzer Zeit ein großes Flachschiff aufgesetzt. Zahlreiche Spuren verliefen zum Damm des Flusses.

Die Spuren mochten nicht älter als zwei Stunden sein.

Fischer waren es nicht gewesen. So viel stand fest. Eher eine Galeere. Das machte Genevier unruhig. Aufmerksam ließ sie den Blick schweifen.

Nichts zeigte sich. Nichts war zu hören.

Und doch ahnte sie eine Gefahr.

Sie stieg von dem Falben, zog den kunstvollen Dolch aus der Scheide und erklomm rasch, aber trotzdem vorsichtig, den Damm.

Von hier aus hatte sie einen guten Rundblick.

Keine Menschenseele zeigte sich. Allerdings zog sich eine ungeordnete Spur vom Damm her bis an die Grenzen ihres Blickfeldes.

Ihre Richtung verlief zu dem kleinen Dorf, das etwa vier Meilen hinter dem Hügel im Osten lag.

Wieder mal Piraten?

Genevier rutschte den Hang wieder hinunter, bestieg ihr Pferd und ritt vorsichtig gen Osten. Sie hielt sich auf dem Strand und fixierte immer wieder den Horizont.

Piraten bewegten sich selten zu weit von ihrem Schiff fort. Aber nirgends konnte sie etwas entdecken. Den Muga konnten sie nicht hinauf gerudert sein. Eine lange Sandbank verhinderte das.

Genevier ritt vorsichtig weiter. Hinter der Landzunge lenkte sie den Falben in ein Pinienwäldchen.

Von hier konnte sie ungehindert bis zu dem Dorf sehen. Doch es gab nichts Ungewöhnliches.

War vielleicht nur kurz jemand gelandet und dann wieder abgefahren ?

Die Königin schüttelte für sich selbst den Kopf. Dem widersprachen die Spuren eindeutig.

Aber diese Fremden konnten sich doch nicht in Luft aufgelöst haben!

Es gab nur eine Erklärung – irgendwo auf halbem Wege hatten sie sich ein Versteck gesucht.

Dies stellte eine doppelte Gefahr dar.

Genevier ritt zügig auf das Dorf zu. Dort suchte sie sogleich den Alcalden auf und berichtete ihm von ihrer Beobachtung.

Don Rodrigo – ein Mann der zupacken konnte – alarmierte sogleich die Ältesten. Die Königin verließ das Dorf zur Bergseite hin, schlug noch einen weiten Bogen und kehrte dann nach San Salvador zurück.

»Ygrain! Eileen!«, rief sie bereits vom Tor her. Sogleich steckte die quirlige Keltin den Kopf aus dem Rüstungsschuppen und die Bannerführerin eilte von der Außenempore in den Hof hinab. Ihr blondes Haar wehte im auffrischenden Wind.

Genevier sprang vom Falben und übergab ihn einem Stalljungen.

»Was gibt es?«, wollten Ygrain und Eileen sogleich wissen. »Du wirkst aufgeregt.«

Die Königin gab einen knappen Bericht.

Eileen fuhr sich mit der linken Hand durch die Haarmähne. »Nordmänner?«, fragte sie kurz.

»Glaube ich nicht«, gab Genevier zurück. »Die Spuren der Schuhe wirkten anders. Auch keine Sandalen oder Stiefel. Eher spitz und weich, so dass sich die Fußsohle leicht durchzeichnete.«

»Mauren«, vermutete Eileen.

Genevier wiegte den Kopf. »Ich weiß nicht… die Spur des Schiffskiels passte nicht dazu.«

Ygrain und Eileen schauten sich ratlos an.

Endlich fragte die Heerführerin: »Dir ist aber auf dem Rückritt niemand begegnet? Du konntest auch von der Anhöhe niemanden sehen?«

»Nein. Das ist es ja, was mich beunruhigt!«

Ygrain schlug vor, sogleich zwei Spähtrupps zusammen zu stellen. Das fand Geneviers Zustimmung. »Aber seid, um Dianas Willen, vorsichtig. Ich möchte niemanden von euch an irgendwelchen Martergestellen wiederfinden müssen.«

Ygrain klopfte ihr schwesterlich auf die Schulter.

»Unkraut vergeht nicht, meine Liebe.«

Wenig später donnerten etwa fünfzig Priesterinnen in leichten Rüstungen über die Zugbrücke. Ygrain führte einen Trupp, Belaka-Re, die Ägypterin, den anderen. Genevier begab sich auf den Hauptturm. Dort traf sie auf Estrella. Die junge Castillierin war erst vor einigen Monaten zur Gralstruppe gestoßen. Sie hielt Ausguckwache auf dem Turm.

»Sind dir irgendwelche Reiterbewegungen oder ähnliches aufgefallen?«

Die junge Frau schüttelte den Kopf. »Nein. Ich sah zwar vor einiger Zeit ein Blitzen dort zwischen den Hügeln – aber nur sehr kurz. Ich nehme an, dass es sich um eine Täuschung durch die Sonne und Quarzhitgestein gehandelt hat.«

Geneviers Blick folgte dem Fingerzeig. Der Ort lag in einer anderen Richtung, als die Spuren, die sie gesehen hatte. Doch was besagte das schon?!

»Dort liegt kein Dorf«, murmelte sie.

Estrella schüttelte den Kopf. »Nein. Nur die alten Höhlen, von denen niemand weiß, wie sie einst entstanden sind.«

Genevier riss die Augen weit auf. »Höhlen? Welche Höhlen?«

»Sie liegen in sehr unzugänglichem Gelände. Es gibt dort uralte Felszeichnungen. Dinge, die selbst die weisen Männer nicht zu deuten verstehen.«

»Woher weißt du das?« Genevier krallte ihre Finger fest in Estrellas Schulter.

»Mein Großvater hat es mir erzählt. Er stammt aus Ceret. Einmal – ich war noch sehr klein – nahm er mich mit. Es war unheimlich.«

Geneviers Atem wurde hastiger. »Würdest du den Zugang wiederfinden?«

Die junge Frau wiegte den Kopf. »Es ist lange her… aber möglicherweise.«

»Gut! Wir warten bis die Spähtrupps zurück sind. Halte die Augen offen. Melde mir sogleich, wenn du dort irgend etwas beobachtest. Was es auch sei! Hast du verstanden?« Genevier fragte das sehr eindringlich. Estrella nickte.

In der Halle rief die Königin nach Celiah – der Kartographin.

»Gibt es Pläne von der Umgebung zwischen den beiden Kegelfelsen im Osten?«

»Du meinst den Druidentanzplatz?«

»Du kennst die Gegend?«

»Von Erzählungen alter Leute. Man sagt, dass sich auch heute noch einmal im Jahr Zauberer und Druiden dort bei Vollmond treffen. Niemand wagt sich dort hin.«

Genevier setzte sich auf den Rand des großen Tisches.

»Das ist ja sehr interessant.«

»Richtige Zeichnungen der Gegend existieren nicht. Jedenfalls nicht in meinem Archiv. Aber der Zugang erfolgt durch eine enge Schlucht. Man nennt sie Irrtumsschlucht, weil sie sich irgendwo in viele kleine Wege verzweigt und wer sich dort verirrt, der findet nicht zurück.«

Die Königin strich sich über das Kinn. »Demnach ein ideales Versteck für Eingeweihte.«

Celiah bestätigte das. »Wer sich dort auskennt, hat kaum Probleme, entdeckt zu werden. Ganz davon abgesehen, dass sich sowieso niemand dort hin wagt.«

Am späten Nachmittag kehrten die Spähtrupps zurück. Sie hatten nichts entdecken können. Da berichtete Genevier Ygrain das, was sie von Estrella und Celiah erfahren hatte. Die Heerführerin legte die Hand auf den Schwertgriff und schürzte die Lippen.

»Das könnte bedeuten, dass ein Schiff Leute abgesetzt hat, die diesen Platz kennen und sich dort sicher fühlen. Das Schiff konnte wieder auf dem Meer verschwinden.«

»Ja«, bestätigte Genevier die Überlegung. »Man will diese Leute – wer auch immer es ist – auch nicht mehr abholen. Sonst wäre das Schiff nicht außer Sichtweite der Küste verschwunden.«

Eileen, die bei dem Gespräch zugegen war, machte einen Einwand: »Es gibt noch eine andere Möglichkeit. Hier oben, an der gallischen Küste gibt es unzählige kleine Buchten. Ein Schiff mit nur wenig Tiefgang – ein Flachbodenschiff – könnte sich hier verstecken.«

»Hm«, machte die Königin. »Aber das Schiff befände sich weit ab.«

Eileen zuckte mit den Achseln. »Wenn man es vorläufig nicht benötigt...«

Da war was dran!

Ygrain schlug vor, die Ausguckwachen zu verdoppeln. Außerdem sollte während der Dunkelheit die Zugbrücke hochgezogen werden. »Bei Tagesanbruch werden wir uns die Umgebung näher ansehen.«

»Aber mit Vorsicht«, mahnte Eileen. »Ich denke, dass man von den Höhlen aus sehr gut einen großen Teil des Umfeldes genauestens übersehen kann.«

Die Schatten wurden bereits länger, als die Wache des Hautturmes Spiegelsignale meldete.

Ygrain rannte sogleich auf den Turm. »Von wo kommen die Signale?«

Die Wächterin deutete nach Südost. »Es handelt sich um die kleine Fischersiedlung am Rande der Sümpfe.«

Es blitzte in verschiedenen Abständen auf. Das Signal für Gefahr. Die Priesterinnen hatten dieses Blinkzeichen mit allen Dorfvorstehern der umliegenden Siedlungen vereinbart. Sie sollten es abgeben, wenn sie dringend die Hilfe der Priesterinnen benötigten.

Es gab zwei Arten von Blinkzeichen. Einmal das Zeichen für Hilfe für Erkrankte und einmal das Zeichen für Überfall.

Hier handelte es sich eindeutig um die zweite Version.

Ygrain ließ die Fanfare blasen. Sogleich versammelten sich die Priesterinnen im großen Innenhof.

»Was ist passiert?«, rief Eileen atemlos aus. Nur einen Wimpernschlag später erschien auch Genevier.

Ygrain berichtete von den Signalen. Eileen ließ dreißig Priesterinnen in leichter Rüstung aufsitzen.

»Sendet erst zwei Späher voraus«, mahnte Genevier. »Ihr wisst nicht, mit wem ihr es zu tun habt.«

Ygrain und Eileen nickten. Dann rüsteten sich die beiden Frauen und bald donnerte der Tross über die Zugbrücke gen Tal.

Die Sonne näherte sich bereits stark dem Horizont, als Ygrain den Tross mit einem Handzeichen anhielt. Sie befanden sich noch etwa eine halbe Meile von der kleinen Fischersiedlung entfernt.

»Ich werde vorausreiten und nachsehen. Bin ich in einer halben Stunde nicht zurück, muss Eileen entscheiden, was geschehen soll.«

Die Bannerführerin ermahnte die Heerführerin noch einmal zur Vorsicht. Da gab Ygrain ihrem Braunen auch schon die Fersen zu spüren.

Je weiter sich die Keltin der Hüttensiedlung näherte, um so vorsichtiger wurde sie. Bald roch sie Rauch. Dann konnte sie ihn sehen. Vermutlich waren einige Hütten angezündet worden.

»Sklavenjäger«, presste Ygrain im Selbstgespräch durch die Zähne. Sie stieg vom Pferd und versteckte es in einem Dickicht.

Zu Fuß – bewaffnet mit Schild und Schwert – erreichte sie die Rückseite einiger armseliger Hütten. Da hörte sie auch bereits Schreie und eine befehlsgewohnte energische Stimme.

»Haltet das Maul! Sonst ergeht es euch wie den beiden dort. Los redet! Wem habt ihr Zeichen gegeben?«

Als keine Antwort kam, ertönte das unverkennbare Geräusch einer Peitsche auf bloßer Haut.

Ein Aufschrei ertönte.

Dann die jammernde Stimme eines Mannes: »Lasst sie in Ruhe. Sie hat euch nichts getan.«

»Ach ja?«, ertönte wieder die Befehlsstimme. »Noch ein Wort Alter und du verlierst deine Zunge!«

Wieder klatschte die Peitsche, gefolgt von einem langgezogenen Schrei, der Ygrain bis ins Mark ging. Sie musste handeln. Zurück zu den Kameradinnen? Dazu fehlte die Zeit. Also schlich sie näher und lugte vorsichtig um die Ecke einer Hütte. Was sie sah, veranlasste sie erst einmal, die Augen zu schließen. Doch dann zwang sie sich zur Ruhe. An einem Gestell, das normalerweise zum Trocknen von Fischernetzen benutzt wurde, hing eine alte Frau. Sie war völlig ausgezogen und mit den großen Zehen an das Querholz des Gestells gebunden worden. Tiefe Peitschenstriemen zogen sich über Brüste und Bauch.

Ygrain kannte sie. Eliza – die Frau des Alcalden.

Die kleine Keltin erschauerte und ohne sich möglicher Konsequenzen ihres Handels bewusst zu sein, stürmte sie mit gezogenem Schwert los.

Die Männer in den Bärenfellen und mit Hörnerhelmen auf dem Kopf, begriffen gar nicht, was geschah. Wie eine Sturmflut kam Ygrain unter sie und hatte vier Krieger gefällt, ehe auch nur einer von ihnen zum Kurzschwert oder der Doppelaxt greifen konnte. Doch dann geriet die Keltin in arge Bedrängnis und niemand mochte sagen, wie der Kampf ausgegangen wäre, wenn… ja – wenn nicht der Rest der Kampftruppe unter Eileens Kommando plötzlich den Platz gestürmt hätte.

Die Horde – die weder zu den Nordmännern, noch zu den Sachsen gehörte – führte sich bei dieser Überrumpelung auf, wie ein verwirrter Bienenschwarm. Obwohl zahlenmäßig in der Übermacht, dauerte der Kampf nur wenige Minuten. Wer nicht erschlagen oder schwer verwundet am Boden lag, suchte sein Heil in der Flucht.

Die Frau des Alcalden wurde befreit und Ygrain ließ sogleich Wachen in weiten Abständen, jedoch in Rufweite, aufstellen.

Die Verletzungen durch die Auspeitschung wogen schwer, so dass Eileen sogleich vier Reiterinnen zur Gralsburg zurücksandte, um Alyshia zu holen. Die Ärztin wurde gebraucht. Eliza hätte einen Transport zum Hospital nicht überstanden.

*

Die Frauen von San Salvador sorgten erst einmal wieder für Ordnung.

»Der Überfall kam für uns aus heiterem Himmel«, berichtete der Dorfvorsteher den Frauen. Ygrain hörte dem Bericht mit zusammengepressten Lippen zu. Endlich fragte sie:

»Habt ihr Schiffe gesehen?«

Nein – Schiffe hatte niemand gesehen. Die Heerführerin machte sich einen Reim darauf. Es musste mit den Spuren zusammenhängen, die Genevier gesehen hatte.

Genevier begleitete Alyshia selbst. Sie hörte sich Ygrains Bericht mit ernstem Gesicht an.

»Wer immer es ist, er wird versuchen weitere Dörfer zu überfallen und dem müssen wir Einhalt gebieten.«

Ygrain nickte. »Das werden wir! Meiner Ansicht nach sind es Sklavenjäger. Irgend ein Volksstamm von Nordmännern, die aus den eigenen Reihen ausgestoßen worden sind.«

»Hm«, machte Genevier. »Das macht sie umso gefährlicher.«

Ein Spähtrupp von zehn Reiterinnen hatte auf Eileens Anweisung die Umgebung inspiziert. Sie hatten keine Angreifer mehr finden können. Inzwischen verhörte Ygrain einen der weniger Verletzten. Sie hatte ihm ihren Dolch an die Kehle gesetzt.

»Hör zu, du Ausgeburt der Hölle. Wer seid ihr und was habt ihr vor? Rede, oder ich ziehe dir deine roten Haare bei lebendigem Leibe vom Kopf !«

Doch die Drohung ließ den Burschen kalt. Sein athletischer Brustkorb hob und senkte sich während des Atmens. Eisig blickten seine Augen.

Doch da war er bei der Heerführerin an die falsche Adresse geraten.

Ein Schrei ließ alle ringsum erschrocken den Kopf wenden, der alsbald in eine Art Jaulen überging und schließlich in einem gurgelnden Laut endete.

Kein Wunder! Ygrain hatte ihm voll in die Hoden gegriffen.

Tränen des Schmerzes liefen dem Burschen die bärtigen Wangen hinunter. Er schnappte nach Luft.

Die Heerführerin lächelte freundlich. »Ich gebe dir eine viertel Sonnenspanne Zeit. Dann schneide ich dir einen deiner Hoden ab und Nagel ihn dort an die Hütte.«

Da ertönte schaurig ein Horn.

Die äußeren Wachen gaben Signal, dass sich jemand näherte. Ygrain ließ den Burschen los.

Alle blickten in die Richtung, aus der der Hornruf erklungen war.

»Eine große Gefahr kann es nicht sein«, murmelte Eileen. »Clarissa hätte niemanden durchgelassen.«

Genevier hatte die Augen zu schmalen Schlitzen zusammengekniffen. Ihre Wangenmuskeln zuckten leicht. Ihre Hand war zum Schwertgriff geglitten. Das, was sich aber nun zeigte – hätte sie allerdings mit ihrer gesamten Vorstellungskraft nicht erwartet! Wäre der Hufschlag des blendend weißen Pferdes nicht gewesen – sowohl Genevier, wie auch alle anderen, hätten es für ein Wesen aus einer anderen Welt gehalten.

Umgeben von goldenen und silbernen Blitzen schwebte der Schimmel mehr heran, als er schritt. Endlich erreichte er den Schattenbereich der Hütten. Nun konnte man Ross und Reiter unterscheiden. Das heißt – man erkannte es erst jetzt – es handelte sich um eine Reiterin. Eine solche prachtvolle Rüstung hatte Genevier noch nie gesehen. Obwohl sie doch aus den Tagen Camelots einiges gewöhnt war.

Hörbar schluckten Ygrain und Eileen. Mit leise klirrendem Zaumzeug hielt der makellose Schimmel an.

»Feinste arabische Zucht«, flüsterte Katja, die es ja wissen musste. Ihr ganzer Stolz bezog sich auf die Pferdezucht von San Salvador.

*

Goldblondes Haar quoll unter dem herrlich verzierten Helm hervor. Der Brustpanzer schimmerte mal golden, mal bronze und schien von zahlreichen Edelsteinen besetzt zu sein. Wenn die Sonnenstrahlen auf die Rüstung trafen, musste man unwillkürlich die Augen schließen.

Der Rock des Rüstzeuges bestand aus einzelnen, länglichen Silberplatten – verbunden mit Goldösen – die bei jedem Tritt des Schimmels melodisch klirrten. Silberne Beinschienen und mit Silber beschlagene Halbstiefel vollendeten die Panzerung. Eingerahmt wurde diese von einem purpurnen Mantel mit Goldstickerei.

Nicht weniger kostbar erwies sich das Zaumzeug des Schimmels.

Zuletzt hatte die Königin solche wunderbare Ausstattung bei Feirifis gesehen.

Das Gesicht der Reiterin wirkte eine Spur zu hochmütig, um schön genannt zu werden.

Aber apart und anziehend. Allerdings blickten die braunen Augen nicht so kalt, wie man es auftrittsmäßig erwartet haben sollte.

Warm, sanft – aber bestimmend erklang es aus dem Mund der Reiterin: »Lasst die Männer frei. Sie werden niemandem etwas tun.«

Ygrain fasste sich als erste und knurrte abfällig: »Hat Humor, die Lady. D a smuss ich sagen.«

Die Reiterin ließ ihren Schimmel zwei Schritte auf die Heerführerin zu machen. Nun beugte sie sich etwas herab und sagte zu ihr: »Ich bitte euch darum und gebe euch mein Wort.«

Nun trat Genevier vor.

Mit einer Hand hielt sie ihren goldenen Schild, mit der anderen ergriff sie den verzierten Kopfriemen des Pferdes.

»Wenn das hier euere Männer sind, so haben sie gefoltert und zerstört. Sie haben unrechtmäßig dieses Dorf hier überfallen. Dafür gibt es keine Entschuldigung.«

Geneviers Stimme klang fest und eisig. »Außerdem –«, fuhr sie fort und blickte die Reiterin fest an, »– wer seid ihr überhaupt?«

Die Frau stieg ab. Nun erkannte man auch das Schwert in der Scheide. Beides musste an Wert alles bisher bekannte übertreffen.

»Wer dies gefertigt hat, muss ein von den Göttern begnadeter Künstler gewesen sein«, hauchte die Schmiedin Zierah.

Die Reiterin stand nun vor Genevier. Beide besaßen fast gleiche Statur und Größe. Stumm standen sich beide Frauen gegenüber.

Königliche Erscheinung gegen königliche Erscheinung!

Die Blicke fest in einander verzahnt. Es schien ewig zu dauern. Kein Laut erhob sich rund herum. Endlich löste die Fremde den Helmriemen. Wie eine Löwenmähne quoll ihr Haar plötzlich bis auf die Hüften herab. »Es tut mir leid, was passiert ist. Aber seit mehr als fünf Jahren sind wir gezwungen vom Handel mit Sklaven zu leben. Oder besser gesagt, wir müssen überleben. Bisher beschränkten sich unsere Aktionen auf die Weite des Meeres. Doch das Schiff hat bei der letzten Kaperung Schaden genommen. Wir fanden eine Bucht – nicht weit von hier – um es zu reparieren.«

Auch ohne, dass die Fremde ihren Namen genannt hatte, wusste Genevier nun, wen sie vor sich hatte.

»Du bist Ariane – die man die Seekönigin nennt. Dein Schiff ist eine Doppelgaleere, die wie aus dem Nichts von der windabgewandten Seite her zuschlägt. Der Goldene Drache!«

Die Frau nickte. »So ist es! Die Seekönigin – um die sich die grausamsten Gerüchte ranken. Manches ist wahr, manches nicht. Aber zu dem, was ich bin, wurde ich gemacht.«

Sie senkte für einen kurzen Moment die Augen, doch dann wurde ihr Blick wieder fest.

»Ich habe deine Truppe beobachtet. Da wurde mir klar, dass du nur Genevier, die Königin des Mont Salvage sein kannst. Wir wussten nicht, dass dieses Dorf unter deinem Schutz steht.«

»Jedes Dorf, jedes menschliche Leben steht unter dem Schutz des Gral«, entgegnete Genevier messerscharf.

Arianes Brustpanzer hob und senkte sich sichtbar, als sie tief Atem zog.

Sie löste das herrliche Schwert vom Gürtel und reichte es der Königin mit beiden Händen.

»Ich begebe mich in deine Gewalt. Poseidon hat uns verlassen und damit auch das Glück.«

»Ich denke nicht, dass euch das Glück verlassen hat«, meinte Genevier und blickte die Seekönigin fest an.

»Esi s teuer Glück, dass ihr auf uns und nicht auf eine Truppe anderer Leute getroffen seid.«

Ariane verzog verächtlich den Mund. »Welche Läuse hätten uns aufhalten können?!«

»Ein Kampftrupp Merowinger vielleicht«, bemerkte Genevier trocken. »Dann hingst du vielleicht an diesem Gerüst dort.« Sie deutete über die Schulter.

Die Herrin der Gralsburg wandte sich an Ygrain und Eileen. Unter deren Anleitung formierte sich der Trupp zum Rückzug nach San Salvador.

Ariane wollte erst ihr Pferd neben das von Genevier treiben, unterließ es dann aber, um sich ihren Leuten anzuschließen. Ein kleiner Trupp Priesterinnen in Begleitung eines Unterführers ritt zu den Höhlen, in denen sich Zugehörige der Seekönigin versteckt hielten.

Genevier zeigte sich sehr erstaunt, als spät abends nicht nur Männer, sondern auch Frauen und Kinder auf der Burg eintrafen.

Ariane, die mit leicht hochmütigem Gesicht auf einem Mauervorsprung nahe des Innentores saß, meinte darauf zu Genevier: »Was denkst du? Natürlich mussten wir Familien mitnehmen. Das Schiff ist unser zu Hause geworden.«

Die Königin des Mont Salvage lehnte sich an die Mauer und verschränkte die Arme vor der Brust.

»Ist es nicht sehr leichtfertig, Kinder der Gefahr der Seeräuberei auszusetzen?«

Arianes Augenbrauen zogen sich zornig zusammen.

Sie richtete sich auf und stieß hervor: »Ach ja? Welche Wahl hatten wir denn? Wir wurden aus dem Reich in der Ägäis vertrieben. Von aufständischen Griechen. Sie zündeten den Palast an. Sie vergewaltigten unsere Frauen und Mädchen. Kastrierten öffentlich die Männer. Folterten und versklavten. Und da wagst du es von Leichtfertigkeit zu sprechen? Wer bist du – dass du dich so über uns stellst? Unter meiner Führung erreichten die wenigen Menschen, die du hier siehst, das Palastschiff. Kaum mehr als das Leben retteten wir! Auf hoher See bauten wir das Schiff so um, dass es für den Kampf taugte.«

Ariane holte tief Atem. Der Schmuck an ihrem Rüstungspanzer klirrte leicht, als wolle er die Worte unterstreichen. »Ja«, rief sie mit blitzenden Augen. »Ich gab die Befehle Dörfer an den Küsten zu plündern. Schiffe zu versenken und Piraterie zu treiben. Ich habe Menschen zu Sklaven gemacht und auf den orientalischen Märkten verkauft. Um zu überleben! Um meinen Leuten Essen und Trinken geben zu können. Poseidon ist mein Zeuge, es hat mir keinen Spaß gemacht !«

Genevier schluckte. Ihre Wut legte sich. Sie ergriff Arianes Arm und meinte: »Werde wieder ruhiger. Komm! Leg diese unbequeme Rüstung ab. Sie ist viel zu heiß für dieses Wetter. Für deine Gefährten wird bestens gesorgt werden.«

Sie führte die Seekönigin in die große Halle. Clarissa hatte ohne Worte bereits begriffen, was zu geschehen hatte. Provisorische Tische und Bänke wurden aufgestellt. Bald bogen sie sich unter den Speisen und Getränken.

Erst zögernd, dann freudig erstaunt, nahmen Männer, Frauen und Kinder an den Tafeln Platz.

Ariane folgte Genevier in den Heiligen Hain. Ihre Augen wurden immer größer und runder, als sie die wunderschönen Gärten und Tempelanlagen erblickte.

Eileen und Ygrain kamen durch das Diana-Tor. Sie blickten Ariane finster an. Genevier bat beide mit zu kommen, was diese leicht unwillig taten. Sie hielten Ariane schlicht und einfach für ein mordendes Monster.

*

Vor den Wasserkaskaden des Diana-Tempels befand sich ein weißer Pavillon. In den führte Genevier Ariane. Dann bat sie Eileen, für die Seekönigin ein bequemeres Gewand zu holen.

Die Bannerführerin zog die Augenbrauen hoch und hatte eine wenig schmeichelhafte Bemerkung auf der Zunge, schluckte diese aber dann hinunter. Die Seekönigin wollte sich gegen das leichte Tempelkleid wehren, erkannte aber dann den Unsinn ihres Sträubens.

Endlich hatte sie sich umgezogen und wirkte mit einemmal gar nicht mehr so kriegerisch.

Nachdem Speisen und Getränke aufgetragen waren, entspannte sie sich etwas. Nun bat Genevier sie – in Anwesenheit ihrer Heerführerin und der Bannerführerin – ausführlich die Geschichte ihrer Odyssee zu erzählen.

Heraus kam eine Zeit voller Schicksalsschläge und Leid.

Die sonst so hartgesottene Ygrain berührte das so, dass sie spontan Arianes Hände ergriff und sie fest drückte.

Dieses Verhalten brachte die Seekönigin stark aus der Fassung. In dieser Form war ihr noch niemand entgegen gekommen.

»Ihr seid zwanzig Frauen und dreißig Männer. Dazu acht Kinder«, stellte Genevier fest. »Wie wollt ihr weiter leben. Ohne feste Heimat?«

Ariane lachte rau auf. »Das Schiff ist unsere Heimat geworden. Wir werden es instand setzen und weiter über die Meere ziehen.«

»Denkst du auch an die Zukunft der Kinder?«

Arianes Kopf zuckte hoch und ihr Kinn straffte sich. »Ich denke kaum an etwas anderes. Aber welche Wahl bleibt uns? Vielleicht gelingt es uns, irgend eine Insel zu erobern und dort zu bleiben.«

Genevier schüttelte den Kopf. »Das gelänge nur durch weiteres töten und versklaven. Kann das dein wirkliches Ziel sein?«

Die Seekönigin sprang auf. Mit sich überschlagender Stimme rief sie: »Kann ich etwas anderes tun? Sag' es mir! Ich wünsche mir nichts sehnlicher, als dass die Menschen, die mit mir fliehen konnten, eine ruhige Heimat finden, und die Kinder wie Kinder aufwachsen, damit sie später Familien gründen können…«

Sie sank wieder auf die Bank zurück und barg das Gesicht in den Händen. »Ich will nicht mehr töten müssen, um selbst leben zu können«, kam es schluchzend unter den Händen hervor.

Endlich schaute sie mit geröteten Augen wieder auf.

»Glaub' mir, Königin Genevier – ich habe mit dem Gedanken gespielt, auf hoher See das Schiff zu verbrennen. Ich dachte mir, ein qualvoller Tod ist immer noch besser, als ein unendliches Sterben irgend wann.«

Da legte Genevier den Arm um sie. »Wir werden eine Lösung finden. Wenn ihr es wirklich wollt, kann euere Irrreise hier ein Ende haben.«

Nun schaute Ariane sie ungläubig an. »Wie meinst du das?«

Genevier lächelte beruhigend. »Warte ab.«

Die Herrin der Gralsburg ließ für alle Quartiere für die Nacht herrichten. Dann rief sie den großen Rat zusammen. Dort berichtete sie von dem wahren Schicksal der Seekönigin und ihres Volkes. Als sie geendet hatte, sahen alle die Geschichte mit anderen Augen und niemand hatte mehr Zorn.

»Es sind kräftige Männer dabei«, erklärte Genevier dann. »Es sind ganze Familien. Sie können sich selbst und uns nützlich sein, wenn sie sich in der Nähe der Burg ansiedeln. Ich habe herausgefunden, dass die meisten Männer begabte Handwerker gewesen sind, bevor sie das Kriegswerk in den Vordergrund stellen mussten. Außerdem könnten wir ein gutes kombiniertes Kampf- und Handelsschiff gebrauchen. Ich werde mich mit dem Konsul von Emporion beraten.«

Dieser Vorschlag fand die Zustimmung im Priesterinnenrat von San Salvador. Am nächsten Morgen unterbreitete Genevier ihre Idee Ariane. Die Seekönigin blickte irritiert. Solches Hilfsangebot war sie nicht gewohnt und hätte es im Traum nicht erwartet.

»Das meinst du ernst ..?«, kam die Frage mit belegter Stimme.

Genevier nickte und lächelte dabei. »Jemanden mit deiner Erfahrung könnte ich im Rat gebrauchen.«

Als Ariane immer noch zögerte, umarmte Genevier sie einfach.

Die Gefährten der Seekönigin brachen in turbulenten Jubel aus, als sie die Nachricht überbrachte.

Rasch entzog sich die Herrin von San Salvador den zahlreichen Umarmungen und Danksagungen.

Kurz nach Mitternacht – so überliefert es die Chronik – rumpelte es in der Ferne zum ersten Mal.

Es klang wie ein leichtes Donnergrollen.

Der Mond verbarg sich hinter pechschwarzen Wolkentürmen.

Gezackte Blitze rissen das weiße Säulenportal des Diana-Tempels aus der Finsternis.

Genevier stand am Fenster ihrer Kemenate und starrte auf das sich drohend zusammenballende Szenario.

Bei den Ställen wieherten die Pferde laut auf, als ob sie nahendes Unheil wittern würden.

Die Königin der Gralsburg verließ eilig den Raum. Die Fackeln warfen gespenstische Schatten auf die steinerne Wendeltreppe, die in die unteren Stockwerke führte. Von unten vernahm Genevier die Stimmen von Ygrain und Samarah. Dann gesellte sich auch Clarissa dazu.

»Katja und Belaka-Re sind bereits bei den Pferden, um diese zu beruhigen«, hörte die Königin Clarissa eben sagen.

Ygrain ergriff einen Umhang. »Ich sehe nach unseren Wachen. Eileen befindet sich oben im Tempelbereich. Es gab eine leichte Erderschütterung.«

Genevier erschrak. »Erderschütterung? Du meinst…?«

Ygrain lächelte nun und klopfte ihr auf die Schultern. »Es ist nichts kaputt. Aber besser ist besser meinte unsere Freundin und lief zum Tempelberg hinauf.«

Da ließ ein mächtiger Donnerschlag die Mauern der Burg erbeben. Unwillkürlich suchte Genevier am Treppenaufgang Halt.

Als das Rollen abgeklungen war, hörte man das Rauschen.

Theressa kam herein gerannt und schüttelte das lange schwarze Haar. »Uff! Das ist der Weltuntergang! Wasser! Die reinste Sintflut!«

Genevier trat durch den Turmbogen auf die kleine Vorterrasse. Es goss wie aus Eimern.

»Eileen tut gut daran, im Tempel zu bleiben«, meinte Ygrain. Sie starrte zum Himmel. Schwarze, pechschwarze und tiefgraue Wolken – in grotesken Abstufungen – bildeten Himmelstürme. Sie bauten sich auf wie Burgen und schienen sogleich wieder einzustürzen.

Genevier wandte sich an Clarissa, die nachdenklich in den immer dichter werdenden Regenschleier starrte. »Du siehst sorgenvoll aus, Clarissa.«

Die Castellanin zuckte leicht zusammen. Sie hatte sich in Gedanken verloren. »Ja –«, meinte sie endlich. »Ich habe so ein Unwetter aus heiterem Himmel als Kind zweimal erleben müssen. Der Plimizol trat damals über die Ufer. Seine Arme überfluteten weite Teile des Landes und viele Bauern in der Ebene kamen um. Auch hatte es Verwerfungen und Schlammlawinen in den Bergen gegeben. Vajol wurde damals zum größten Teil zerstört.«

Genevier nahm Clarissa in den Arm. »So schlimm wird's sicher nicht werden. Doch wir treffen Vorsorge, falls irgendwo eine Rettungsaktion nötig wird.«

Doch es wurde schlimmer.

Viel schlimmer!

Kurz vor der Zeit, an dem normalerweise der Morgen im Osten graute, öffneten sich die Himmelsschleusen erst einmal richtig.

Es könnte noch untertrieben klingen, wenn verzeichnet ist, dass man im Burghof kaum eine Pferdelänge weit zu sehen vermochte. Es dauerte auch nicht lange, bis die ersten Hilferufe die Burg erreichten.

Die Wächterinnen – die sich in einem geschützten Unterstand des Hauptturmes befanden – meldeten den Widerschein eines Feuers. Zwar verwaschen und rasch verlöschend, aber unmissverständlich.

Dann flackerte es aus Cadaques durch den Regenschleier. Genevier versammelte einen Teil des Rates in der Halle. Eileen hielt sich noch immer im Tempel auf. Es beruhigte die Königin, dass sie nicht versuchte, durch das Unwetter die Haupthäuser zu erreichen.

»Es ist wie damals«, flüsterte Clarissa. Sie wirkte blass. Inzwischen heulte ein Sturm um die Mauern von San Salvador. Schlimmer als jeder tra muntana.

Die Königin warf der Castellanin ein kurzen Blick zu. Dabei bildeten ihre Lippen einen schmalen Strich. Sie nahm die Aussagen Clarissas sehr ernst. Die Ebene unten zwischen Rosaria und Emporion bestand aus Seen und Sumpf. Einige Teile lagen tiefer als der Meeresspiegel. Das bedeutete eine große Gefahr für die vereinzelten Mooransiedlungen.

Genevier berief zwei Priesterinnen zu Leiterinnen je eines Hilfstrupps aus dreißig Frauen. Sie sollten alle notwendigen Hilfsmittel bereitstellen. Sobald es eine Möglichkeit gab, sollten die Trupps ausrücken. Alyshia bereitete das Burghospital für die Aufnahme von Verletzten vor. Allgemeines Quartier gab es genug auf San Salvador, da es immer wieder vorkam, dass Menschen aus den umliegenden Dörfern Schutz vor Räubern und Piraten auf der Burg suchten. Zur Zeit konnten die Gralsfrauen allerdings absolut nicht daran denken, Mont Salvage zu verlassen.

Das Unwetter entwickelte sich zum Inferno.

Es war keine Chance mehr, irgendwelche Feuersignale aus der Ebene zu erkennen. Genevier ließ die Turmwachen abziehen und auf geschütztere Posten stellen. Die Beobachter in den Torhäusern ließ sie verdreifachen. Eigentlich hätte seit geraumer Zeit bereits das Morgenlicht sichtbar sein müssen. Doch es herrschte finstere Nacht. Genevier hatte die Astronomin zu sich gerufen.

»Der Planet der Götter kann nicht die Ursache sein«, erklärte diese. »Er nähert sich zwar dem Sonnensystem, aber er wird vermutlich erst in tausend Jahren irgend einen Einfluss ausüben.«

Genevier stand am Fenster, einen Fuß auf die steinerne Stufe gestützt, das Kinn in der Handfläche und der Ellenbogen ruhte auf dem Knie. In dieser nachdenklichen Pose meinte sie: »Vorausgesetzt, es gibt diesen geheimnisvollen Götterplaneten überhaupt und die Astronomie der Babylonier erweist sich als richtig.«

Die Astronomin nickte. »Das ist die Voraussetzung. Wir rechnen nach Aufzeichnungen, deren Richtigkeit wir nicht überprüfen können.«

Erneut ließ ein Donnerschlag die Mauern erzittern. Wie Feuerstürme sausten die Blitze durch die Atmosphäre. Dazu prasselte der Regen. Als ob jemand ein gewaltiges Sieb mit Erbsen über das Land ergießen würde.

Da eilte Ygrain herein. Ihr Umhang triefte nur so vom Wasser. Sie warf die Kapuze zurück. Doch auch das wirre schwarze Haar glitzerte von Wassertropfen im Fackelschein und ihre bloßen Füße wiesen unmissverständliche Schlammspuren auf.

»Bei allen Göttern des Himmels und der Erde!«, rief sie, in ihre keltische Tradition verfallend – »Das ist der Weltuntergang! Die Pferde gebärden sich wie wild. Doch Katja und Belaka-Re haben alles unter Kontrolle.«

Sie ließ sich auf einen Fellstuhl fallen. »Durch das Tosen des Sturmes hört man die Meeresbrandung bis zum Hauptturm herauf. Das Volk im Tal befindet sich in Not.«

Genevier biss sich auf die Lippen.

Es jammerte und heulte draußen, als seien alle Dämonen der Phantasien erweckt worden.

»Haben wir eine Chance?«, fragte die Königin endlich leise.

Ygrain schüttelte den Kopf. »Jeder Versuch die Burg zu verlassen, käme einem Selbstmord gleich. Wir...«

Ihr Satz wurde unterbrochen, weil Eileen – total zerzaust und so nass, dass ihr Körper durch das Kleid schimmerte – herein stürzte. »Ariane will die Burg verlassen!«

Geneviers Augen blickten entsetzt. »Ist sie verrückt?«

»Nein. Mit Recht besorgt«, kam es von Ygrain. »Die Lagune, die sie uns beschrieben hat und in der ihr Schiff liegt, wird bei solchem Wetter zur Teufelsfalle!«

»Diana!«, entfuhr es der Königin. »Was können wir tun?« Die Heerführerin zuckte die Achseln. Genevier sprang auf und rannte auf die Treppe zu.

»Warte ..!« Ygrain wollte sie aufhalten, doch einem Wirbelwind gleich raste Genevier die Wendelstufen hinab. Der Regen schlug ihr mit voller Gewalt ins Gesicht. Der Sturm zerrte an ihrem Körper.

»Ariane !«, schrie sie durch den Lärm des Unwetters.

Die Fackeln an den Mauern zischten. Die Flammen drohten zu ersticken – rafften sich dann aber wieder auf und loderten kurze Zeit wild auf, um dann plötzlich wieder auf ein Minimum zusammen zu fallen.

»Ariane! Warte!«

Die Seekönigin – in voller Rüstung – der Mantel flatterte an ihrem Rücken – drängte den Rappen zum Tor. Verzerrt wirkten ihre Züge im sturmgepeitschten Licht der Pechfackeln, das sich nun mit einer Folge von bizarren Blitzen ablöste.

Bereits völlig durchnässt, erreichte die Königin den unruhig schnaubenden Rappen und ergriff den Zügel. Unwirsch blickte Ariane auf die Frau, die da mit triefendem Haar vor ihr stand.

»Was du tun willst, ist Selbstmord!«, rief Genevier durch das Heulen des Windes.

»Ich muss zu meinen Leuten!«, kam es zornig zurück.

Der Sturm riss der Seekönigin die Worte vom Mund.

»Wenn sie sich nicht selbst helfen, sind sie verloren! Du kannst nichts tun!«

Ariane riss den Zügel an sich. »Ich bin für sie verantwortlich!«

»Eine tote Königin nützt ihnen nichts !«

Ariane schüttelte den Kopf. Das Wasser rieselte vom Helm über ihr Gesicht.

»Lass mich! Wenn ich sterbe ... – ... dann habe ich es wenigstens versucht ...«

Die Torwächterinnen schauten verunsichert aus dem kleinen Fenster. Genevier wandte den Kopf zu ihnen und schrie: »Das Tor bleibt zu!«

Arianes Augen schienen zu glühen. »Verfluchte Hexe! Ich hätte dir niemals trauen dürfen!«

Die Seekönigin versetzte Genevier einen Tritt, so dass diese strauchelte und beinahe in die große Pfütze vor dem Tor gefallen wäre. Doch da sprang Ygrain von hinten auf das Pferd.

Der Rappe ging vor Schreck vorn hoch. Die Keltin klammerte sich an die Seekönigin und beide stürzten hart zu Boden. Ariane verlor den Helm. Ehe sie sich aufrappeln konnte – versetzte Ygrain ihr einen Tritt unter das Kinn.

Die Seekönigin sackte zusammen.

»Bringt sie in ihre Kemenate und lasst sie bewachen!«, rief die Heerführerin zwei Wächterinnen zu.

Sie versuchte ihr ramponiertes Kleid zu glätten. Genevier stützte sie. »Ist dir auch nichts passiert?«

Sie sah die blutende Lippe. Ygrain hatte sich beim Sturz vom Pferd darauf gebissen.

Doch die Keltin schüttelte sich nur. »Unkraut vergeht nicht. Weißt du doch«, und sie versuchte ein verunglücktes Lachen. Mit einem Blick auf die ohnmächtige Seekönigin knurrte sie: »Man sollte sie in Ketten legen, um sie vor sich selbst zu schützen!«

Ygrain dampfte ab in ihren Wohnbereich, um sich zu säubern und trockene Kleidung anzulegen. Genevier fuhr sich durch das pitschnasse Haar und suchte dann ebenfalls ihre Kemenate auf.

Der Morgen graute bereits, als das Unwetter nachließ. Noch immer türmten sich die schwarzen Wolken beängstigend, aber Regen und Sturm schwiegen plötzlich. Genevier ließ sogleich die Pferde klar machen und teilte verschiedene Trupps ein, um in den umliegenden Dörfern nach dem Rechten zu sehen. Sie selbst übernahm den Trupp, der Escala aufsuchen sollte. Ygrain ritt mit nach Cadaques und Alyshia übernahm den Weg nach Ceret. Eileen sollte die kleineren Gehöfte aufsuchen, die zahlreich in den Bergen verstreut lagen. Clarissa und Samarah wollten auch mit, doch Genevier überzeugte sie davon, dass es wichtig war, für Notfälle die Burg und das Hospital vorzubereiten.

Der erste Trupp galoppierte eben durch das Tor, als Ariane auftauchte. Ihr Blick schien Genevier töten zu wollen. »Du bist Schuld, wenn meine Leute in dem Unwetter sterben mussten!«, giftete sie.

Genevier schaute sie vom Pferd aus an und entgegnete ruhig: »Möglicherweise sind einige umgekommen. So wie in allen Dörfern im Bereich der Küste oder in gefährdeten Tälern. Menschen, für diei c hverantwortlich bin. Doch die Überlebenden müssten ebenfalls sterben, wenn von uns keiner überlebt hätte. Denke darüber nach! Dein Volk kann nur von einer lebenden Königin Hilfe erwarten!«

Damit drückte sie ihrem Falben die Fersen in die Seiten und sprengte durch das große Doppeltor. Verdattert stand die Seekönigin da und schaute ihr nach. Belaka-

Re legte ihr von hinten die Hand auf die Schulter. »Komm! Genevier hat mich beauftragt, dich mit einem Trupp zu begleiten.«

Ariane sog tief die Luft in die Lungen. In ihrem Innersten musste sie sich eingestehen, dass Genevier recht hatte.

Das Unwetter hatte in einigen Gebieten furchtbar gehaust. Große Schäden waren in den Dörfern verursacht worden. Eigenartigerweise hatte es an den Küsten einen viel glimpflicheren Verlauf genommen, als in der Ebene von Emporion. Dort zeigten sich die Seen – durch das angehobene Grundwasser – über die Ufer getreten. Am Fuße der Berge hatten Erdrutsche ein Dorf völlig zerstört.

Die Frauen von San Salvador hatten während der nächsten Tage sehr viel zu tun. Leider waren – wie Genevier es befürchtet hatte – viele Tote zu beklagen. In einer kleinen Fischeransiedlung hatten nur zwei Kinder, wie durch ein Wunder, überlebt. Mit bloßen Händen gruben die Frauen sie unter den Trümmern einer Hütte hervor. Es handelte sich um einen Jungen und ein Mädchen. Der Junge hatte einen Beinbruch erlitten, doch sonst zeigten sich beide wohl auf.

Sie wurden eilends zum Mont Salvage gebracht.

Ein weiteres Wunder bekundete sich Genevier am Abend des dritten Tages nach dem Unwetter.

Ariana kehrte zur Burg zurück. Das Schiff war zwar vom Sturm auf eine Sandbank gedrückt worden, doch gab es nur geringe Takelageschäden. Von ihren Leuten wurden lediglich vier leicht verletzt.

Die Seekönigin sank vor Genevier auf die Knie. »Verzeih mir meinen Ausbruch.«

Genevier zog sie aus der Demutshaltung hoch. »Ich habe deine Sorge verstanden«, entgegnete sie. »Wer weiß, ob ich in deiner Lage anders reagiert hätte.«

Alyshia hatte im Hospital viel zu tun. Auch im großen Hospital des Dorfes Juncaria kamen die Schwestern nicht zur Ruhe.

Kurz vor der Zeit, als die Sonne sich zum Horizont neigen sollte, brach die Wolkendecke auf. Golden trafen die Lichtstrahlen die Erde.

Genevier ging zum Tempel hinauf. Das Portal mit den elfenbeinfarbenen Säulen lag im Zauber der späten Abendsonne.

Die Königin blieb sinnend stehen.

Diana hatte sie vor dem Unwetter gewarnt. Durch eine Vision. Es war noch einmal alles relativ glimpflich abgegangen.

Plötzlich fühlte die Königin einen Klos im Hals. Sie glaubte, eisige Kälte würde ihren Körper überziehen. Diana hatte sie unmissverständlich gewarnt. Doch was hatte das genutzt? Es hatte nichts ändern können. Genevier war während des Unwetters in keiner Weise zu irgendwelchen Hilfen fähig gewesen. Was passiert war, hätte sie mit und ohne Warnung der Göttin erfahren. Die Königin schluckte. Die Warnung Dianas musste sich noch auf etwas ganz anderes beziehen. Etwas Fürchterliches, bei dem Genevier im Vorfeld bereits zum Eingriff gezwungen sein musste. Genevier sank auf die Knie. Sie blickte zum Tempelportal hinüber und flüsterte: »Diana – große Mutter – gib mir ein Zeichen. Was ist es?«

Da spürte sie die Vibration unter den Knien. Dumpf rollte und rumorte es in der Ferne.

Ein Erdbeben – durchzuckte es die Königin. Doch dann schüttelte sie für sich selbst mit dem Kopf. Es gab hier keine Vulkane. Die Ursache musste anderer Natur sein. Im Tempel suchte die Königin nach einer Antwort, doch Diana sprach nicht zu ihr.

Gegen Mittag brach die Sonne mit aller Macht aus den sich auflösenden Wolken. Ihre warmen Strahlen vertrieben die letzte Erinnerung an das Unwetter. Genevier lehnte an der uralten, griechisch anmutenden Säule im Heiligen Hain. Sie roch den Duft der roten Blüten, die sich an einer wilden Ranke gebildet hatten. Das Gewächs umschloss den unteren Bereich des Säulenfragmentes. Einst stand hier ein Tempel der Astarte der Pyrenäen.

Doch die Königin erinnerte sich, dass der Tempel bereits zu Zeiten des Gralskönigs Titurel in Trümmern gelegen hatte. Wer ihn einst errichtet hatte, wusste niemand.

Geneviers Blick richtete sich auf das weite Blau des Meeres. Kleine weiße lustige Schaumkronen bildeten sich am Horizont. Ganz fern zog ein phönizischer Kauffahrer vorbei.

Ein Bild voller Frieden. Doch die Königin wusste, dass irgend ein Unheil in der Luft lag. Ein Geschehnis, dass sie im Auftrage der Göttin verhindern wollte.

Sie entschloss sich den Falben zu satteln und einen Ritt zum Strand zu unternehmen.

2

Die Sonne hatte die Spuren des großen Regens bereits überall getrocknet.

Genevier genoss die Stille in der Moorebene des Plimizol. Fern in der Buchtkehre lag Rosaria, die uralte Stadt. Fast so alt wie Emporion. Am Strand sprang Genevier in den warmen Sand. Sie ließ den Falben laufen und näherte sich dem Wasser. Bald umspielten die leichten Wellen ihre Füße.

Genevier stand eine Weile ruhig da – den Blick in die Unendlichkeit gerichtet. Dann ließ sie das blaue Tempelkleid zu Boden gleiten und sprang in die herrliche Flut. Sie genoss diese Freiheit. In kräftigen Zügen schwamm sie durch die Wellen, spürte den salzigen Wind in ihrem Gesicht und das Prickeln des Wassers auf der Haut. Ein Gefühl des Glücks durchrieselte die Königin.

Da vernahm sie durch das Rauschen des Meeres das Schnauben des Falben. Die Königin wandte den Kopf. Ein Reiter kam den Strand entlang galoppiert.

Genevier erschrak. Sie war nackt und ohne Waffen. Einem Feind ausgeliefert. Der Reiter kam näher und zügelte den Schwarzen. Das Wappen konnte die Königin nicht erkennen, da der Schild wohl an der anderen Seite des Rappen hing. Der Fremde beugte sich vor und stützte den linken Arm auf den Hals des Pferdes. Ein burschenhaftes Lächeln überflog sein Gesicht. Einige widerspenstige blonde Locken wehten ihm in die Stirn. Sein gelber Surtaut, der gleichfalls gelbe Mantel und das Kettenhemd zeigten sich gepflegt. Keinerlei Spuren eines kürzlichen Kampfes entstellten die sympathische Erscheinung.

»Seid gegrüßt, edle Nymphe!«, rief der Fremde mit angenehmer Stimme. »Darf man nach euerem Namen fragen?«

Genevier schwamm etwas näher zum Strand, so dass ihre Füße Grund fassen konnten. Bis zum Hals blieb sie im Wasser. »Ist es nicht Sitte, dass der Ritter sich zuerst benennt?«

Der Fremde lachte nun fröhlich. »Ihr habt recht. Verzeiht. Ich bin Erec von Escalot und komme gerade aus Emporion.«

»Ihr seid allein?«

Erneut lachte der Ritter auf und sein Körper legte sich etwas zurück. »Wer sollte mir allein etwas tun? Er wäre rascher in der Hölle, als der Satan das Feuer schüren könnte.«

Über diese mutige Antwort musste auch Genevier lachen. »Gut gesprochen. Wenn die Tat es beweist!«

»Oh ja – Verehrteste. Timaios könnte es euch bestätigen.«

»Ein Freund des Konsuls… nun, das lasse ich als Empfehlung gelten. Ich bin Genevier von Mont Salvage, das man auch San Salvador nennt.«

Erec sprang vom Rappen. »Das ist mir eine besondere Freude. Ich hörte viel von euch.« Genevier schürzte die Lippen. Dann meinte sie schelmisch. »Seid ihr auf den Anblick einer nackten Dame aus, oder gestattet ihr, mich zu bekleiden, bevor ich weiter mit euch spreche?«

Der Ritter nahm seinen Mantel von der Schulter, breitete ihn so mit den Armen aus, dass er ganz dahinter versteckt war und rief: »Kommt unbesorgt und reibt auch mit dem Mantel ab. Eure Nacktheit werde ich sehen, wenn ihr es mir gestattet. Nicht eher.«

Lachend kam die Königin aus dem Wasser und wickelte sich rasch in den gelben Umhang. Dann hielt Erec mit höfischer Erziehung das Tuch, bis die Königin in ihr Tempelkleid zurück geschlüpft war.

»Wahrlich – ihr seid von rechter Art«, bemerkte sie.

Ein jungenhaftes Lächeln überflog seine Züge. Obwohl Erecs Jahre nahe der fünfzig lagen – ein Alter das in den Zeiten des Kämpfens und des Tötens eher selten zu nennen war – wirkte er drahtig, ausdauernd und eher wie ein Jüngling. Erst bei näherer Betrachtung fielen die Spuren auf, welche von der Zeit, vom Leiden und auch Wind und Wetter in seine Züge gezeichnet wurden.

»Wollt ihr mich zum Mont Salvage begleiten?«, fragte die Königin.

Erec runzelte leicht die Stirn. »Man sagt, dass dort nur Weibsleute willkommen sind.«

Genevier machte ein spöttisches Gesicht. »Habt ihr Angst vor Weibsleuten?«

Der Ritter grinste. »Im Gegenteil. Ich finde sie – jedenfalls einige – recht angenehm.«

Genevier wandte sich dem Falben zu. »Dann folgt mir.«

Als sie aufgesessen hatte, warf sie den Kopf leicht zurück und erkundigte sich: »Von wem habt ihr überhaupt die Weisheit? Von Timaios?«

Erec sprang mit einem Satz dem Rappen auf den Rücken.

»Nein. Doch man spricht darüber. Weiber unter sich, so heißt es.«

»Soso. Dann lasst euch überraschen.«

Mit diesen Worten stob die Königin davon.

»Ei der Daus!«, schrie der Ritter und hatte Mühe zu folgen. Als sie die bewaldeten Serpentinen hinter sich gebracht hatten, knurrte der Gepanzerte: »Himmel – allein hätte ich den Weg niemals gefunden. Es stimmt also, was man über die Gralsburg munkelt.«

Genevier hielt den Falben an. »Was munkelt man denn?«

Der Rappe schnaubte und Erec nahm die Zügel kürzer. »Nun ja – sie sei unerreichbar für den normalen Menschen. Der Gral sei entrückt und nur der Eingeweihte sähe die Jungfrauen, die ihn hüten.«

»Nun ja«, meinte Genevier trocken. »Hoffentlich seid ihr nicht enttäuscht.«

Der Ritter brachte sein Pferd dicht neben das der Königin. »Enttäuscht?« Sein Blick war fragend.

Die Königin legte ihm sanft die Hand auf den kettenbewehrten Arm. »Wegen der Jungfrauen. Ich kenne dort oben keine.« Damit gab sie dem Falben die Fersen zu spüren.

Erec machte ein dummes Gesicht. Als sie endlich an den Schildwachen vorüber ritten, die das Außentor bewachten, schaute der Ritter recht erstaunt auf die vier Damen in der griechisch anmutenden Rüstung.

»Bei Gott – sie wirken appetitlich, nicht zum fürchten.«

Nun prustete Genevier los. »Oh ja«, kam es aus ihrem Mund, als sie sich wieder gefangen hatte. »Wartet bis euch die Schwerter um die Ohren sausen!«

Im ersten Hof staunte Erec noch mehr.

»Mannsbilder!«, rief er, als er die Bauern, Handwerker und Händler sah.

Die Königin lächelte den Gast nun an. »Tja – Sir Erec. Ihr hattet ein jungfräuliches Nonnenkloster erwartet. Es tut mir leid, euch normale Menschen präsentieren zu müssen.«

Erec zügelte sein Pferd und kratzte sich am Kopf. »So erhielt ich fälschlich Kunde, edle Frau. Ich hörte einen Mythos.«

Genevier stieg ab und bedeutet Erec, dies auch zu tun. Dann stellte sie sich vor ihn hin, den Kopf leicht angehoben und blickte ihm in die stahlfarbenen Augen.

»Diese Burg beherrschen Frauen. Sie verteidigen sie allein. Sie leben hier. Doch sind sie den Männern nicht abgeneigt. Einige sind sogar verheiratet. Auch Kinder leben hier. Männer meist nur am Tag. Die Frauen dienen der Diana und somit auch dem Gral.«

»Aha«, machte Erec nach einiger Zeit und hatte nichts verstanden.

Die Königin musste sich zusammennehmen, um nicht laut los zu lachen. »Männer!«, gluckste sie und zog Erec am Ärmel mit sich. Vor der großen Marmortreppe, die zur Halle führten, trafen sie auf Ygrain. Die kleine Keltin wischte sich eine widerspenstige Locke ihres wirren rötlichschwarzen Haares aus der Stirn und blickte dem Fremden erstaunt entgegen.

Erec blieb wie angewurzelt stehen. »Bei Gott! Eine schöner als die andere«, entfuhr es ihm.

»Fallt mir nicht um«, kam es spöttisch von Genevier.

Erec riss sich zusammen und brummte: »Verzeiht, es war nicht sehr höfisch. Es ist nur ... nur ... die ...« Er verhaspelte sich.

Genevier tat, als habe sie dies nicht bemerkt und trat zu ihrer Heerführerin.

»Wer ist das?«, wollte diese wissen.

Die Königin machte eine Armbewegung zu ihrem Begleiter. »Das ist Sir Erec von Escalot.«

»Escalot?!«, entfuhr es Ygrain. »Dann handelt es sich um einen Verwandten Parcivals?«

Nun mischte sich der Ritter ein. »In zweiter Linie, edle Frau. Ein Cousin. In Edelmut und Gold kann ich Parcival das Wasser nicht reichen.« Er lachte etwas unglücklich, doch Genevier entging nicht, dass in seinen Augen der Schalk blitzte.

»Bitte kümmere dich um unseren Gast«, sagte die Königin zu Ygrain gewandt. »Ich folge gleich in die Halle.«

Sie lief durch das kleine Seitentor und erreichte den Treppenaufgang. Dieser mündete in einem weitläufigen Arkadengang, und zog sich an der oberen Etage der Halle vorbei bis zu den Dachgärten. Von hier gelangte man in den Wohnturm. In ihrer Kemenate legte Genevier das Tempelkleid ab, das die Spuren des Ausflugs mehr als deutlich zeigte, und goss sich eine Kanne Rosenwasser langsam durchs Haar, bis die Salzrückstände des Meeres sich ausgespült hatten. Dann rieb sie ihre Mähne trocken. Als sie ihr Spiegelbild etwas später im silbernen Schild des Artus betrachtete, fühlte sie sich zufrieden.

Das dunkelbraune Haar fiel in sanften Wellen um die Schultern, beinahe bis zur Hüfte. Das griechische Gewand betonte ihre Formen und ein Duft von Rosen und Oleander umwehte sie wie ein Hauch. In der Halle bemühten sich sowohl Ygrain, wie auch Eileen um den Gast, der sichtlich Wohlgefallen daran fand. Doch als Genevier aus dem Schatten einer Säule in das Licht der Kandelaber und Kienspanfackeln trat, ging Erecs Atem spürbar schwerer.

Im Reflex der Flammen wirkte ihr Gesicht römisch. Ein leichter Bronzeton schien auf ihren Zügen zu liegen. Der Ritter rang innerlich um seine Fassung.

»Wie ich sehe, Sir Erec, befindet ihr euch bereits in bester Gesellschaft«.

Die Königin lächelte gewinnend, während sie das sagte. Erecs Antwort kam mit leicht belegter Stimme.

»Oh … ja …« Er erhob sich artig und wartete, bis Genevier ihrerseits Platz genommen hatte.

»Wie geht es dem Hause Escalot?«, wollte sie wissen.

Der Ritter konnte berichten, dass sich durch den offiziellen Frieden mit der Merowingerseite das Leben normalisiert habe. Die Gralsfamilien nähmen ihre Pflichten und Rechte wieder wahr. Besonders Lohengrin habe sich nach dem Tode Parcivals sehr verändert. »Aus dem Ungestüm wurde ein besonnener junger Mann. Auch Gareis gereicht mir sehr zur Freude.«

Genevier wusste, dass Erec damals, als Parcival die Residenz hier oben in der Stammburg des Amphortas übernommen hatte, sich um den kleinen Gareis gekümmert hatte.

»Ich beobachte die Entwicklung nun aus der Ferne«, fuhr er fort.

»Was brachte euch nach Emporion?« Genevier winkte Danarah zu, die sogleich die Weinbecher auffüllte.

»Nun –« der Ritter lehnte sich zurück. Jetzt hatte die Königin Gelegenheit, die markanten Züge seines Gesichtes genauer zu sehen. Ein Mann im reiferem Alter doch mit dem jugendhaften Schalk in den Augen. »Nun – ihr wisst, dass der Konsul ein guter Freund von mir ist. Daher besuche ich ihn ab und zu. Ich hörte längst von den Frauen, die die alte Burg des Grals neu belebten. Doch ich ahnte nicht, dass die oberste Priesterin mit Genevier identisch ist, mit meiner früher verehrten Königin des Britannenreiches. Leider –«, so fügte er leise hinzu, »– war es mir nicht vergönnt, den letzten Feldzug des Artus zu begleiten. Ich hatte oft bei den Zusammenkünften der runden Tafel vor Modred gewarnt. Auch Sir Tristan tat es und Lancelot allemal. Tristan wollte dem Bastard von Morgana eine Falle stellen. Leider kam es nicht mehr dazu, weil sein Oheim Mark ihn im Eifersuchtstaumel erschlug.«

Genevier nahm einen Schluck Wein. Dann schaute sie Erec ernst an und fragte:

»Eure Meinung über meine Schwägerin ist wohl immer noch durch Gerüchte verwirrt.«

Erec richtete sich auf und brummte: »Gerüchte? Wieso Gerüchte?! Morgana, die man auch die Fee nennt, ist ein Produkt des Teufels! Schließlich trug sie zum Zerfall der Tafelrunde bei. Sie hängte im Auftrage Childerichs dem König den Bankert an, der unser aller Verderben wurde.«

Die Königin zog die feinen Augenbrauen leicht hoch. »Wie kommt ihr zu diesem Schluss?«

Erec räusperte sich. »Nun – so sprach man bei Hofe in Camelot. Nach dem unseligen Tod des Hochkönigs traf ich diese Teufelsfee nur einmal. Am dunklen See. Dort, wo sie dem König einst das Schwert Excalibur weihte. Ihr wisst, die wunderbare Klinge aus Wielands Werkstatt. Morganas Augen blickten mich dämonisch an. Sie sprach kein Wort, sondern lenkte ihr Pferd in die Wälder. Dort, wo einst der weise Merlin verschwand.«

Genevier legte Erec sanft ihre Hand auf die seine. »So habt ihr keinerlei persönlichen Beweis für ihre Untaten?«

Der Ritter schüttelte den Kopf. »Nein. Aber was ich hörte reicht mir!«

Die Königin wandte das Gesicht zu dem Kandelaber hin, der den schweren Eichentisch beleuchtete und nickte mit zusammengepressten Lippen. Erec beugte sich zu ihr und meinte leise:

»Verzeiht mir, hohe Frau, wenn ein alter Haudegen wie ich die vernarbten Wunden wieder aufgerissen hat.«

Nun schaute die Königin ihn ernst an. »Nein – das ist es nicht, was mir die Seele schwer macht. Es ist, dass ihr immer noch nicht Modreds Intrige durchschaut habt.«

Nun runzelte der Ritter die Stirn. »Was meint ihr?«

»Ich erkläre es euch. Wenn jemand völlig unschuldig ist an der grausamen Entwicklung der Dinge, dann ist es Morgana.«

»Ha!«, machte Erec verächtlich. Doch gleichzeitig blickte er die Königin fragend an. »Selten hab' ich mich geirrt…«

Nun lächelte Genevier freundlich. »Diesmal schon. Leider seid ihr nicht allein in diesem fatalen Irrtum. Als Artus sich in Morgana verliebte… und sie sich in ihn – da wusste keiner von beiden, dass Herzogin Ygrain Morganas Mutter war. Als Morgana dies erfuhr, suchte sie sogleich den König auf. Sie kamen beide überein, den kleinen Modred zu einer Pflegefamilie zu geben. Später bereuten sie diese falsche Entscheidung. Doch Artus wusste auch, dass es bei der damaligen Situation am Hofe keine andere Möglichkeit gegeben hatte. Der König hatte die Zügel des vereinten Reiches noch nicht fest genug in der Hand. Ein oder zwei Jahre später, hätte er seinen Sohn niemals verleugnet.«

Erec brummte etwas Unverständliches.

Genevier fixierte den Ritter mit durchdringendem Blick. »Habt ihr schon einmal darüber nachgedacht, weshalb man Morgana den Beinamenle Feygab? Passt dieses Wort zu der düsteren Meinung, die ihr habt? Es gibt viele Menschen, die sie anbeten. Die Herrin der Orakel – und Heilsinsel Sena. Die Römer hatten immer große Achtung vor ihr als Hohepriesterin. Selbst Childerich wagte es nicht, das Heiligtum der Diana zu entehren.«

Erec ergriff den Weinbecher und nahm einen langen Schluck. Als er in absetzte, knurrte er: »Nun gut – aber sie ist in die Intrigen von Camelot verwickelt.«

»Gegen ihren Willen und ohne ihr Wissen. Modred hat es eingefädelt. Er wollte sich an seinen Eltern rächen. Rächen, weil sie ihn offiziell nicht anerkannt haben.«

Erec stützte das Kinn auf die gefalteten Hände. SeinOberkörper beugte sich dabei weit vor. Er starrte in das Kerzenlicht. Zwischen den Augen, über der Nasenwurzel, hatte sich die Falte noch tiefer gegraben. Er grübelte. Genevier wusste, dass der Ritter intelligent genug war, die Fakten richtig zu ordnen.

Endlich meinte er leise: »Demnach ist Morgana ein Opfer. Genau wie mein Herr und König, den ich verehre bis zum jüngsten Tag.«

Genevier nickte nur.

Stille lag über dem Raum. Nur das gewaltige Feuer im Kamin knisterte.

Ygrain legte Erec den Arm um die Schulter. »Glaubt mir, Sir Erec – auch ich sah einst die Dinge falsch. Beinahe wäre zwischen mir und Morgana Blut geflossen.«

Der Ritter trank den Rest Wein aus dem Becher und erhob sich. »Verzeiht, Ladies – ich möchte gern nach meinem treuen Pferd sehen. Wenn ihr erlaubt.«

Genevier stand ebenfalls auf. »Darf ich euch begleiten?«

Erecs Augen bekamen plötzlich wieder Glanz. Alle Schatten schienen verschwunden.

»Gern! Ich könnte mir nichts Schöneres wünschen, hohe Frau.«

Sie traten aus der Halle ins warme Licht der Sonne. Erec atmete tief durch.

»Das Unwetter hat die Luft gereinigt.«

»Wie hat es sich in Emporion ausgewirkt?«, wollte die Königin wissen.

Erec zuckte die Achseln. »Einige abgesoffene Schiffe. Nichts Ernstes.«

Sie wollten eben zu den Ställen hinunter gehen, als Clarissa Genevier aufhielt. »Ein Bote aus Ceret ist gekommen.«

Die Königin runzelte die Stirn. Was mochte dieser Besuch bedeuten?

»Führe ihn in den Garten. Ich komme sofort.«

Zu Erec gewandt meinte sie leise: »Verzeiht, aber sicher ist es wichtig. Wir hier auf der Burg tragen gewisse Verantwortungen. Geht schon vor, ich treffe euch auf der großen Weide.«

Erec nickte und stiefelte davon.

Wenig später bot die Königin dem Mann aus Ceret einen Platz an dem runden Steintisch an – nahe des kleinen Gartenweihers.

Es handelte sich um einen noch recht jungen Mann – vielleicht siebzehn Jahre. Doch wirkte sein Blick intelligent und erfahren. Er schien gelernt zu haben, schon früh auf sich selbst gestellt zu sein. Er sah die Königin offen, ohne jede Scheu an.

*

»Emmanuel, der Alcalde sendet mich, Herrin des Mont Salvage. Er ist beunruhigt.«

Eine Priesterin brachte frischen Orangensaft.

Genevier bot dem Jungen einen Becher an. »Sagt mir euren Namen.«

Der Junge wurde leicht rot, doch nur für den Hauch eines Wimpernschlages.

»Verzeiht. Marcel nennt man mich.«

Die Königin beugte sich vor und stützte den rechten Ellenbogen aufs Knie und das Kinn in die Handfläche. »Also Marcel – was beunruhigt den Alcalden?«

»Nun, das Unwetter hat – der Astarte der Pyrenäen sei Dank – wenig Schäden verursacht. Aber die Geräusche aus der Erde, die immer noch nicht verstummt sind, machen den Bewohnern unseres Dorfes Angst. Da meinte Emmanuel, die Königin von San Salvador wüsste sicher Rat.«

Genevier musste lächeln. Gleichzeitig fühlte sie sich durch das große Vertrauen geehrt.

»Was sind das für Geräusche aus der Erde? Wie hören sie sich an?«

»Es knirscht und rumpelt so dumpf. So, als ob ein gewaltiger Wurm sich unter dem Dorf einen Tunnel graben würde. Der Dorfälteste meinte, es sei der Lindwurm.«

Auf der Stirn der Königin entstand eine tiefe Falte. »Der Lindwurm? Wie kommt der Dorfälteste darauf?«

Marcel nahm eine Schluck Orangensaft. Dann erklärte er: »Das ist eine uralte Legende. Unsere Vorfahren sollen einst den Wurm aus dem Tal vertrieben haben um das Dorf zu erbauen. Damit er nicht zurückkehrte, um das Dorf zu zerstören, opferten unsere Vorfahren jedes Jahr eine Jungfrau. Doch vor langen Jahren wurde dieser barbarische Brauch abgeschafft. Der Wurm kehrte auch nicht zurück. Doch nun – so meint der Älteste – fühle er sich um seine Opfer betrogen und verlange Wiedergutmachung.«

Genevier lachte leise und ergriff die Hand des Jungen. »Sei unbesorgt. Lindwürmer sind reine Fabeltiere.«

»Das sagt Emmanuel auch. Doch inzwischen mehren sich die Stimmen, nur noch einen Sonnenaufgang zu warten. Danach soll ein Opfer den Wurm beruhigen.«

»Was?« Genevier sprang auf. »Solche Furcht hat man in Ceret? Das Unwetter ist erst seit ganz kurzer Zeit vorbei. Es wütete an anderen Orten weit mehr. Dort tosen immer noch Geröll-Lawinen zu Tal. Diese Geräusche sind sicherlich viel schlimmer!«

Auch der Bote war aufgestanden. »Sicher habt ihr recht, Herrin. Doch alte Ängste brauchen oft nur einen kleinen Auslöser, um wieder hervor zu brechen. Deshalb bittet unser Alcalde euch um Hilfe.«

Genevier nickte. »Reite zurück nach Ceret. Sage Emmanuel, dass ich kurz nach Sonnenuntergang im Dorf sein werde. Mit einem dankbaren Lächeln verabschiedete sich Marcel. Genevier saß noch eine Weile sinnend da. Dann verließ sie den Garten und machte sich auf den Weg zur großen Weide.

Dort striegelte Sir Erec sein Pferd. Als er den Schritt Geneviers hörte, wandte sich der Ritter um.

»Nun – gab es etwas Ernstes?«, fragte er über die Schulter.

Die Königin lehnte sich an den hölzernen Zaun. »Das weiß ich noch nicht. Alter Aberglaube bricht ab und zu aus.« Dann berichtete sie Erec, was der Bote ihr mitgeteilt hatte. Erec hörte konzentriert zu. Dann legte er die Striegelbürste ins Gras, gab seinem treuen Pferd einen Klaps und setzt sich Genevier zu Füßen ins Gras.

»Ich kenne solche Geschichten aus meiner Heimat. In Sionius – das ihr auch französisch Sion nennt – herrschte bis vor nicht langer Zeit noch der Druidenglaube vor. Obwohl die Menschen dort zahlreich zum Christentum übergegangen sind, ist die alte Weltanschauung noch nicht verloren.«

Genevier schaute zu Erec auf. »Wenn ihr unter dem Christentum die machtfordernde Auslegung Roms meint, dann ist die Weltanschauung der Druiden gerechter und wahrer. Das weiß ich von Merlin. Allerdings darf dies nicht mit den blutrünstigen Auswüchsen des Druidentums verwechselt werden.«

Erec stimmte dem zu. »Auswüchse und Fanatismus ist in jeder Religion gefährlich und nutzt nur der leitenden Priesterkaste. Wir beide entstammen dem Gral. Daher wissen wir mehr, als andere Menschen.«

»Ja.« Die Königin nickte. »Doch auch der Bischof von Rom weiß das und er unternimmt alles, um dieses Wissen zu unterdrücken. Er hätte nämlich keinerlei Anspruch auf den sogenannten Thron Petri.«

Erec stand auf. »Ich bin sicherlich nicht so gebildet wie ihr, hohe Frau – wenn wir auch aus einer Familie stammen. Mich interessiert der Thron von Jerusalem nicht. Ich bin ein alter Kämpfer. Ich brauche den Klang der Schwerter. Daher weiß ich nur eines – wir müssen nach Ceret, um Unheil zu verhindern!«

Die Sonne senkte sich und vergoldete die Gipfel der Pyrenäen. Genevier und Erec ritten in Ceret ein. Gleich hinter ihnen ritt Eileen mit dem Banner IN.ANNA's, die man in den Pyrenäen Astarte oder Diana nannte. Ygrain ritt mit der Standarte des Pendragon.

Ihnen folgten dreißig Priesterinnen in leichter Kampfrüstung,

Die letzten Sonnenstrahlen färbten das Land sanft rötlich. Alles wirkte friedlich. Erec hielt den Falben an. Er ließ den Blick schweifen.

»Ein ruhiges idyllisches Fleckchen«, brummte er.

Auch die Königin sah sich um. Ihr Herz schlug schneller. Sie ahnte, dass etwas nicht stimmte.

Langsam ritt sie zum Dorfplatz. Den Blick fest auf den sandigen Boden gerichtet. Sie erkannte unzählige Fußspuren. Sie führten aus dem Dorf hinaus.

Erec drängte sein Pferd an Geneviers Seite. »Was habt ihr? Ihr wirkt unruhig?«

Genevier hob die Augen zu den Bergen. »Alle Dorfbewohner sind fort.«

Der Ritter zuckte die Achseln. »Sie werden wegen einer Gefahr, die sie vermuten, irgendwo Zuflucht gesucht haben.«

Doch die Königin wusste es besser. »Wir müssen uns beeilen!«

Sie gab Ygrain und Eileen Anweisungen.

»Meiner Treu – hohe Frau! Was soll das?«

Genevier wandte sich dem Ritter zu. »Meine Befürchtung hat sich eher bewahrheitet, als ich angenommen habe. Die Spuren führen alle in die selbe Richtung. Dort oben zu dem Plateau. Es handelt sich um einen uralten Kultplatz.«

Erec schluckte. »Ihr… meint, sie wollen wirklich…?«

»Ja. Sie wollen einen Menschen opfern. Kommt! Wir haben nicht mehr viel Zeit um ein Leben zu retten!« Damit jagte sie davon. Erec und die anderen folgten. Steil führten die Serpentinen hinauf. Oftmals konnte gerade ein Pferd den Pfad gefahrlos einnehmen.

Genevier trieb ihr Tier zu immer rascherer Gangart an. Die Felsen verengten sich zu einer Art Hohlweg. Dann weitete sich der Blick. Sie standen auf dem Plateau der Druiden.

»Gott im Himmel!«, entfuhr es Erec, als er der Szene gewahr wurde. »Das kann doch nur ein Traum sein!«

Das Bild hätte auch wirklich aus einer anderen Welt stammen können. Sechs gewaltige Feuer hatte man auf dem Plateau entzündet. Sie umrahmten den alten Opferstein – einen abgeflachten Felsblock, von etwa zwei Metern Länge und einem Meter

Breite. Vor dem Block hatte sich Emmanuel, der Alcalde aufgestellt – hinter ihm der Ältestenrat.

Ein uralter weißhaariger Mann mit unzähligen tiefen Falten im Gesicht, redete eindringlich auf den Alcalden ein. Auf dem Opferstein lag ein Mädchen. Genevier kannte es. Xenia – die Tochter des Dorfschmieds. Sie mochte wohl gerade 17 Jahre alt sein.

Sie schrie verzweifelt und zerrte an den Fesseln. Plötzlich stürmte ein hünenhafter Mann auf den Alcalden zu. Josephus, der Schmied. Genevier konnte nicht verstehen, was er rief.

Emmanuel wandte sich zu ihm um, doch da ergriffen zahlreiche Hände den Schmied und rissen ihn vom Opferstein fort.

»Sie haben es wirklich vor«, murmelte Erec.

Genevier ergriff ihren goldenen Schild fest mit der linken Hand. Mit der rechten zog sie das kunstvoll gearbeitete Schwert aus der Scheide.

»Los!«, rief sie aus und gab ihrem Pferd die Fersen zu spüren. Aufwiehernd stob das Ross vorwärts. Die anderen folgten.

*

Drüben am Opferstein sah man den Gralstrupp mit wehenden Bannern heranrücken.

Weit voran die Herrin der Burg.

Alle Augen richteten sich auf die Ankömmlinge.

Schnaubend kam Geneviers Ross zum stehen.

»Emmanuel!«, kam es von der Königin mit Donnerstimme. »Unternimmst du einen Schritt in die Zeit der Dämonen?«

Emmanuel trat mit ernst gefurchter Stirn vor. »Mir bleibt keine Wahl.«

»Ergreift diese Hexe und opfert auch sie, auf dass der Wurm seinen Frieden findet!«, geiferte der Dorfälteste von hinten.

Genevier richtete sich im Sattel hoch auf und rief höhnisch: »Ah – Cassius der Prophet! Genießt du es wieder einmal, die guten Leute hier mit deinen Visionen in Angst und Schrecken zu versetzen? Ich war der Ansicht, mit deinen beinahe neunzig Jahren hätte die Weisheit in dir gewonnen.«

Der Alte arbeite sich geifernd nach vorn. »Hexe! Hütet euch vor ihr Leute. Sie hat den alten Glauben angenommen und wird euch in die Hölle ziehen!«

Genevier sprang vom Pferd herab und stieß ihr Schwert in den Boden. Zitternd steckte die Klinge dort und warf mit ihrem reflektierenden Licht groteske helle Funken über das Antlitz des Propheten. Die Königin trat ruhig an ihn heran und meinte leise: »Du scheinst dich sehr vor der Hölle zu fürchten. Vor dieser Phantasiewelt der römischen Kirche. Was hat deinen Sinn so verzerrt? Ist es das Alter? Oder sind es deine Gesichter, die du dir mit Hilfe des Schierlingsgebräus verschaffst?«

Cassius hob abwehrend die knochigen Hände vors Gesicht. »Hinweg – Kreatur des Bösen!«

Genevier beachtete ihn nicht weiter. »Emmanuel – dich hätte ich für klüger gehalten. Du willst wirklich dieses Mädchen opfern? Einem Wurm, der nur in der Phantasie dieses selbsternannten Propheten besteht?«

»Teufelin!«, geiferte der Alte wieder und zückte ein Messer. Sicherlich wäre Genevier mit ihm fertig geworden, doch es entwickelte sich das nachfolgende zu rasch, um es zu verhindern.

Erec hatte eine Gefahr für die Königin gesehen und sogleich sein Streitross angetrieben.

Mit einer ausholenden, kraftvollen Bewegung ergriff er den Alten an seiner schwarzen, schmierigen Kutte und hob ihn hoch in die Luft. Dann trat er seinem Pferd in die Seiten, so dass es vorn hoch stieg.

Der Alte stieß einen markerschütternden Schrei aus, doch da flog er im weiten Bogen über Erec hinweg und landete mit dumpfem Knall auf dem Felsboden.

Niemand hatte eine Gegenwehr ergriffen.

Alles starrte völlig überrascht auf das Geschehen.

»Fahr selbst in die Hölle«, kam es knurrend vom Ritter Erec.

Cassius rührte sich nicht. Endlich löste sich Emmanuel aus seiner Erstarrung und rannte auf den liegenden Körper zu. Er ging in die Hocke, um sich nach einem kurzen Augenblick wieder auf zu richten. Fassungslos starrte er den Ritter an.

»Sein Genick ist gebrochen«, kam es mehr gehaucht, als gesprochen aus dem Mund des Alcalden.

Erec zuckte die Achseln. »Wenn schon! Der Satan wird's ihm richten.«

Nun kam auch Leben in die anderen. Einen Moment lang sah es so aus, als wolle sich die Meute auf Genevier und Erec stürzen, doch da erschallte eine dröhnende Stimme: »Halt! Ihr Bastarde! Meine Tochter wolltet ihr ermorden! Nehmt das dafür!«

Ein Speer sauste machtvoll geschleudert durch die Menge und bohrte sich in den Rücken Emmanuels.

»Nein!«, schrie Genevier auf. Doch da traf der nächste Speer einen Greis aus der Ältestenversammlung. Kaum war dieser Mann mit einem Seufzer zusammengesackt, ergriff der Schmied eine Axt und wollte sich wahllos auf einen der Dorfbewohner stürzen.

Da jagte Clarissa heran und versetzte dem Hünen einen Tritt vor die Brust, dass dieser hinten über fiel. Die anderen Gralsfrauen kreisten die Dorfbewohner mit gezückten Schwertern ein.

Der Sturz hatte den Schmied zur Besinnung gebracht. Willig blieb er unter der Bewachung zweier Priesterinnen am Boden sitzen. Genevier selbst kümmerte sich um Emmanuel. Die Wunde war schwer und das Blut pulsierte stark. Alyshia riss ihm das Hemd auf und sah ein Stück der Speerspitze aus der Brust herausschauen.

»Durchtrennt den Schafft!«, rief sie. »Ich muss den Speer nach vorn herausziehen!«

»Hat er eine Chance?«, fragte Genevier bang.

Alyshia schaute sie nur kurz an. »Jetzt muss Diana zeigen, was sie kann.«

Genevier schluckte. Sie stand auf und ging langsam zu dem Schmied hinüber, der seine Tochter schluchzend im Arm hielt. Genevier blieb tief atmend vor den beiden stehen und sagte dann leise zu dem Hünen: »Ihr habt einen aufrechten Mann fast getötet. Betet zu eurem Gott, dass er überlebt.«

Der Hüne blickte mit wässerigen Augen zu Genevier auf. »Herrin des Gral«, kam es leise aus seinem Mund. »Dieser Mann wollte meine Xenia töten. Dafür hat er den Tod verdient. Wenn ihr aber meint, mich dafür hängen zu müssen, dann bin ich bereit.«

Genevier legte dem bärenstarken Mann die Hand auf die Schulter. »Niemand wird dich hängen. Was geschieht, musst du mit dir selbst aus machen.«

Damit wandte sie sich um. Da erzitterte der Boden und ein dumpfes Grollen erfüllte schaurig das Plateau.

»Der Lindwurm!«, schrie jemand. »Er kommt um Cassius zu rächen!«

In wilder Panik liefen alle durcheinander. Doch die Königin sah etwas ganz anderes.

Hoch oben, auf dem kahlen Gipfel des Berges bewegten sich gewaltige Felsbrocken. Sie schwankten wie Korn im Wind. Kleine Steinkaskaden spritzten den Hang herunter. Dann verebbte das Grollen. Genevier schaute sich um. Würde der Gipfel ins Rutschen kommen, würde eine Felslawine ungeheuren Ausmaßes das Tal erschüttern und alles Leben dort vernichten. Von dem Dorf würde nichts mehr übrig bleiben.

Die Königin atmete hektischer. Niemand wusste wann es passieren würde. Es konnte in wenigen Augenblicken sein oder erst in Tagen oder Wochen.

Auch der Reitpfad würde unter den Steinmassen begraben werden. Kein Reiter hätte eine Chance zu entkommen.

Sie schluckte. War es das, was Diana ihr mitteilen wollte?

Gehetzt blickte die Königin sich um. Sie saßen hier oben in der Falle.

Clarissa, die Geneviers bleiches Gesicht sah, kam zu ihr herüber. »Die Steinlawine kann jeder Zeit losbrechen«, meinte sie.

Die Königin nickte. »Wir befinden uns in einer gefährlichen Lage. Der Pfad, den wir gekommen sind, wird zuerst zermalmt werden. Doch auch hier auf dem Plateau wird es gegen diese gewaltigen Felsbrocken keinen Schutz geben.«

»Ich kenne einen anderen Weg. Allerdings ist er ebenfalls sehr gefährlich und er wird viel Kraft und Schweiß kosten. Doch dort können uns die Steine nicht erreichen.«

Genevier blickte Clarissa mutschöpfend an.

»Ein anderer Weg? Wo? Ich kenne keinen. Das Plateau ist wie ein hochgelegener Kessel!«

Clarissa schüttelte den Kopf. »Das scheint nur so. Komm!«

Sie führte Genevier ein Stück weit bis zu einer Felswand, die beinahe senkrecht nach oben wies. Dort bog sie ein dorniges Gestrüpp zur Seite. Ein Pfad, der eben einem Pferd Platz bot, schlängelte sich steil aufwärts.

»Der Pfad macht zahlreiche Kehren. Die Pferde müssen geführt werden, sonst stürzen sie ab.«

Die Königin atmete tief durch. »Herrjeh... – sollten wir nicht vielleicht doch den alten Pfad wählen? Möglicherweise...«

Ein lautes Rollen beendete die Überlegung. Ein mittelgroßer Felsblock polterte den Hang abwärts und prallte auf dem Pfad auf, den die Gralstruppe zum Plateau geritten war. Die Gewalt des Aufschlags riss zwei kleinere Bäume mit sich und zerschlagenes Gestein spritzte bis zum Plateau herüber.

Genevier wurde noch eine Spur blasser. Sie ergriff Clarissa am Arm und rief: »Wir haben keine Zeit zur Überlegung mehr. Informiere die anderen und dann los!«

Die Dorfbewohner hatten sich in ihrer Panik flach auf den Boden geworfen. Clarissa erklärte die Sachlage. Genevier unterdessen nahm den unteren Teil des versteckten Weges zwischen den Felsen in Augenschein. Es handelte sich mehr um eine Wasserrinne und diese zu benutzen stellte ein Wagnis dar, das sie unter normalen Umständen niemals eingegangen wäre.

Dem Alcalden gelang es, die Leute aus dem Dorf zu beruhigen und Ordnung herzustellen.

»Folgt den Anweisungen Geneviers und ihrer Frauen, dann kann euch nichts geschehen!«, rief er.

Wenig später brach der Trupp auf. Clarissa führte ihn an. Genevier blieb am Eingang des Pfades zurück, bis sich sonst niemand mehr auf dem Plateau aufhielt. Eben war sie selbst durch die schützende Lücke geschlüpft, da brach hinter ihr die Hölle los.

3

Irgendwo auf der großen Burganlage krähte ein Hahn.

Er begrüßte den frühen Tag, obwohl von der Sonne keinerlei Spur ersichtlich war.

Genevier drückte fröstelnd die Arme um den Leib und schaute von der Galerie des Wohnturms hinauf zu der dunstigen Wolkenschicht.

Sie fühlte sich elend.

Zerschlagen und müde. Sie hatte abscheulich schlecht geschlafen. Immer wieder war sie hochgeschreckt. Das Donnern der herabprasselnden Felsbrocken im Ohr.

Genevier schritt langsam die kalten steinernen Stufen hinunter zu dem gepflasterten Hof.

Aus der nahen Schmiede drang bereits dumpfes Hämmern.

Zierah befand sich schon wieder bei der Arbeit.

Genevier lächelte still, als sie an die unermüdliche Schmiedin mit der stabilen Figur dachte. Immer zu Späßen aufgelegt. Kaum ein Tag, an dem sie mal schlechter Laune zu sein schien.

Die Königin fühlte die morgendliche feuchte Kälte des Pflasters unter den Füßen und eilte hinüber zum Rundbogen, der zum Burggarten führte. Hier erreichte sie den Plattenweg, der von dem Warmwasser-Röhrensystem der Therme versorgt wurde. So wie die gesamte Innenburg. Ein Bodenheizsystem, dass sich auch die reichen Römer in ihren Villen zu Nutzen gemacht hatten. Hier fühlte sich die Königin etwas wohler. Trotzdem zerrte der aufkommende Wind an ihrem dünnen Tempelkleid.

Rasch durcheilte sie den Garten bis zum Diana-Tor, dem Zugang des Heiligen Hains. Hier traf sie die Ärztin Alyshia.

»Du bist auch schon so früh munter?«, brummelte Genevier.

Alyshia lachte. Dann klopfte sie Genevier auf die Schulter. »Na, na – nicht so griesgrämig. Hat dein Erec dir einen Korb gegeben?«

Genevier gab eine zynische Antwort, doch dann fing sie sich gleich wieder.

»Wie sieht es bei den Dorfbewohnern aus?«

Die Ärztin deutete zu dem flachen Gebäude hinüber, das an den Burggarten grenzte.

»Frauen und Kinder habe ich im Hospital untergebracht, die Männer haben in der Halle genächtigt.«

Genevier nickte müde. »Das ist gut. Ich werde jetzt die Therme aufsuchen, vielleicht geht es mir dann besser. Die Ereignisse von gestern haben mich in der Nacht verfolgt.«

Alyshia umarmte die Königin. »Ich kann es dir nachfühlen. Doch niemand wurde von den Steinen verletzt. Das ist doch gut. Und das Dorf…«, Alyshia zuckte die Achseln, »… das lässt sich wieder aufbauen.«

Genevier holte tief Atem. Alyshia hatte ja recht. Es hätte alles viel schlimmer kommen können.

Sie setzte ihren Weg fort. Irgendwie schien der Morgen bedrückend. Kein Vogel sang. Leichter Sprühregen fiel nun vom Himmel und dunkle Wolken deckten das Cap Creus zu – wie einen Vorhang.

Die Königin gelangte zu dem Brunnen mit der kleinen goldenen Statue der Gottkönigin. Einen Augenblick verhielt sie.

Der Sprühregen hatte unzählige winzige Tröpfchen auf dem feingearbeiteten Körper der Skulptur hinterlassen. Sie glitzerten in dem merkwürdigen Zwielicht dieses Morgens wie Diamanten.

Ein scharfer Windstoß ließ Geneviers Haar wehen.

Fröstelnd eilte sie zu den Marmorstufen der Empore. Von hier aus konnte man weit über das Land bis zum Meer sehen.

Dumpf dröhnte die Brandung herüber. Die Schaumkronen hüpften über die Wogen. Die Königin stützte sich mit den Unterarmen auf die Balustrade.

Ihr Blick verewigte sich mit der dunstigen Ferne. Die Gedanken glitten zurück. Zu einer Zeit, die unendlich lange her zu sein schien. Zwei Gesichter tauchten auf. Von den Männern, die sie am meisten geliebt hatte auf dieser Welt – Artus und Lancelot.

Genevier spürte den Regen nicht. Merkte nichts vom Wind.

Lange verharrte sie an dem Geländer.

Dann wurde ihr Blick wieder klarer. Seufzend straffte sie ihren Körper. Sie wandte den Kopf zur Therme. Noch niemand schien zu dieser frühen Stunde dort zu sein.

Mit energischem Schritt eilte sie nun auf die Therme zu, ließ ihr Tempelgewand zu Boden gleiten und stieg in die wohlig warme Flut des Felsenbeckens.

Sie tauchte unter und schwamm mit fünf äußerst kräftigen Zügen bis unter den künstlichen Wasserfall.

Die Massagewirkung des herabstürzenden Wassers belebte ihre Sinne. Sie schloss die Augen und gab sich dem herrlichen Gefühl der Entspannung hin.

Alle Furcht der vergangenen Nacht schien vergessen. Die Menschen konnten gerettet werden. Niemandem war ein Leid zugestoßen.

»Oh Diana«, seufzte Genevier. »Ich danke dir für deine Hilfe.«

Sie schäumte ihren Körper mit den in einer Felsnische bereit stehenden Essenzen ein – wusch sich auch gründlich das lange braune Haar und tauchte dann tief hinab in das Wasser, bis sie den Boden des Beckens berührte. Als sie prustend wieder auftauchte, schaute sie in das freundlich lächelnde Gesicht Eileens. »Guten Morgen, meine Liebe«, schallte es ihr fröhlich entgegen.

Genevier strich sich mit beiden Händen das nasse Haar aus dem Gesicht. »Guten Morgen Eileen.«

Die Königin legte sich auf den Rücken und ließ sich zum Beckenrand treiben. Die bleierne Wolkendecke riss an einer Stelle auf und zwei Sonnenstrahlen bahnten sich einen Weg zur Erde. Sie bildeten auf der gekräuselten Wasseroberfläche bunte Kringel.

Eileen schwamm zu Genevier hinüber und hängte sich mit dem rechten Arm an den Felsrand des Thermebeckens. »In der Halle wartet jemand, der dir den Tag versüßen möchte.«

Die Königin blickte ihre Bannerführerin fragend an.

Eileen grinste. »Na wer wohl?! Dein Erec.«

Genevier schüttelte unwillig den Kopf.

»Er ist nichtm e i nErec.«

Eileen seufzte und legte ihr schwesterlich den Arm um die Schulter. »Liebste Genevier – ziehe doch endlich deine Gedanken aus der Vergangenheit zurück. Denke nicht zu weit zurück. Camelot ist vorbei. Lancelot ist tot. Auch Harun…« Eileen winkte ab. »Ich weiß, dass Harun deine letzte große Liebe gewesen ist. Lass die Toten ruhen!«

Genevier wandte sich von Eileen ab und legte den Kopf am Beckenrand auf die Arme.

Eileen wartete einen Moment, bis sie äußerste: »Erec passt zu dir. Er ist einfühlsam und gebildet. Er weiß sein Schwert zu führen und beherrscht höfische Sitte. Außerdem…«

Die Königin blickte auf. »Was außerdem?«

Eileen kicherte. Dann meinte sie achselzuckend: »Er ist in dich verliebt.«

Unwirsch stieg Genevier aus der Therme. »Unsinn! Bei Diana!«

Die zierliche Bannerführerin legte sich auf den Rücken und stieß sich mit den Beinen kräftig zur Wassermitte hin ab. »Es ist so. Jeder kann es erkennen.«

Die Wolkendecke riss immer weiter auf und die Sonne wärmte Geneviers Körper. Nun belebte sich der Bereich um die Therme. Die Priesterinnen machten ihre Morgentoilette um anschließend an der Andacht im Tempel teilzunehmen.

Genevier zog das leichte blaue Gewand über. Sie beabsichtigte ebenfalls den Tempel aufzusuchen. So machte sie sich auf den Weg. Eileen blickte ihr sinnend nach.

Im Tempel hatte Genevier ihre Ruhe und ihr inneres Gleichgewicht wiedergefunden. So trat sie gelöst Erec gegenüber, der sein Frühstück bereits beendet hatte.

Es herrschte viel Betrieb in der weiten Halle. Die Priesterinnen versorgten die Dorfbewohner aufs Beste. Zahlreiche Dorffrauen gingen ihnen in der Küche und beim Servieren zur Hand.

»Ich hoffe ihr zürnt mir nicht, dass ich bereits gegessen habe«, meinte Sir Erec und erhob sich artig. Genevier lächelte ihn freundlich an. »Keineswegs. Nehmt wieder Platz.«

Eine Priesterin brachte Genevier ihr Frühstück. Erec blickte auf den Porzellanbecher und runzelte die Stirn. »Ich hatte auch so etwas. Habe dann aber von dieser braunen Brühe Abstand genommen und um Wasser gebeten.«

Die Königin zog amüsiert eine Augenbraue hoch und blickte den Ritter an. »Hat es euch nicht geschmeckt?«

Erec winkte ab. »Ich hab' es gar nicht probiert.«

Genevier lachte glockenhell. Dann legte sie dem Ritter ihre Hand auf den Arm.

»Hattet ihr Furcht, es sei ein Hexentrank?«

Erec winkte unwirsch ab. »Hört auf mit dem Blödsinn. Ich komme mir selber dämlich vor, dass ich die Schauergeschichten geglaubt habe, die mir ein paar Popen erzählten.«

Er beugte sich vor und schaute auf den Becher. »Es ist sehr heiß. Außerdem scheint es vielen zu munden. Vielleicht hätte ich es doch kosten sollen.«

Lächelnd schob die Königin ihm das Getränk hin. »Tut es doch.«

Zögernd – was auf Genevier wieder erheiternd wirkte – nahm Erec den Becher und nahm vorsichtig einen Schluck. Erst verzog er das Gesicht, doch dann wechselten seine Züge in Erstaunen.

Er nahm einen zweiten Schluck. Diesmal kräftiger.

»Na? Wie schmeckt es euch?«

Erec wischte sich den Mund ab und brummte: »Meiner Treu – nicht unübel – ich meine …«

Nun konnte sich Genevier vor Lachen nicht halten, was Erec noch mehr in Verlegenheit brachte.

»Spottet meiner nicht, hohe Frau. Sagt an – wasist es?«

»Phönizier brachten es mit. Aus einem Land, das sie L'Merica nennen.«

»L'Merica? Land unter dem Stern? Merkwürdig. Ich habe nie davon gehört.«

»Die Wikinger besuchten es schon vor längeren Zeiten. Es sollen Menschen mit bräunlich roter Haut dort leben. Sie bauen eine Pflanze an, deren Früchte aus Bohnen bestehen. Sie werden über einem kleinen Feuer geröstet und dann gemahlen. In Verbindung mit kochendem Wasser ergibt sich ein Getränk, dass sie Café nennen. Die Phönizier haben diesen Ausdruck übernommen.«

Erec starrte auf den Becher. »Aha«, machte er dann. »Café also.«

Genevier bat eine der bedienenden Priesterinnen, ihr eine neuen Becher Café zu bringen.

Sie wurden unterbrochen, da Emmanuel an den Tisch trat. Obwohl sehr geschwächt und an Krücken, bestand er darauf, die Königin aufzusuchen.

Genevier blickte freundlich zu ihm auf und hieß ihn streng, sich zu setzen. »Um Himmelswillen! Was sagt Alyshia dazu?«

Emmanuel lächelte gequält. »Zürnt ihr nicht, sie weiß es nicht.«

Nun erkundigte sich die Herrin des Mont Salvage: »Seid ihr zufrieden? Werdet ihr gut versorgt?«

Emmanuel rang die Hände. »D a sfragt ihr? Herrin von Mont Salvage – ich weiß gar nicht, wie ich euch danken soll! Ihr habt uns nicht nur vor einem Mord bewahrt. Ihr habt das Leben aller gerettet, wir...«

Die Königin war aufgestanden und hatte die Hände des Alcalden ergriffen. »Sprecht nicht weiter. Vor allem – macht euch keine Gedanken. Ich bin glücklich, dass alles so gut ausgegangen ist. Dank der allwissenden Macht Dianas.«

Emmanuel atmete tief aus. »Die Macht Dianas! Oh Herrin, wenn ich nur mehr von eurem Glauben verstehen könnte. Es wird so viel erzählt... so viel Verworrenes...«

Genevier nickte ernst. »Verworrenes! Da gebe ich euch recht. Dabei glauben wir ebenso an Gott, wie ihr. Nur unsere Kenntnis um den Mann, den ihr Jesus nennt, ist eine andere.«

Nun lächelte der Alcalde. »Wenn ihr einmal mehr Zeit habt – und es wollt – dann erzählt mir von dieser Einstellung. Sie interessiert mich sehr. Vielleicht ist unsere Religion ja falsch.«

Genevier schüttelte den Kopf. »Nein. Falsch kann man sicherlich nicht behaupten. Sagen wir – es fehlen euch ein paar Informationen. Doch ihr habt recht – davon ein anderes Mal. Wir werden Leute zusammenrufen, die euch beim Aufbau eures Dorfes helfen werden. Timaios aus Emporion hat sehr gute Bauleute.«

»Man müsste Abfangplattformen gegen Geröll-Lawinen errichten, damit so ein Unglück nicht erneut eintreten kann«, warf Sir Erec ein.

Genevier blickte ihn überrascht an. »Ja – die Idee ist gut. Ich werde mit den Bauleuten darüber sprechen.« Sie hielt inne und fixierte den Ritter nachdenklich. »Sagt, Sir Erec – wollt ihr das mit Timaios bereden? Ich gewinne den Eindruck, ihr versteht etwas davon.«

»Gern, hohe Frau. Es stimmt. Mein Großvater hat einen guten Teil von Camelot geplant.«

Nun zog die Königin total erstaunt die Augenbrauen weit hoch. »Camelot...«, hauchte sie. Dann räusperte sie sich und wollte wissen: »Wer war euer Großvater?«

»Der Baumeister Garet de Alville aus Lyonesse.«

»Garet de Alville! Von ihm hat mir mein Mann Artus viel erzählt. Ein Cousin des Vaters von Sir Tristan.«

Der Ritter nickte. »So ist es!«

Genevier blickte nun wieder zu Emmanuel und ordnete an: »Jetzt aber zurück ins Bett mich euch. Sonst bringt Alyshia mich um!«

In diesem Augenblick rannte Katja herbei.

»Rasch! Kommt! Feuer in Cadaques!«

»Was?« Entsetzt sprang die Königin auf. »Wieder verfluchte Merowingerhorden?«

Katja schüttelte den Kopf. »Ich weiß es nicht ! Aber Chlodwig hat doch den Frieden beschworen.«

Genevier lachte hart auf. »Ob Chlodwig etwas beschwört oder der Teufel die Hölle schließt, bleibt sich ziemlich gleich. Alle Merowinger sind Verräter!«

Erec hatte inzwischen sein Schwert umgegürtet. »Lasst uns nachsehen!«

Genevier rief ihre Heerführerinnen zusammen. Ein Trupp von etwa vierzig Kämpferinnen galoppierte wenig später donnernd über die Zugbrücke.

Als der Trupp endlich das Fischerdörfchen erreicht hatte, schlug den Reiterinnen die Hitze und der Rauch einer gewaltigen Feuersbrunst entgegen.

Menschen schrieen. Menschen flohen.

»Oh große Göttin!«, entfuhr es Genevier. »Was ist hier los?«

Da tauchten Flüchtlinge am Fuße des Hanges auf, auf dem der Gralstrupp angehalten hatte. Einen der Flüchtlinge erkannte die Königin.

»Pedro!«, rief sie herab. Der angesprochene – ein junger Fischer – schaute auf und rannte dann auf Genevier zu. Keuchend blieb er stehen und hielt sich am Halfter des Falben fest. »Jesus sei Dank! Ihr seid da!«

Die Königin beugte sich herab. »Was ist passiert?«

Der Fischer rang nach Luft. »Wir... wir wissen es nicht. Plötzlich rief jemand Ein Schiff. Dann brannte es auf einmal an mehreren Ecken des Dorfes. Oh Gott...« Er brach zusammen.

Genevier ließ sogleich die Fanfare blasen und den Trupp in drei Abteilungen ausschwärmen.

»Sucht auch die Küste nach dem Schiff ab!«

Während ein Teil der Bevölkerung floh, versuchte der andere Teil das Feuer zu löschen oder wenigstens einzudämmen. Genevier und ihre Unterführerinnen versuchten etwas Ordnung in das allgemeine Chaos zu bringen. Trotz allen Einsatzes brannte ein guter Teil des Dorfes nieder.

Die Einsatztrupps kehrten zurück.

»Keine Spur eines Schiffes«, vermeldeten die Befehlshaberinnen.

Dereiah kam herangeritten und hielt etwas in der Hand. Etwas Dunkelgraues, fast Schwarzes. Es wirkte glibberig.

Genevier betrachtete es eingehend. »Es sieht aus wie angetrocknetes Gummiarabicum«, meinte sie. Da drängte die Seekönigin Ariane ihr Pferd an das Geneviers heran.

»Das ist Pechblende«, erklärte sie. »Gemischt mit Phos-phorium. Wir benutzen es um Brandkugeln herzustellen, die dann auf angreifende Schiffe geschleudert werden. Beim Aufprall zersplittert die Kugel in unzählige Teile und legt viele kleine Brandherde. Sie lassen sich kaum löschen.

Genevier schluckte. »Ein Pirat! Aber wo ist er? Weshalb ist er nicht gelandet? In einem abgebrannten Dorf kann er nichts finden. Nicht einmal mehr Sklaven.«

Ariane ließ den Blick über die rauchenden Trümmer schweifen. Zwischen ihren schönen Augen hatte sich eine steile Falte gebildet. »Es sei denn...«, murmelte sie.

Genevier griff in den Zügel ihres tänzelnden Pferdes. »Es sei denn was?«

Ariane schüttelte den Kopf. »Ach nichts. Ich überlegte mir nur...« Erneut brach sie ab.

Genevier blickte die Seekönigin eindringlich an. »Egal, was du denkst. Sag' es mir!«

Arianes Brustkorb hob sich unter einem tiefen Atemzug. »Es sei denn, das ganze diente einem Ablenkungsmanöver.«

»Ein Ablenkungsmanöver? Wozu?«

Arianes Blick wurde stahlhart. »Um deine Truppe von etwas anderem abzulenken.«

»Diana!«, rief Genevier aus. Doch dann verwarf sie den spontanen Gedanken. »Nach Salvador kommt – wer immer es sei – niemand so rasch von See her.«

Ariane zog eine Augenbraue hoch. »Wer spricht von deiner Burg?! Aber wie sieht es mit Emporion aus? Oder mit Rosaria?«

Die Herrin des Mont Salvage schluckte. »Ein Angriff auf eine der Städte ? Dazu benötigt man mehr als nur ein Schiff.«

Ariane nickte. »Aber wir haben nur den Rauch auf dieser Seite der Bucht gesehen. Niemand kümmerte sich mehr um etwas anderes. Unter normalen Umständen hätten die Turmwachen jedes Schiff in der Bucht von Rosaria eher gesehen, als jede Stadtmauerwache und durch Signale die Ortschaften gewarnt. Man hätte Land- und Seetore geschlossen.«

Da ertönte auch von San Salvador die Warnfanfare. Wenn auch halb vom Winde verweht, doch trotzdem eindringlich.

»Da hast du's!«, rief Ariane.

Genevier riss ihren Falben herum.

Die Seekönigin hielt rasch den Zügel fest. »Wohin?«

»Zuerst zur Burg. Denn wir wissen nicht, was passiert ist und wo. Los!«

Der Gralstrupp schoss davon. Den Mont Salvage hinauf.

Die Turmwächterin hatte etwas in der Bucht gesehen – nur kurz im aufkommenden Nebel.

Doch von nirgendwo kamen Warnsignale aus den Ortschaften.

4

Die folgenden Tage und Nächte blieben ruhig.

Genevier hatte den Wächterinnen eingeschärft, auf das geringste verdächtige oder ungewöhnliche Zeichen zu achten.

Die Königin erwachte, als das erste Grau des neuen Tages erkennbar wurde. Sie ließ die leicht gewebte Decke vom bloßen, schlanken Körper gleiten und stand von ihrem Lager auf. Dann schaute sie aus dem Bogenfenster ihrer Kemenate. Der Blick schweifte über die Baumwipfel des Gartens zu den Bergspitzen. Der Himmel zeigte sich trübe, was aber in dieser Region nicht unbedingt für den ganzen Tag von Bedeutung sein musste.

Gedankenverloren griff sie zu dem leichten Tempelkleid. Wenig später spürte sie die angenehme Kühle der steinernen Treppe unter den bloßen Fußsohlen. Völlige Stille lag noch über San Salvador de Verdera.

Wie so oft war Genevier – außer den Wachen – die erste auf den Beinen. Doch nur eine Stunde später würden sich die Burg und ihr Umfeld in ein Zentrum geschäftigen Treibens verwandeln. Die Königin genoss diese erste frühe Stunde. Sie schritt durch den Garten auf das Dianator zu, das die allgemeine Burganlage vom Heiligen Hain trennte. Überall sorgten kleine Bäche und Wasserfälle dafür, dass es rund um grünte und blühte. Das Zwitschern der zahlreichen Vogelarten, die sich um San Salvador angesiedelt hatten, begleitete Genevier.

Von einem Mauervorsprung konnte sie über die weite Ebene von Rosaria blicken. Krass hoben sich die Kronen der Meereswogen von dem grauen Himmel ab. Unterhalb von San Salvador – dort wo sich im Verlauf der Jahre durch Zufluchtsuchende eine kleine Ansiedlung mit einer Mission gebildet hatte – zog ein Mann einen Esel hinter sich her. Die Königin seufzte. Ach – mochte es doch immer so friedlich bleiben.

Ihr Weg führte an zahlreichen Wasserspielen vorbei bis zu dem Rondell mit der kleinen Statue der Gottkönigin. Es handelte sich um die kleine zarte Alabasterfigur, die Genevier damals in den Trümmern der Burg unversehrt vorgefunden hatte. Sie ließ sich auf eine Steinbank nieder und wanderte gedanklich zurück zu den Tagen des Anfangs.

Damals, als sie völlig allein inmitten der von Childerich zerstörten Burg stand, hatte sie kaum zu hoffen gewagt, dass diese einmal zu solcher neuen Pracht zu erwecken gewesen sein würde.

Das alles hatte sie nur Blaise zu verdanken, dem genialen Baumeister von Camelot.

Lange schon lag er beerdigt in geheiligter Erde an der Ostseite des großen Tempels. Neben Garms, Dolores und Maria.

Eine Träne stahl sich über Geneviers rechte Wange. Dann richtete sie sich entschlossen auf.

Nein! Es gab keine Zeit zur Trauer. Eine Gefahr drohte und sie wusste nicht von wo. Das geheimnisvolle Schiff war noch nicht wieder aufgetaucht. Jedenfalls hatte es keine Alarmzeichen gegeben.

Genevier wollte eben um die Taxushecke biegen, um zur Therme zu gelangen, als sie das Gefühl hatte, sie würde beobachtet. Sie wandte sich um, konnte aber niemanden sehen.

Achselzuckend setzte sie ihren Weg fort. Die Morgenkühle machte sich nun auf ihrer Haut bemerkbar. Der Tau benetzte ihre Füße. Der Wasserfall des Thermebeckens verursachte eine mächtige Gischt- und Nebelwolke. Die Königin ließ ihr Gewand heruntergleiten. Nackt wie Venus tauchte sie kopfüber in das belebende Wasser. Mit mächtigen Zügen schwamm sie unter Wasser zu dem mächtigen, künstlich bearbeiteten Felsen hinüber. Die kleinen Taschen und Ausbuchtungen bargen eine Großzahl von Duftölen und Essenzen. Genevier liebte dieses morgendliche Bad allein. Sie wusch sich gründlich das beinahe hüftlange Haar und rieb ihren gesamten Körper mit einer Rosenmilch ein.

Die Körperreinigung gehörte zu den wichtigsten Pflichten der Priesterinnen.

Nun sprang die Königin von dem Felsen im Hechtsprung in das perlende Wasser.

Kleine Schaumkronen blieben zurück, als sich die ägyptischen Badeöle abwuschen. Als Genevier wieder an die Oberfläche stieß, sah sie zwei lange schlanke Beine, von denen der Frühwind das Tempelgewand abwehte. Als sie aufschaute erkannte sie Ariane.

»Guten Morgen«, rief Genevier. »Auch schon so früh auf?!«

Die Seekönigin ließ sich am Beckenrand nieder und streckte die Füße ins warme Wasser.

»Ich konnte nicht mehr schlafen. Da sah ich dich von meinem Fenster aus.«

Genevier zog eine Augenbraue leicht hoch. »Dann bist du mir gefolgt.«

Die hochgewachsene schöne Frau lächelte verlegen.

»Deinem Ohr entgeht nichts. Verzeih'!«

Genevier lachte glockenhell und schüttelte den Kopf. »Was gibt es da zu verzeihen. Komm ins Wasser.«

Ariane schüttelte den Kopf. »Es ist deine Stunde und du wolltest sicher gern allein sein.«

»Nein. Komm! Oder ist die Seekönigin mit einemmal wasserscheu geworden?«

Nun musste auch Ariane lachen. Sie streifte das Kleid ab und glitt ins Wasser.

Gemeinsam schwammen beide Frauen eine Runde durch das Becken. Dann steuerte Genevier die neue Freundin zu dem künstlichen Felsen. »Komm – ich wasche dir das Haar.«

Ariane genoss es mit geschlossenen Augen. Genevier massierte ihr die Kopfhaut und es ließ sich nicht vermeiden, dass Arianes Körper den von Genevier berührte...

Als weitere Schwestern des Ordens sich in den ersten schüchternen Sonnenstrahlen des Tages der Therme näherten, wussten Genevier und Ariane, dass sie bis in alle Ewigkeit verbunden sein würden.

Zum Nachmittag hatte die Königin den Rat der Zwölf einberufen. Auf ausdrücklichen Wunsch Geneviers saß auch Ariane an der runden Tafel.

»Schwestern«, begann Genevier. »Wir wissen immer noch nicht, welches geheimnisvolle Schiff die Brandbomben geworfen hat. Die ganze Aktion macht keinen Sinn. Bisher ist nichts weiter passiert. Vielleicht ist es nur ein Zufall gewesen. Daher möchte ich Ariane bitten, ihr Schiff und seine Mannschaft dem Orden zur Verfügung zu stellen. So zu sagen als Küstenpatrouille.«

Dabei hatte sie den Blick auf die Frau gerichtet, die man die Seekönigin nannte.

Ariane stand auf. »Gern werde ich eurem Wunsch nachkommen. Wenn ich gleich losreite, kann das Schiff morgen früh bereits die Küste längs fahren.«

Damit war es abgemacht. Genevier stellte Ariane eine Eskorte von zwanzig Reiterinnen zur Seite. Lange sah die Herrin von San Salvador vom Turm aus dem entschwindenden Trupp nach. Obwohl sie Ariane, wie auch ihren begleitenden Kämpferinnen vollstes Vertrauen schenkte, machte sich innere Unruhe in ihr breit.

Im Garten traf sie auf Eileen. Die Bannerführerin befand sich in mitten einer Schar tollender Kinder. Genevier setzte sich auf eine Marmorbank und schaute dem fröhlichen Treiben zu.

Wahrlich – San Salvador war ein fröhlicher Hort geworden!

Am frühen Abend traf ein Bote aus Rom ein. Er überbrachte eine Depesche von Papst Felix II – in der dieser seinen Besuch für den nächsten Monat ankündigte.

»Als ehemaliger Beichtvater fühle ich mich verpflichtet, einmal nach Dir zu sehen«, schrieb er und bemerkenswerter Weise hatte er nicht mit dem offiziellen Titel unterzeichnet, sondern mit Angelico. Dies sagte klar aus, dass es sich um einen rein privaten Besuch handelte. Ohne jeden Pomp.

*

Zwei Stunden widmete sich die Königin verschiedenen Verwaltungsaufgaben.

Ihre Arbeit wurde unterbrochen, als Samarah in das Arbeitszimmer des Südturms stürzte.

»Genevier! Clarissa hat jemanden mitgebracht. Am besten kommst du sogleich.«

Die Königin schaute auf. »Clarissa?« Dann fiel ihr ein, dass die Castellanin ja am Vortag nach Rosaria geritten war. Aber wen mochte sie mitgebracht haben?

Genevier eilte sich und erreichte wenig nach Samarah den Hof.

Mehrere Priesterinnen umringten eine völlig ausgepumpte, auf dem Pflaster liegende Person. Gerade erhob sich Clarissa aus der Hocke. Sie zeigte sich Schweiß überströmt, das Schwert mit Blutspritzern versehen.

»Um Diana Willen!«, rief Genevier aus. »Was ist passiert?«

Clarissa warf den Kopf mit dem kurzgeschnittenen römischen Haarschnitt zurück. Ihr Stirnband war verrutscht. »Sklavenmarkt in Rosaria. Ich konnte diese junge Byzantinerin gerade noch aus den Klauen eines sadistisch veranlagten Händlers retten. Weil sie nicht nackt tanzen wollte, sollte sie die Bastonade erhalten.«

Genevier riss die Augenbrauen hoch. »Du allein? Das war Leichtsinn!«

Die Castellanin von San Salvador holte tief Luft. »Wem sagst du das. Die Lady ist so fertig, dass ich sie viele Meilen auf dem Buckel getragen habe.«

»Wo ist dein Pferd?«

»Das musste ich leider zurücklassen. Es hat einen schweren Schwerthieb des Mauren mitbekommen.«

Genevier ließ sogleich Alyshia kommen und die Fremde ins Hospital bringen. Dann nahm sie Clarissa beiseite und ließ sich genau berichten, was los gewesen war.

»Wieso veranstalten Mauren in Rosaria einen Sklavenmarkt?«

Ygrain, die sich zu ihnen gesellt hatte, bemerkte: »Das kommt in letzter Zeit häufig vor. Timaios von Empuria hat es mir berichtet. Sklavenhändler aus vielen Regionen des Mittelmeeres finden sich hier zum Stelldichein. Rosaria entwickelt sich zu einem Sklavenzentrum.«

Genevier ballte die Fäuste, doch sie wusste, dass sie gegen Sklavenmärkte nicht viel unternehmen konnte. Es besorgte sie nur, dass so etwas in direkter Nähe von San Salvador und seinen Besitzungen stattfand. Sie beauftragte Ygrain, mit einem Trupp nach Rosaria zu reiten und mit dem Alcalden zu sprechen. Gleich am folgenden Morgen.

Die Königin überlegte, ob es wohl Sklavenhändler gewesen sein könnten, die das Dorf in Brand geschossen hatten. Aber weshalb hatten sie dann keine Gefangenen gemacht?

Das alles passte nicht zusammen.

Erec war es, der die Herrin des Mont Salvage aus ihren Gedanken riss. Er machte einen Vorschlag, den sie gerne annahm. Wenig später jagten ein Schimmel und Rappe donnernd über die Zugbrücke von Burg San Salvador de Verdera. Genevier trug keine Rüstung, sondern lediglich das leichte Tempelgewand. Ihre Haarmähne flog nur so im Wind.

Erec, der knapp hinter ihr ritt, rief: »Ei der Daus! Mylady – ihr reitet wie der Teufel!«

Er vernahm das fröhliche Lachen der Königin. Kurz hinter der kleinen Ansiedlung am Fuße der Burg, hielt sie ihr Tier an. Erec kam zwei Pferdelängen hinter ihr zum stehen. »Uff!«, machte er. »Da kommt ein alter Landsknecht mächtig ins Schwitzen!«

In Geneviers Augen blitzte der Schalk, als sie entgegnete: »Vielleicht solltet ihr ein Ross aus der Zucht von San Salvador wählen, edler Herr.«

»Ha!«, machte der Ritter. »Ihr versteht zu werben.«

Genevier lenkte den Blick zur Burg hinauf. Im Abendlicht zeigten sich die zahlreichen bunten Banner der Burg. Sie warfen sanfte Wellen im Seewind.

Etwas langsamer ging es weiter. Der Weg führte die Serpentinen hinab. Nach einem Zeitraum von etwa zweieinhalb Stunden, erreichten sie die alte Pläne Plimizol.

Den Ort, an dem einst Parcival seine Frau Kunwiramur getroffen hatte, nachdem man ihm zum Gralskönig ausgerufen hatte. Dort, wo das weitverzweigte Delta das Wasser des Plimizol ins Mittelmeer entließ, spritzte die Gischt hoch und mächtige Schaumkronen blinkten goldhell im verlöschenden Licht des Tages.

Erec schien mit seinem Pferd verwachsen zu sein. Unbeweglich standen beide nahe des Strandes. Des Ritters Blick war wie abwesend auf den Horizont gerichtet.

Genevier betrachtete das scharf geschnittene Profil. Wie gemeißelt schienen die Züge.

Der Blick leicht verträumt, der Mund fest und willensstark. Ein Mensch, auf den man sich verlassen konnte.

Genevier lenkte ihren Schimmel näher an den Rappen Erecs heran. Sanft legte sie dem Ritter ihre schmale Hand auf den Ärmel des leichten Wamses. Erec wurde aus seiner Betrachtung gerissen.

Verlegen bemerkte er: »Verzeiht mir, hohe Frau – ich muss wohl in Gedanken gewesen sein.«

Die Königin lächelte mild. »Sie weilten in der Ferne…«

Erecs Züge überflog eine leichte Rötung. »Fern aller Realität. Verzeiht.«

Geneviers Gesicht wirkte im goldenen Schein der letzten Sonne, wie man sich eine Göttin vorstellen mag. Erec spürte, wie sein Mund trocken wurde und sein Herz rascher zu schlagen begann.

Genevier wandte ihr Ross um und meinte, mit leicht in den Nacken geworfenen Kopf: »Kommt, edler Freund. Ich möchte euch etwas zeigen.«

Neugierig folgte der Ritter.

Die Herrin des Mont Salvage ritt auf eine kleine Baumgruppe zu, die sich nur unweit der Flussmündung befand. Dämmeriges Licht und Kühle, vermischt mit dem Duft herrlicher Wildblumen umfing beide.

Einige rötliche Sonnenstrahlen brachen durch die Kronen, die einen beinahe runden Platz wie einen Dom überschatteten.

Im Zentrum dieses Naturdomes stand – in mattem weiß – eine halbhohe Statue. Der feinen Maserung des Alabasters hatten Wind und Wetter nichts ausgemacht. Erec ahnte, dass es sich um eine Darstellung der Diana handelte – gut behütet von den Bäumen und der Göttin selbst.

Genevier glitt von ihrem Schimmel und forderte Erec auf, gleichfalls abzusitzen.

Etwas verunsichert folgte der Ritter der Aufforderung. »Mich deucht, dies ist für euch ein heiliger Ort. Trotzdem wollt ihr, dass ich ihn betrete?«

Die Sonnenstrahlen schwächten sich immer mehr ab, als Genevier Erec sanft bei der Hand nahm und über den weichen Moosgrund näher zu der Statue zog. Die Augen der Figur wirkten so echt, dass man glauben mochte, sie würden den Ankömmlingen entgegen blicken.

»Dies ist heiliger Boden, Sir Erec. Nur wenige kennen diesen Ort und diejenigen, die ihn kennen, behandeln ihn mit Achtung. Man sagt, eine wundersame Kraft gehe von der nahegelegenen Quelle aus.«

Der Ritter runzelte die Stirn. Er schaute sich um, konnte aber keine Quelle ausmachen. Doch die Königin zog ihn weiter.

Bald teilte sich das augenscheinlich dichte Buschwerk und ein Platz wurde sichtbar, der aus einem Traum zu entstammen schien. Ein fröhlicher Quell sprudelte hier aus Felsgestein und verwandelte sich in einen murmelnden Bach. Doch was noch weit mehr erstaunte war, dass – obwohl die Sonne hinter den Bergen verschwunden sein musste, immer noch goldenes Licht in den Wassern reflektierte.

»Welch wundersamer Ort…«, flüsterte Erec. Er konnte nicht verhindern, dass sein Herz bis zum Halse schlug. Genevier wandte sich zu ihm um. Sie schien ein Wesen aus einer anderen Welt zu sein. Eine unerklärliche Aura umgab sie.

*

In Erecs Hals schien ein Klos zu stecken. »Wie schön ihr seid…«, stammelte er.

Genevier lächelte mild und entgegnete dann: »Erinnert ihr euch an unsere erste Begegnung am Meer?«

Der Ritter nickte nur.

Die Königin fuhr fort: »Ihr sagtet – als ich aus dem Wasser stieg – ich werde euch nackt sehen, wenn ihr es mir erlaubt.«

Erec wurde das Atmen eng, als die Königin langsam die Bänder ihres leichten bläulichen Tempelgewandes löste. Wie ein Schleier glitt das Kleid zu Boden…

5

Trotz der tiefen Dunkelheit fand Geneviers Schimmel traumwandlerisch den Weg zur Burg San Salvador de Verdera.

Erecs Ross folgte einfach. Sie durchritten gerade die kleine Ansiedlung mit der Mission, als das Hornsignal ertönte. Genevier hielt spontan ihr Tier an. Kein Zweifel! Es handelte sich eindeutig um das Gefahrensignal.

»Rasch!«, rief die Königin und gab ihrem Schimmel so heftig die Fersen, dass dieser vorn hochstieg.

Alsbald donnerten sie über die Zugbrücke in den von unzähligen Fackeln beleuchteten Hof. Noch bevor das Pferd stand, sprang Genevier bereits von seinem Rücken und rannte auf Clarissa zu. »Was ist passiert?«

Clarissa deutete aufgeregt zum Turm hoch.

»Die Wache hat Feierschein an der Küste gesehen. In dem Bereich, in dem Arianes Schiff liegen müsste.«

»Himmel und Hölle«, fauchte die Herrin des Mont Salvage. »Wo ist Ygrain?«

»Auf dem Turm!«

»Lass sie holen. Wir benötigen vierzig Reiterinnen! Eil dich!«

Sie ritten wie die Wilde Jagd! Genevier vorne weg, dicht gefolgt von Erec.

»So glaubt ihr wirklich, es handele sich um eine Überfall auf das Schiff der Seekönigin?«, rief er gegen den Wind.

»Darin gibt es wohl keinen Zweifel!«, rief die Königin zurück.

Im halsbrecherischen Tempo ging es die Serpentinen herab. Wer dem Trupp in diesem Moment begegnet wäre, der hätte geglaubt, die Hölle habe ihre satanische Reiterei herausgelassen – so stoben sie dahin.

Schaum und Schweiß bedeckten bald Ross und Reiter, doch Genevier trieb immer weiter zur Eile an. Die Ebene des Plimizol wurde von den Hufen aufgewühlt. Gischt spritzte, als der Trupp den Strand entlang hetzte.

Noch niemals hatte wohl ein Reiter in solch kurzer Zeit den meilenlangen Weg zurückgelegt.

Die Schaumkronen des Meeres zeichneten sich scharf gegen den dunklen, in der Ferne noch leicht vom Feuer geröteten Himmel ab.

Das feuchte Haar hing Genevier wild um die Stirn. Sie raste dem Trupp um vier Pferdelängen voraus.

Da zügelte sie ihr Tier so scharf, dass es mit den Vorderhufen wild in die Luft stieg und beinahe samt der Reiterin hinten übergestürzt wäre. Was sich da drohend direkt vor der Königin am Strand erhob, mochte nur noch das Grauen aller Phantasie übertreffen.

»D i a n a !«, entrann es Geneviers Kehle wie der Schrei eines waidwunden Tieres.

Hinter ihr zügelte ihre Begleitung die Pferde. Die Gesichter der Kriegerinnen und das Erecs spiegelten das blanke Entsetzen wider.

»Gott…«, krächzte der Ritter und seine Augäpfel traten weiß hervor.

Ygrain, die als dritte ritt, rang nach Luft.

Obwohl Genevier es sah, wollte ihr Verstand es nicht annehmen. Sie glitt vom Pferd und machte wie in Trance einige Schritte auf das gewaltige, vier Meter hohe Kreuz zu. In diesem Moment trat der volle Mond aus den Wolken hervor. Sein milchiges Licht riss die Gestalt an dem Martergerät brutal aus der Finsternis.

Genevier starrte in die vor Schmerz weit aufgerissenen, toten Augen.

»A r i a n e«, krächzte die Königin und fiel kraftlos auf die Knie.

»Verdammte Hurenböcke!«, zischte Erec und trat vor Wut schäumend in den Sand, dass eine gewaltige Fontäne aufstob.

Ygrain stand stocksteif da. Obwohl sie mehrfach die Augen zusammenkniff – das schaurige Bild blieb.

Nackt und bloß, mit wirrem Haar, hing dort der einst schöne Körper der Seekönigin – Blut besudelt, mit Händen und Füßen angenagelt, die Gliedmaßen grotesk verrenkt.

Dann ein markerschütternder Schrei Alyshias:

»Sie lebt! – Um Dianas Willen… sie lebt! Nehmt sie ab!«

Erec war der erste, dem es gelang, sich aus Starre, Entsetzen und Verblüffung zu reißen. Doch dann sah er auch das flackern der Augenlider, bevor der Mond eben wieder hinter einer pechschwarzen Wolke verschwand.

»Sie hat recht!«, schrie nun auch er. »Sie lebt wirklich noch! Oh Gott – ist das wahr .?« Nun kam Leben in alle. Mit Hilfe der Pferde wurde das schwere, tief in den Strand gerammte Kreuz umgelegt. Ein kleiner Trupp machte sich wenig später auf, die schwerverletzte Seekönigin zur Burg zu bringen.

Die Priesterinnen hatten mehrerer ihrer mitgeführten Fackeln entzündet. Geisterhaft wirkte die Szene auf dem Strand. Das flackernde Licht reflektierte in Geneviers Goldschild, als sie, das Schwert in der anderen Hand, ihr Ross in einem Bogen über den Sand trieb.

Ihre Augen schienen den Boden förmlich aufsaugen zu wollen. Ihre Gesichtszüge wirkten plötzlich hart und unerbittlich.

»Beinahe vierzig verschiedene Spuren«, rief sie mit leicht heiser wirkender Stimme, die ihre unbändige Wut widerspiegelte, gegen die Brandung.

»Keine Pferdespuren – nur von Menschen. Teils Stiefel römischer Art, teils barfuß.«

Sie ließ den Blick über die auflaufenden Wellen schweifen. »Keine Landungsspuren.«

»Dann sind sie über das Land gekommen«, rief Ygrain, doch in ihrer Stimme schwang Zweifel.

»Wir müssen den Liegeplatz von Arianes Schiff aufsuchen. Los!« Damit stob Genevier davon.

Im letzten verglimmenden Höllenrot fanden sie den Weg und sahen noch, wie die Reste des einst so stolzen Prachtschiffes zusammenfielen.

Die Priesterinnen hielten ihre Pferde an und blickten auf einen Ort des Grauens.

Geneviers Züge in diesem Moment zu beschreiben war schier unmöglich. Die Härte von Granit wäre noch zu wenig gewesen.

Stumm, aber mit einem höllischen Feuer in den Augen, glitt die Königin von ihrem Pferd. Ihre Mundwinkel zeigten tiefe Falten und Blut rann von ihren Lippen – so fest biss sie sich darauf.

Ygrain lief wie in Trance auf die zwanzig, aus rohen Schiffsplanken gezimmerten Kreuze zu, die man in einem Halbkreis errichtet hatte. In der Mitte sank die hartgesottene Heerführerin auf die Knie und weinte hemmungslos ob der so furchtbar getöteten Kameradinnen.

Niemand sprach ein Wort. So groß war das Entsetzen. Nur die Brandung donnerte unaufhörlich gegen die Felsen der kleinen Naturbucht. Es klang wie eine Todesmelodie.

Und in Mitten dieses Tosens ertönte Ygrains Schrei – mit weit zum Himmel gerichtetem Haupt.

Ein Schrei, der nichts Vergleichbares aufzuweisen hatte:

»RACHE!!!«

6

Bange Stunden verrannen auf der Gralsburg.

Genevier hatte im Tempel verzweifelt um Arianes Leben gebetet. Das heilige Feuer warf flackernde Schatten auf ihr bronzenes, römischschönes Antlitz.

Später lief sie in der großen Halle auf und ab. Niemandem, selbst Erec nicht, gelang sie zur Ruhe zu bewegen. Mehrfach suchte sie die Krankenstation auf. Dort kämpfte Alyshia mit zwei ausgebildeten Schwestern um den winzigen Hauch Leben in Arianes geschundenem Körper.

»Bevor man sie ans Kreuz schlug, hat man sie entsetzlich gefoltert«, flüsterte die Ärztin. »Ein Wunder ist es, dass sie überhaupt noch lebend gekreuzigt werden konnte. Hoffentlich hat sie nicht den Verstand verloren.«

Genevier hatte bei diesem ersten Besuch im Hospital gefragt: »Besitzt sie noch körperlich alles? Ich meine…«

Dann rannen ihr hilflos die Tränen über die Wangen und hemmungsloses Schluchzen schüttelte ihren schlanken Körper.

Alyshia hatte sie in den Arm genommen und geantwortet: »Man hat ihr angetan, was man einem Menschen nur antun kann – vor allem einer Frau – aber sie haben ihr weder Finger, Zehen, noch Brüste abgeschnitten. Mehr Sorgen macht mir der Blutverlust durch die Peitschungen, Messertorturen und…«

Genevier hatte geschluckt: »Und …?«

Alyshia zuckte die Achseln. »Das Brennen der Fußsohlen war noch das Harmloseste.«

Je mehr die Ärztin auf die der Seekönigin zugefügten Martern einging, umso gefährlicher glomm der Funke in Geneviers Pupillen. Ihre Fingernägel gruben sich tief in ihre Handballen und die Fingerknöchel stachen weiß hervor. Ihre Lippen bildeten lediglich noch einen kaum wahrnehmbaren Strich.

Als die Ärztin geendet hatte, wandte sich die Königin wortlos um. Vom Hospital aus führte ihr Weg zum Südturm. Von hier konnte man die gesamte Bucht von Rosaria übersehen.

*

Der junge Tag glomm leicht grau am Horizont.

Nicht mehr lange, und der erste Sonnenstrahl würde San Salvador de Verdera küssen.

Der Frühwind verfing sich in Geneviers seidigem, braun-rötlichen Haar.

Es umspielte ihr edles Antlitz. Die Augen unter den fein geschwungenen Brauen schauten wie die eines Adlers über die Bucht. Die bronzene Haut spannte sich über den hohen Wangenknochen und die weißen Zähne knirschten.

Geneviers römische Züge drückten in diesem Moment aus, was sie dachte:

Wer auch immer Ariane dies angetan hatte – er würde von ihrer Hand sterben!

Wie zur Bestätigung des inneren Schwurs im Namen Dianas, berührte eine leichte Böe das Haar der Königin und ließ es kämpferisch wehen. Das dumpfe Rasseln des Gralsbanners über ihr im Seewind verstärkte den Eindruck.

Genevier würde sie finden, wer immer sie auch sein mochten und wo immer sie sich auch versteckt halten mochten.

Langsam wandte sich die Königin um. Sie verließ die Turmplattform und schritt die unendlich scheinende Wendeltreppe hinab in den Burggarten.

Aus der Schmiede drang bereits das Fauchen des Blasebalges. Zierah, die Schmiedin, entfachte das Feuer.

Die ersten Vögel zwitscherten ihr Lied und bald hüllte rotgoldener Sonnenschein die Gralsburg ein.

Der neue Tag begann. Was mochte er bringen ..?

»Wir wissen nicht, wer der Feind ist – noch wissen wir, wo er sich aufhält. Er schlägt zu und verschwindet«.

Die Stimme Geneviers tönte fest durch die Halle, in der sich der Rat der Zwölf versammelt hatte. Die Härte im Klang sagte allen deutlich, dass sie gewillt war, dem Spuk ein Ende zu bereiten.

»Wir wissen nicht, wann er erneut zuschlagen wird und wo – noch den Grund. Daher schlage ich vor, jeweils zwei Erkundungstrupps mit je dreißig Reiterinnen zu beiden Seiten der Bucht zu entsenden. Ich selbst werde den Konsul von Emporion aufsuchen und ihn um Hilfe bitten. Außerdem muss er von den Geschehnissen unterrichtet werden, denn auch die Stadt könnte in Gefahr geraten.«

Nach einer Pause fügte sie leise hinzu: »Außerdem werden wir unsere Kameradinnen in allen Ehren bestatten.«

Bei diesen Worten konnte sie die Tränen nicht aufhalten. Sie beruhigte sich erst, als sie ihren Schimmel aus dem Stall zog. Auf dem Hof traf sie auf Katja. Diese legte ihr sanft die Arme um die Schultern.

»Wir werden die Mörder ihrer gerechten Strafe zuführen«, sagte sie leise.

Genevier schluckte und nickte nur.

»Übrigens«, fuhr Katja fort – »Erec hat bereits beim ersten Sonnenstrahl die Burg verlassen.«

Die Königin schaute auf. »Erec.. – wohin?«

Katja zuckte die Achseln. »Ich weiß es nicht, doch sein Gesicht wirkte sehr entschlossen.«

Genevier konnte sich keinen Reim darauf machen. Sie bestieg den Schimmel und ritt aus der Burg. Ihr Weg führte die Serpentinen herab und bald lenkte sie den Schimmel über die Ebene Richtung Emporion.

Die Hafenstadt glich dem Gewimmel eines orientalischen Marktes. Menschen aus allen Gefilden des Mare Merditerraneum boten ihre Waren feil oder kauften. Man sah Ägypter, Griechen und Phönizier ebenso, wie Oströmer oder Mauren.

Genevier ritt langsam die Hauptstraße längs, wobei man ihr immer wieder bewundernde, wie auch verehrende Blicke zuwarf.

Der Blick der Königin glitt ernst über die an den Hafenmolen festgemachten Schiffe.

Wertvolle Trieren, Doppelsegler und sogar typische Nilschiffe lagen hier vertäut.

Eine Reiterin kam ihr entgegen. Auffallend zeigte sich das kostbare Gewand in Purpur mit blauem, brokatverziertem Umhang. Eine Zusammenstellung, die sich nur besonders vornehme und reiche Leute zu leisten vermochten.

Sie ritt einen Gescheckten aus arabischer Zucht.

Doch noch auffälliger stellte sich ihr Verhalten dar.

Kaum schien sie die Priesterin von San Salvador gesehen zu haben, lenkte sie ihr Pferd rasch in eine Seitengasse.

Geneviers Aufmerksamkeit wurde dadurch erst recht angezogen.

Die Reiterin war keineswegs zufällig, oder weil sie es sowieso wollte, in die Gasse geritten. Nein – trotz der Entfernung von noch etwa zwanzig Pferdelängen, hatte die Königin den erschrockenen Gesichtausdruck bemerkt.

Daher spornte sie ihr Ross an und galoppierte auf die Straßenkreuzung zu. An der Ecke allerdings schaute sie vergebens nach der Fremden aus. Nachdenklich setzte Genevier ihren Weg fort, der sie zum Marktplatz führte. Von dort wollte sie zum Palast des Konsuls einlenken. Da fiel ihr Blick über die große Freitreppe aufs Meer. Nahe der Hafenausfahrt lag ein Schiff, dass sie in solcher Pracht und Art noch nie gesehen hatte

Doch noch auffälliger war die starke Bewaffnung. Zwei gewaltige Schleudermaschinen standen am Bug über dem mächtigen Doppelrammsporn. Am Heck befand sich ein Pfeilkatapult, das ohne weiteres die Kraft besaß, mit seinen speerlangen Geschossen einen Schiffsrumpf empfindlich zu schädigen, wenn nicht gar zu durchschlagen.

Auf dem Segelmast über den vier Ruderreihen – was sicherlich einzigartig zu nennen wäre – wehte in schweren Wellen ein weißes Banner mit dem Wappen eines blauen Delphin. Der Delphin symbolisierte normalerweise die kretischen Inseln, doch dieses Wappen wich von der üblichen Darstellung ab.

Genevier ordnete die fremde Reiterin sogleich diesem Schiff zu. Sie wusste nicht weshalb, doch es konnte einfach nicht anders sein!

Ein beängstigender Gedanke schoss der Königin durch den Kopf. Je mehr sich dieser festsetzte, umso zorniger wurde sie. Entsprechend innerlich aufgewühlt erreichte sie den Palast des Timaios.

Der alte weise Mann empfing sie hocherfreut in seiner bekannten liebenswürdigen Art. Der ideale Nachfolger des Kareios.

»Genevier!«, rief er bereits von der Treppe herab, auf deren obersten Stufe er mit zwei jungen Männern gestanden hatte.

Er eilte auf die Königin zu und auf seinen Pfiff auf zwei Fingern – der die Königin immer wieder amüsierte – spritzten zwei Jungen heran, die sich des Pferdes annahmen. Timaios eilte ihr entgegen und schloss sie in die Arme. »Mein altes Herz springt immer vor Freude, wenn ich dich sehe!«, rief er aus und seine blauen Augen strahlten wie die Morgensonne.

Auch Genevier drückte den Freund und Ratgeber fest an sich. Gemeinsam schritten sie die Marmorstufen hinauf. In der kühlen Halle, mit Blick auf die weitläufige Terrasse, ließ Timaios kühle Limonade kredenzen.

Geneviers Blick fiel direkt auf das unbekannte Schiff. Sie fragte danach. Timaios zuckte leicht die Achseln. »Einer wohl äußerst wohlhabenden Frau aus dem griechischen Inselbereich. Genaues ist mir nicht bekannt. Das Schiff liegt seit vier Tagen dort – das heißt…«

Die Königin sah ihn fragend und ernst zugleich an.

»Nun ja – man meldete mir, dass es ein paar Mal des nachts ausgelaufen sei. Aber am frühen Morgen lag es jeweils immer wieder an seinem Platz. Ganz ruhig – so wie jetzt.« Genevier schaute nachdenklich zu Boden. »Du weißt aber, dass es einer Frau gehört?!«

»Ja – aber bitte frag mich nicht nach ihrem Namen. Ich weiß ihn nicht.« Er führte seine Besucherin in die gemütliche Sitzecke.

Ein angenehm sanfter Wind wehte durch die hellen Vorhänge. »Was beschäftigt dich?«, wollte er wissen – sehr wohl bemerkend, dass das Schiff die Königin beunruhigte.

In knappen Worten brachte sie das Geschehene dar.

Timaios reagierte bestürzt.

»Ich werde sogleich Erkundigungen einziehen lassen. Moment!«

Er ließ Genevier allein. Sie trank einen Schluck Limonade und erhob sich dann, um auf die weitläufige Terrasse zu treten.

Ruhig lag das Schiff dort drüben. Die Sonne brach sich in den Verzierungen aus Gold und Platin.

Die Königin scheute sich davor, zu schätzen, was der Bau wohl gekostet haben mochte.

Trotz der Pracht wurde das Gefühl der Unruhe in ihr immer größer. Sie spürte förmlich die Gefahr, die von diesem Schiff ausging.

Timaios kehrte zurück. »Einer meiner besten Agenten kümmert sich darum.«

Das beruhigte die Königin keineswegs. Vor allem fragte sie sich, hatte die Reiterin – dass sie identisch mit der Besitzerin des Fahrzeuges war, stellte für Genevier keinen Zweifel mehr da – ihr nicht begegnen wollen?

Hieß das, dass sie Genevier kannte? Oder dass Genevier sie würde erkennen?

Grübelnd nahm sie auf der Marmorbank in der Sonne Platz. Timaios und sie unterhielten sich noch über diverse andere, aber nicht minder wichtige Dinge.

Dann brach Genevier auf. »Ich werde dem Markt noch einen Besuch abstatten.«

Timaios umarmte sie. »Sei auf der Hut. Sobald ich etwas in Erfahrung gebracht habe, sende ich einen Boten zur Burg.«

Genevier ließ ihr Pferd noch in der Obhut des Stalles und schlenderte durch das bunte Markttreiben. Bei einem Händler aus Persepolis blieb sie stehen. Er hatte wundervolle Teppiche und Stoffe anzubieten.

Er verhandelte gerade mit einem vornehmen, arabisch wirkenden Mann. Der trug einen kostbaren schwarzen, mit Goldstickereien verzierten Burnus, dazu einen nicht minder wertvollen Turban. Eine gründe Feder zeichnete ihn als Erhabenen aus.

So begutachtete die Königin einige der Waren, als sie zusammen zuckte.

Gerade hatte der Fremde gesagt: »Bring mir die Waren aufs Schiff. Heute noch!« Der Händler versprach dies.

Genevier schluckte. Diese Stimme! Sie kannte sie! Doch war dies möglich?

Der Mann, dem sie gehören konnte, musste seit langer Zeit tot sein. Sie hatte es selbst von einer Person gehört, die sicherlich keine Unwahrheiten sprach. Da wandte sich der Fremde um und sie schaute direkt in sein dunkles Gesicht. Leichte helle Spuren, wie Federwische, kennzeichneten seine Züge. Die Augen glühten wie Kohle. Tiefe Kerben hatten sich um Nase und Mund gegraben. Kein Zweifel, er war gealtert und doch…

Die Augen des Fremden schienen einen Moment blankes Erstaunen zu zeigen, der Mund zuckte um den Bruchteil eines Augenlidschlages, doch dann verschwand er raschen Schrittes in der Menge. Genevier wollte einige Schritte hinter ihm her machen, doch eine Schar Trunkenbolde versperrte ihr den Weg. Als sie sich endlich einen Weg gebahnt hatte, konnte sie von dem Mann keine Spur mehr ausmachen. Doch sie wusste, dass er etwas mit dem Schiff zu tun hatte. Der Mund der Königin fühlte sich trocken an.

Alles drehte sich.

Dieser Mann – einst einer der besten Freunde – lebte… und gehörte nun zum Feind?

Völlig benommen machte sie sich auf den Rückweg nach San Salvador.

Zuerst fragte sie nach Erec.

»Er ist noch nicht zurück«, berichtete Ygrain.

Genevier traf anschließend auf eine junge Frau, die sich erst vor wenigen Wochen dem Orden angeschlossen hatte. Sie kam ihr mit vier Kindern entgegen.

»Gwyin«, rief die Königin fröhlich. »Wo hast du die Kinderschar her?«

Die junge Frau lachte herzlich und warf die langen blonden Locken in den Nacken.

»Sie gehören zu Arianes Volk. Wir werden im Garten etwas spielen. Die Rangen machen sonst die ganze Burg unsicher.«

Ariane! Genevier wollte sie im Hospital aufsuchen. Doch sie fühlte sich von dem Ritt verschwitzt. Erst nach einem Bad in der Therme und einem neuen Gewand fühlte sie sich wohler.

»Ariane geht es besser. Sie ist über den Berg«, verkündete Alyshia.

Genevier atmete auf. Sie musste dringend mit der Seekönigin reden.

Ihr Gesicht schaute wächsern aus den Kissen. Genevier kniete vor ihrem Lager und ergriff die schmale Hand. Sie hauchte einen Kuss darauf.

»Ariane«, flüsterte sie. Die Vorhänge schützten das Krankenzimmer vor der prallen Mittagssonne. In dem gedämpften Licht erkannte Genevier trotzdem das schmerzliche Lächeln.

»Ihr habt mir das Leben gerettet«, kam es kaum hörbar von den blutleeren Lippen.

»Oh, Ariane! Hätte ich dich nie allein gelassen.«

»Dann… wärst du… tot – wie die anderen deiner Kriegerinnen…«

Genevier schluckte. »Was ist geschehen?«

Leise und mit großer Anstrengung setzte die Seekönigin mit einem Bericht an.

»Sie… fielen über uns her… kurz vor der Bucht in dem… das Schiff lag… Barbaren… es gab keine Chance…«

»War eine Frau dabei? Oder ein Mann im schwarzen goldverzierten Burnus? Ein Araber oder… Inder?«

Beim letzten Wort zögerte Genevier. Arianes Stirn legte sich in nachdenkliche Falten. Endlich schüttelte sie den Kopf.

»Keine… Frau«, kam es mühsam, dann sank ihr Kopf in Ohnmacht zurück.

Alyshia legte der Königin die Hand auf die Schulter. »Es strengt zu sehr an. Lass sie noch zwei Tage in Ruhe.«

Die Königin verließ das Hospital und trat in den Schatten des Burghofes. Viele Gedanken wirbelten durch ihren Kopf.

Keine Frau – kein Mann im schwarzen Burnus.

Das beruhigte sie, gab ihr aber weitere Rätsel auf. Wenn der Mann zum Schiff gehörte, dann gehörte die Frau zu ihm. Sowohl die Frau, wie auch der Mann hatten Genevier erkannt. Daran gab es jetzt keinen Zweifel. Aber weshalb mieden sie den Kontakt?

Genevier zermarterte sich das Gehirn, wer die Frau sein mochte? Bei genauer Überlegung gab es etwas in ihren Gesichtszügen, dass Genevier an jemanden erinnerte. Aber der Mann?

Er hätte sie ansprechen können. Trotz aller Rätsel umwog das Herz der Königin ein Glücksgefühl. Der Freund war doch nicht tot. Feirifis lebte!

Beim Einsetzen der Abenddämmerung trat Genevier durch das Diana-Tor in den Heiligen Hain. Das Plätschern der verschiedenen Brunnen – vermischt mit dem Zwitschern der mannigfaltigen Vogelarten – verlieh diesem Hort einen paradiesischen Charakter. Einige Schwestern tummelten sich auf den Rasenflächen, spielten mit einem Ball oder widmeten sich auf den Marmorbänken der Literatur.

Andere wieder saßen in einer der kleinen weißen Rundlauben und widmeten sich der Keramikmalerei – wieder andere unterhielten sich einfach.

Am Diana-Brunnen – der sich unweit des Tempelaufgangs befand, traf die Königin auf Ygrain. Die Heerführerin setzte soeben mehrere Talglichter um die Bronzestatue, die die Gottkönigin darstellte, wie sie aus einer Kanne Wasser in ein muschelartiges Becken schüttete.

Sie hatte Genevier nicht bemerkt.

Ygrains blauschwarzes Haar erhielt von der Abendsonne einen metallenen Schimmer, der ihrer Gestalt etwas Edles verlieh.

Die Königin betrachtete still diese Frau – deren kleiner und zierlicher, jedoch sehniger Körper so manche Schlacht siegreich überstanden hatte. Doch etwas schien sie zu bedrücken.

Sie setzte sich nun im immer rötlicher werdenden Abendschein auf die halbrunde Marmorbank, zog die Knie bis an ihr Kinn hoch und umfasste die bloßen Füße mit beiden Händen.

So – leicht vor gebeugt – saß sie da und schaute in eine imaginäre Ferne.

Ein trauriger Zug überschattete ihr apartes Gesicht. Genevier holte tief Atem und trat dann leise hinter dem Oleanderbusch hervor. Ygrain vernahm ihre Schritte nicht.

Die Königin setzte sich neben sie. Da zuckte die Heerführerin erst zusammen.

»Verzeih, sollte ich dich erschreckt haben.«

Ygrain lächelte leicht, aber etwas verlegen. »Ich bin wohl in Gedanken gewesen…«

Genevier nickte. »Diese Gedanken weilten sehr weit weg von San Salvador. Bei deinem Freund im Palast Sherazedas.«

Ygrain hob erstaunt eine Augenbraue. Leise meinte sie: »Dir entgeht nichts.«

Nun lachte die Königin herzlich auf und legte ihr den Arm um die Schultern.

»Es ließ sich wie in einem Buch lesen. Wann willst du uns verlassen?«

Ygrain sprang auf und machte aufgeregt ein paar Schritte auf den Brunnen zu. »Das ist es doch – ich will den Orden nicht verlassen!«

Genevier zuckte die Achseln. »Wenn du nach Marrakis gehst, verlässt du den Orden nicht. Sherazeda benötigt außerdem eine starke Kanzlerin. Mir war immer klar, dass du nur vorübergehend wieder auf Mont Salvage sein würdest.«

Ygrain blickte die Sprecherin erstaunt an. »Ach – und trotzdem hast du mich die ganze Zeit in dem Glauben gelassen, ich sei die Heerführerin des Grals?«

Genevier ahnte, was in ihr vorging, trotzdem konnte dieser Vorwurf nicht ohne Antwort bleiben.

»Wenn du auf der Burg weilst, bis du die Heerführerin. Niemand macht dir den Posten streitig. Bist du am Hofe Sherazedas – was mit meiner Einwilligung und der des Rates der Zwölf geschieht – hast du eine Stellvertreterin. Niemals bist du von deinem Posten abberufen worden.«

Ygrain spreizte die Finger und ballte sie dann wieder zu Fäusten. »Das tust du nur, weil du mir nicht weh tun willst. In Wahrheit denkst du, lass sie auf diesem Posten spielen. Wichtiges berede ich mit ihrer Nachfolgerin!«

Herrjeh, durchzuckte es die Königin. Sie wusste, worauf die Keltin anspielte. Genevier hatte sie noch nicht von den Geschehnissen in Emporion unterrichtet. Gleichfalls hatte sie diverse Besprechungen mit Erec gehabt.

Die Königin wurde nun energisch. »Komm! Setz' dich!«

Widerwillig folgte die stolze Frau.

Die Königin ergriff ihre beiden Hände. »Nennen wir das Problem beim Namen. Auf das Geheiß des Rates und der Anregung Morganas hast du Sherazeda als Kanzlerin zur Verfügung gestanden. Gleichzeitig hast du in der Leibwache der Königin einen Geliebten, nach dem dein Herz Sehnsucht hat. Zum anderen hängt deine Liebe aber hier bei den Schwestern von San Salvador. Du findest hier eine Erfüllung des Lebens, aber nicht die Erfüllung der Liebe. Du stehst Sherazeda nahe, vermisst aber den Klang der Schwerter. Du bist innerlich zerrissen. Ist es so?«

Ygrain barg das Gesicht in den Händen und nickte stumm.

Plötzlich fiel sie Genevier um den Hals und weinte hemmungslos.

Die Königin ließ sie gewähren und streichelte sanft ihren Rücken. Nach einem kurzen Augenblick hatte sie sich wieder gefangen. Sie richtete sich auf und wischte die Träne fort. Die Röte der Scham überzog ihr Gesicht.

»Verzeih' mir – ich ließ mich gehen – das steht mir nicht zu.«

Genevier blickte sie ernst an. »Doch – es steht dir zu. Es steht jedem Menschen zu, seine Gefühle zu zeigen. Tu nicht härter, als du bist. Dazu kenne ich dich viel zu gut.«

»Ich suchte bei Diana eine Antwort, doch ich fand keine.«

Nun lächelte Genevier wieder und streichelte die Hände ihrer Heerführerin. Einige weiße Narben zeugten vom unerschrockenen Kampfeinsatz dieser bemerkenswerten Frau.

»Du wirst die Antwort finden«, sagte die Königin mit leiser, aber fester Stimme. »Vielleicht nicht heute, nicht morgen – aber zur rechten Zeit. Bis dahin bist du weiter meine erste Heerführerin. Auf deinen Rat kann ich nicht verzichten. Gerade in der jetzigen Situation.«

Ygrain wandte den Blick zur Herrin von San Salvador de Verdera. In ihren Pupillen reflektierte sich die untergehende Sonne wie ein ewiges Feuer.

»Das meinst du ernst«, kam es fast gehaucht.

Genevier nickte nur und ihr Blick ruhte warm auf der Frau, von der sie wusste, dass sie eher in den Tod gehen würde, als ihre Königin zu verlassen.

Ygrain schluckte und ehe Genevier es verhindern konnte, glitt diese von der Bank und sank auf die Knie. Genevier fühlte, wie ihre Fußgelenke sanft ergriffen wurden und dann spürte sie den Kuss auf jeder ihrer nackten Fußsohlen.

»Ygrain…«, stammelte sie benommen und überrumpelt.

Die Heerführerin blickte die oberste Priesterin des Ordens gerade an.

»Du hast einst Sherazeda den Schutzengelkuss gegeben. Nun gab ich ihn dir.«

Genevier war unfähig sich zu bewegen. Noch immer hielt Ygrain ihre Füße umfasst.

»Das … hättest … du nicht … tun sollen?«

Nun lächelte Ygrain mild, ob Geneviers Verwirrung. »Damals – als du aus der Gefangenschaft Childerichs gerettet worden bist, hast du mir mit einem Fußkuss gedankt. Da hattest du keine Bedenken.«

Eine Träne machte sich aus dem Winkel von Geneviers rechtem Auge selbständig.

Wortlos sank sie zu Ygrain von der Bank herab und beide umarmten sich fest.

Genevier saß noch lange auf der Bank vor dem Brunnen. Die Talglichter warfen einen geheimnisvollen Widerschein auf das Antlitz der Figur. Wie mattes Gold schimmerte der feine Wasserstrahl, der sich aus der Kanne der Göttin in das Muschelbecken ergoss. Wie Sternschnuppen wirbelten die zierlichen Luftblasen auf der Wasseroberfläche und das Plätschern ähnelte einer entrückten Komposition.

Der hingebungsvolle Blick Ygrains stand immer noch vor ihrem geistigen Auge und berührte den tiefsten Punkt ihrer Seele.

Es war das erste Mal, dass die Heerführerin ihr Innerstes so offenbarte. Bisher hatte sie immer die in allen Situationen gefühlsbeherrschte Kämpferin dargestellt. Allerdings schien sie der Tod ihrer Kameradinnen durch und durch erschüttert zu haben.

Die Herrin von San Salvador atmete tief ein und stand langsam von der Bank auf.

Durch die blühenden Büsche schimmerten die Fackeln an den Säulen des Tempels. Der Gesang der Priesterinnen drang wie ein Windhauch herüber. Die Königin lehnte sich an den Stamm der uralten Eiche. Sie hatte sie einst Merlins-Eiche getauft.

Ach Ambrosius Aurelius, seufzte sie in Gedanken. Wärest du doch als Ratgeber bei mir …

Plötzlich hatte sie das Gefühl, nicht mehr allein zu sein. Hastig wandte sie sich um, konnte aber niemanden sehen.

Das Gefühl blieb. Ein Ahnen, dass sich jemand im Heiligen Hain befand, der normalerweise nicht hier her gehörte.

Doch das war unmöglich. Niemand kam an den aufmerksamen Wächterinnen vorbei.

Da! Das Rascheln!

Diana! durchzuckte es die Königin und unwillkürlich griff sie unter das Tempelgewand, wo sie den kleinen Dolch am bloßen Oberschenkel trug. Matt blinkte die scharfe zweischneidige Klinge.

Da wieder das Rascheln. Genevier wirbelte um die eigene Achse.

»Halt Königin! Stich nicht zu!«

Wie vom Donner gerührt verharrte sie. Die bestimmende aber doch weiche Stimme mit dem leicht arabischen Timbre stammte von einer Frau.

Dann trat die Sprecherin aus dem schützenden Schatten hervor. Es war die Fremde aus Emporion.

Genevier stand angespannt – jeder Zeit bereit, sich zu verteidigen. Was ihr aber viel mehr Angst bereitete, war die Frage – wie konnte die Frau unbemerkt in die Burg gelangen?

Die Fremde schien die Frage gespürt zu haben. Sie lächelte plötzlich.

»Es stellte kein Problem dar, hier her zu gelangen. Zürne deinen Wächterinnen nicht. Sie konnten es nicht verhindern.« Sie deutete hinter sich. »Dort – der alte Brunnen. Er mündet in einen Tunnel, der unterhalb der Ansiedlung ans Tageslicht tritt. Ein Fluchtweg, den Amfortas einst anlegen ließ.«

Die Königin hob ein wenig den Kopf und senkte leicht die Augenlider. Die Finger umspannten immer noch den Griff des kleinen Dolches.

»Wie konntet ihr das wissen?«, fragte sie mit eisiger Stimme. Die Fremde trat weiter vor und nun traf das Licht des aufgehenden Mondes ihr Gesicht.

»Ich habe eine Zeit lang hier gelebt. Als Kind«, kam die Antwort, die Genevier verblüffte.

Dann überkam sie wieder das Gefühl, in den ebenmäßigen schönen Gesichtszügen jemanden zu erkennen.

»Bitte steckt den Dolch ein, Genevier. Von mir droht euch keine Gefahr. Aber von anderer Seite.«

Die Königin ließ noch die Zeit von fünf Herzschlägen vergehen, dann hob sie etwas ihr Gewand an und steckte das Messer zurück in das Lederhalfter. Sie deutete auf die Marmorbank vor dem Brunnen.

»Wenn ihr es ehrlich meint, dann setzt euch mit mir dort hin. Ich glaube euch, dass ihr keine Mordabsichten habt, denn dann hättet ihr sie schon verwirklichen können.«

Sie nahmen Platz. Die Fremde schaute fasziniert auf den Brunnen mit der Statue der Göttin, die überirdisch wirkte im Flackern der Talglichter. Dann zog sie die Beine an, umschlang sie mit den Armen und stützte das Kinn auf die Knie.

Genevier schaute sie von der Seite an. Genau in dieser Haltung hatte vor kurzem Ygrain dort gesessen.

Die Königin studierte das schön geschnittene Profil der Fremden. Das lange weiche, lockige braune Haar fiel sanft über die Schultern bis zum Gürtel. Die Nase keck, der Mund fein, aber energisch. Die Augen wirkten sanft im matten Mondlicht.

Ja – sie hatte dieses Gesicht schon einmal gesehen und sie erkannte es nun wieder. Sie mochte wohl jetzt achtzehn Jahre zählen.

Genevier dachte zurück.

Nun gab es keinen Zweifel mehr. Sie legte der Fremden die Hand leicht auf den Arm und schaute sie fest an.

»Nur eine kann diesen geheimen Zugang kennen. Asaniah – die Tochter der Königin Repanse de Shoy und des edlen Feirifis.«

Die junge Frau nickte. »Ich bin es. In mir fließt das Blut der Mazagans und der Anjous.«

»So gehört dir das Schiff in Emporion?«

»Ja – denn ich bin auch die Thronfolgerin von Pelrapere.«

Die Königin kniff nun die Augenlieder schmal zusammen und stellte die entscheidende Frage. In ihrer Stimme klang ein harter, metallischer Ton mit.

»Weshalb kommen Feirifis und du nicht auf normalem Wege nach San Salvador?«

Die junge Frau schaute Genevier sehr ernst in die Augen. »Ich hätte sicherlich nicht diesen unbequemen Weg gewählt, wenn ich eine andere Möglichkeit gesehen hätte. Aber wir können nur helfen, wenn niemand einen Zusammenhang zwischen uns und der Burg erkennt.«

Da Genevier abwartend schwieg, fuhr Blanche – denn so hatte Repanse ihre Tochter nach den Gralsriten getauft – fort: »Ariane, die man auch die Seekönigin nennt, befindet sich hier.«

Ehe Genevier ihrem Erstaunen Ausdruck verleihen konnte, winkte Blanche ab. »Ich weiß es und Doran der Tyrann weiß es auch. Er war es, der eure Dörfer überfiel, weil er der Spur Arianes folgte. Wir folgen diesem Usurpatoren seit Monaten. Mein Vater und ich wollten Ariane in ihrem Inselreich aufsuchen, da erfuhren wir, dass Doran sie vom Thron gestoßen hat. Einst ist er der Führer ihrer Leibwache gewesen. Der Usurpator weiß genau, dass er seine Königin töten muss, wenn er Ruhe finden will.«

Genevier presste die Zähne aufeinander, dass sie knirschten. »Er hat sie bereits gefunden. Er ließ sie foltern und aufs grausamste kreuzigen.«

Blanche nickte. »Ja – wir haben es von See her ausgemacht, konnten aber nicht helfen. Inzwischen ermittelten unsere Spione, dass ihm bekannt ist, dass die Königin noch lebt. Daher will er euch durch ein Manöver aus der Burg locken.«

Die Herrin von San Salvador runzelte die Stirn. »Wie sollte das vor sich gehen?«

»Ganz einfach. Er wird mit dreißig Schiffen Emporion angreifen. Du würdest mit allen nur verfügbaren Kriegerinnen eingreifen und höchstens eine handvoll Wachen zurücklassen. Verkleidet als flüchtende Bauern würde er in deine Burg Einlass begehren und auch erhalten. Den Rest kannst du dir vorstellen.«

»Diana!«, hauchte die Herrin des Gral. »Woher weißt du das?«

Blanche schüttelte unwirsch den Kopf. »Ich weiß es! Das genügt!«

Genevier war aufgestanden und lief rastlos herum. Endlich fragte sie: »Wann soll der Angriff stattfinden?«

»Beim nächsten Neumond.«

»Gut. Das gibt uns etwas Zeit.«

»Ja – aber bedenke, Doran beobachtet alles. Er wird sich auf jede Veränderung einstellen und dann verschiebt er seinen Angriff auf irgendwann – wenn ihr nicht vorbereitet seid.«

»Da hast du recht. Doch mir kommt da eine Idee…«

In diesem Moment vernahmen sie leise Schritte. Clarissa trat in den Lichtkreis der Brunnenlichter. Als sie die Königin mit der Fremden sah, zuckte sie zusammen und ihre Hand fuhr automatisch zum Kurzschwert, dass sie auch jetzt trug. Die Castellin hatte bisher eine freiwillige Turmwache inne gehabt.

»Lass das Schwert ruhen«, erklang Geneviers Stimme sanft. »Es ist eine Freundin.«

Clarissa's Augen schauten blitzend unter dem kurzen römischen Haarschnitt hervor.

»Freundin? Ich habe sie nicht kommen sehen. Dabei denke ich, dass an mir als Wächterin keine Maus durchschlüpft.«

Man merkte ihr an, dass sie nervös, überrascht und auch ungehalten war.

Nun lachte Genevier leise. Sie winkte Clarissa heran. »Setz dich. Du konntest Blanche nicht sehen. Aber tröste dich – die Überraschung lag auch auf meiner Seite.«

Sie erklärte der Gefährtin kurz alles.

»Diana!«, sagte Clarissa. »Wenn nun von den Merowingern jemand den Einstieg kennt ..?!«

Blanche schüttelte den Kopf. »Das ist nicht wahrscheinlich. Doch deine Sorge ist berechtigt. Was ein Fluchtweg sein soll, kann auch als Einstieg genutzt werden. Also stellt eine Wache auch an dem alten Brunnen ab.«

»Und Zierah soll ein Gitter schmieden«, ergänzte Genevier. »Ich werde es ihr gleich morgen sagen.«

Dann wandte sie sich an Blanche. »Bleibst du über Nacht? Die Wege sind jetzt nicht ganz ungefährlich.«

Blanche legte ihre Hand auf die Geneviers und meinte: »Die Nacht ist mein Mantel. Außerdem wartet Feirifis, mein Vater, am verborgenen Eingang.«

»Wann kann ich mit Feirifis sprechen?«, fragte die Herrin von San Salvador bittend.

»Wenn alles vorbei ist.« Mit einem Gruß verschwand sie in der Dunkelheit.

Clarissa schüttelte in stiller Verwunderung den Kopf. »Ein tolles Mädchen. Sie würde zu uns passen.«

Genevier bestätigte die Ansicht. Doch dann erkundigte sie sich: »Was ist mit der Frau, die du vom Sklavenmarkt gerettet hast?«

»Es geht ihr wieder ganz gut«, wusste die Castellanin zu berichten. »Ich konnte sie gerade noch vor der Bastonade bewahren.«

Auf der Stirn der Königin entstand eine scharfe Falte. »Wieso? Sklavenhändler sind doch bemüht, ihre Ware nicht zu beschädigen. Was ist vorgefallen?«

Clarissa grinste. »Die Frau besitzt Stolz und Mut. Sie heißt Theodora und ist eine Adelige aus Byzanz. Sie war mit einer Geheimdepesche betraut für den römischen Bischof. Unterwegs überfielen Piraten das Schiff und verhökerten alles was weiblich war an einen Händler in Basra. Der wieder transportierte einiges – darunter Theodora – nach Rosaria und Emporion.«

»Du fandest sie in Rosaria?«

»Richtig! Ich schlenderte gerade so durch die Gassen in der Nähe des Hafens, da vernahm ich wildes Geschrei und Gefluche. Der Händler wollte gerade die gute Theodora splitternackt ausziehen.«

Clarissa lachte. »Die Backpfeife, die sie ihm verpasste, war nicht von schlechten Eltern!«

Genevier lächelte still. Doch ihr Blick hing an den Augen der Castellanin. Diese fuhr fort: »Also – ich hörte wie er ihr hundert auf die Sohlen ziehen wollte. Eine Strafe, die als Folter jeden zum reden bringt, ob er will oder nicht. Na ja – da konnte ich nicht zusehen.«

Die Herrin des Gral ergriff fest Clarissa's Hände, doch ihr Blick enthielt einen kleinen Vorwurf. »Du hättest selbst an der Peitschsäule enden können.«

Die Castellanin schaute ihre Königin mit einem merkwürdigen Blick an. »Hättest du darüber nachgedacht? Wie viele Menschen hast du schon allein gerettet, ohne Rücksicht auf dein Leben …«

Genevier drückte die mutige junge Frau an sich. »Du hast recht. Trotzdem war es eine leichtsinnige und auch übermenschliche Leistung, sie bis hier her zu bringen. Morgen werde ich mit ihr sprechen.«

Sie stand auf und schritt auf den Brunnen zu. »Nur Diana kann unsere Wege und Sinne ergründen.«.

Die Sonne hatte soeben ihre ersten Strahlen auf San Salvador de Verdera geworfen, als der Schimmel die Serpentinen hinab strebte. Geneviers dichtes, kräftiges Haar flatterte wie eine Kriegsflagge. Erst als sie die Ebene des Plimizol erreicht hatte, hielt sie einen Moment inne. Ihr Blick schweifte über die verzweigte Mündung des Flusses, dann über das tief blaue morgendliche Meer.

Tief sog die Königin die würzige Luft ein. Dann drückte sie ihrem feurigen Tier die Fersen leicht in die Seiten und im Galopp ging es am Ufer entlang. Der Sand spritzte in kleinen Fontänen unter den Hufen auf.

Emporion erwachte gerade zum Leben. Die ersten Händler bauten ihre Stände auf und vereinzelt schauten Menschen von den Balkonen. Timaios zeigte sich äußerst überrascht, die Herrin des Mont Salvage schon wieder zu sehen.

»Zu solch früher Stunde, Genevier? Dann ist es ernst.« Eine steile Falte stand zwischen den Augenbrauen des weisen Alten.

»Ich muss Herban, den Phönizier sprechen.«

»Herban… – da musst du dich eilen. Er will heute früh auslaufen.«

Genevier griff sich erschrocken an die Brust. »Er ist doch gestern erst gekommen… ich habe sein Schiff kommen sehen…«

Timaios nickte bestätigend. »Richtig – aber er will nach Westen. Den Weg aus den vergessenen Karten suchen.«

Genevier lächelte still. Dann warf sie den Kopf zurück und sagte mit blitzenden Augen: »Herban ist ein mutiger Mann und sehr geachtet unter seinen Kollegen. Nur er kann mir helfen! Ich muss ihn aufhalten!«

Ehe der Konsul etwas erwidern konnte, rannte die Herrin von San Salvador aus dem Palast. Die wenigen Menschen auf den Straßen und in den Gassen sprangen erschrocken zur Seite, als Genevier auf ihrem Schimmel gen Hafen jagte.

Sie sah, wie das prachtvolle Phönizierschiff des Kauffahrers sein charakteristisches grünes Ecksegel aufzog. Sogleich verfing sich der sanfte Morgenwind darin und trieb das schlanke Fahrzeug leicht vom Ufer weg.

Genevier erreichte den schmalen Damm mit der Schleuse – der verhinderte, dass bei Sturm das Hafeninnere in Gefahr geriet. Sie hetzte den Schimmel darüber und ritt bald parallel zu dem Schiff, das langsam Fahrt aufnahm.

Genevier sah Herban am Heck stehen. Sein Seidenmantel wehte hinter ihm, wie ein Schleier.

Die Königin drückte dem Schimmel die Fersen fest in die Seiten, dass dieser einen mächtigen Satz nach vorn machte. So stoben sie dahin und bald befanden sie sich mit dem Phönizier auf gleicher Höhe, der immer rascher der Hafenausfahrt zustrebte.

»H e r b a n…«, schrie die Königin gegen den Wind. Erstaunt wandten der Kauffahrer und sein Steuermann sich um.

»H e r b a n !« Erneut schallte der Ruf über das Wasser. Das Schiff passierte das Ende der Mole und Genevier musste ihren Schimmel hart anhalten. Er stieg vorn hoch. Herban sah die Frau in dem flatternden blauen Gewand und dem wehenden Haar. Sie musste wie eine griechische Göttin wirken.

Der Phönizier stand einen Moment unbeweglich, dann drehte er sich zu seinem Steuermann um. Er gab Befehle, die Genevier nicht hören konnte. Diese sah nur das Schiff die Hafeneinfahrt passieren und aufs offene Meer gleiten.

Verzweifelt sackte die Königin auf dem Rücken des schwer atmenden Schimmels zusammen.

Zu spät! Ohne die Hilfe und den Einfluss Herbans konnte ihr Abwehrplan nicht funktionieren.

Langsam wendete sie das Pferd und in beinahe müdem Schritt lenkte sie es zurück – Richtung Damm.

Sie war so vertieft in Gedanken, dass sie das Rauschen erst spät wahr nahm. Dann sah sie aus den Augenwinkeln den Schatten neben sich gleiten. Sie schaute auf und ihr Herz begann zu rasen.

»Herban …«, flüsterte sie.

»Wie kann ich auslaufen, wenn die Herrin des Mont Salvage offensichtlich meiner Hilfe bedarf«, sagte Herban später im Palast des Timaios. Er reichte Genevier einen Becher mit rotem griechischem Wein.

Als die Königin nach zwei Stunden den Palast verließ und den Rückweg nach San Salvador einschlug, wusste sie, dass Herban diesmal auslaufen würde, um eine Flotte zusammen zu stellen.

7

Müde näherte Genevier sich der Zugbrücke, als sie von ungewohntem Lärm aufschreckte.

Laute Stimmen, das Klirren von Rüstzeug und das Stampfen von Hufen.

»Diana!«, entfuhr es ihr und sie griff hastig zu Schild und Schwert. Obwohl sie keine Rüstung trug, war sie zum Kampf bereit.

An der Brücke hielt sie inne. War man vom Feind überrascht worden? Gab es keine Zeit mehr die Brücke hoch zu ziehen?

Geneviers Blick glitt tastend nach oben. Die Banner des Pendragon und Dianas wehten freudig wie immer. Sie erkannte auch zwei Wächterinnen auf dem Hauptturm.

Merkwürdig.

Vorsichtig ritt sie über die schweren Bohlen der Zugbrücke. Da sah sie Fienzah vor dem Tor. Diese kam sogleich auf die Königin zu und ergriff ihren Zügel.

»Was ist hier los?«, erkundigte sich Genevier beunruhigt.

Fienzah lächelte. »Kein Grund zur Besorgnis. Diese Hammelherde gehört zu deinem Freund Erec. Ja – er kehrte gerade zurück. Zweihundert Mann hat er mitgebracht.«

Da trat der Ritter auch bereits aus dem Tor und streckte Genevier beide Hände entgegen.

Sie glitt vom Pferd auf den Boden herab. »Verzeiht, hohe Frau – ich glaube…« Er schaute über die Schulter zurück »…euere Mädels sind zur Zeit etwas überfordert vom Anblick meiner wackeren Männer.«

Die Lippen der Königin umspielte ein amüsiertes, auch gleichzeitig erleichtertes Lächeln. In ihren dunklen Augen spielte der Schalk.

»Na – hoffentlich verkraften eure Leute soviel geballte Weiblichkeit, Sir Erec. Es soll bei manchen ja das Hirn verwirren«

Dann lachten beide laut los und Genevier sank Erec in die Arme.

Der Rest des Tages verging für die Herrin des Mont Salvage mit Verwaltungsarbeit, die Burg und Ländereien so mit sich brachten. Im Verlauf des Nachmittags sprachen Menschen von den umliegenden Gehöften vor – erbaten sich eine Gunst oder fragten um Rat.

Erec kümmerte sich um die Unterbringung und Disziplin seiner Ritter – was sich alles andere als einfach erwies.

Doch stellte Genevier fest, dass ihre Frauen sich im Fall des Falles sehr gut zur Wehr setzen konnten und manches Mannsbild zierte am späten Abend eine geschwollene Wange oder auch – in ein paar Extremfällen – ein blaues Auge.

Es musste wohl schon nach Mitternacht gewesen sein, als die Königin müde – aber mit ihrem Tagewerk zufrieden – durch den Heiligen Hain ging.

Der Mond schien in abnehmender Position – es war angenehm warm. Ein sanfter Wind blies vom Meer herüber. Die Banner auf den Türmen und Vorsprüngen schlugen sanfte Wellen.

Genevier näherte sich dem Rondell mit der kleinen goldenen Statue der Göttin – da verharrte sie im Schritt.

Vor der Statue kniete betend – aber in christlicher Form – die Byzantinerin.

Genevier wartete im Schatten einer hohen Zypresse. Sie wollte Theodora in ihrer Andacht nicht stören.

Da vernahm sie leisen Schritt. Kaum merklich nur das Geräusch, was bloße Füße auf dem Marmorplattenweg verursachten. Clarissa näherte sich dem Rondell – blieb kurz stehen – schaute sich um und näherte sich dann auf Zehenspitzen der Byzantinerin.

Genevier kannte ihre Castellanin nur zu gut. Sie wusste, dass sich diese nun für Theodora verantwortlich fühlte.

Abwartend blieb sie stehen, denn hätte sie sich zurückgezogen, hätte es unweigerlich in der Stille des Gartens ein Geräusch gegeben. Das aber wollte die Königin auf alle Fälle vermeiden. Sie hatte nicht die Absicht, Clarissa den Eindruck zu vermitteln, sie habe etwas gesehen, was so etwas Persönliches, Intimes darstellte, dass es nur in der Überlieferung der Göttin erklärbar sein konnte.

Dass Genevier es zwangsläufig – durch die Umstände – doch mitbekam, ließ sich nun mal nicht vermeiden. Doch das würden die beiden niemals von ihr erfahren.

Clarissa kniete sich hinter Theodora und legte ihr die Arme von hinten um den Leib. Die Byzantinerin zuckte leicht zusammen, wandte den Kopf und lächelte dann.

Sie sagte leise etwas zu Clarissa, doch das konnte Genevier nicht verstehen. Dann standen beide auf und schritten zu einer der Marmorbänke herüber, die sich in unmittelbarer Nähe von Geneviers Versteck befanden. Die Königin seufzte unterdrückt. Wie gern hätte sie sich nun davon gestohlen. Doch so völlig lautlos war das nun in keiner Weise mehr möglich.

Die beiden saßen zum Greifen nahe.

»Du brauchst dich nicht zu ängstigen«, sagte Clarissa eben sanft zu Theodora. »Hier auf San Salvador bist du absolut sicher.«

»Wenn ich dich in meiner Nähe weiß, fühle ich michsicher«, kam die Antwort.

»Du zitterst ja trotzdem. Vergiss das schlimme Erlebnis!«

»Das sagst du so einfach«, kam es von Theodora. »Schließlich sollten mir die Füße gefoltert werden. Einmal in meinem Leben habe ich einer solchen Bestrafung beigewohnt. Es war in einem kleinen Ort nahe Byzanz. Da erhielt eine wirkliche Verbrecherin die Bastonade. Sie hatte aus Habgier eine Familie ermordet und sollte deshalb nackt gekreuzigt werden. Nachdem sie auf den Richtplatz gebracht worden war, zogen die Henker sie vollständig aus und banden sie erst einmal auf dem Bauch liegend auf das Kreuz. Dann erklärte der Richter, dass sie wegen ihres besonders grausamen Vorgehens bei der Tat, vor ihrer qualvollen Hinrichtung hundert scharfe Seilhiebe auf die Fußsohlen bekommen sollte.«

Einen Augenblick war es still.

Dann meinte Clarissa: »Und? Es ist nur gerecht.«

»Sicher«, entgegnete die Byzantinerin. »Aber wie sie sich nach etwa zwanzig Schlägen schreiend immer wieder aufbäumte, riefen sogar zahlreiche Zuschauer man solle aufhören. Ich werde diese Schmerzenschreie und dieses gequälte Gesicht nie vergessen.«

Clarissa drückte die Byzantinerin fest an sich. »Du hast niemandem etwas getan und hier auf dem Mont Salvage bist du in Sicherheit. Diana wird dich beschützen.«

Theodora schaute zu Clarissa auf. »Du hast mir gesagt, Diana lehre die Liebe und das Verzeihen. Weshalb verteidigst du grausame Strafen?«

Auf der Stirn der Castellanin bildete sich eine steile Falte. »Diana lehrt die Liebe und die Gerechtigkeit. Das Verzeihen denen gegenüber, die selber verzeihen. Die Nachsicht an denen, die selbst nachsichtig sind. Hat diese Frau in irgend einer Weise Mitleid mit ihren Opfern gehabt? Wohl kaum! Also kann sie auch kein Mitleid von anderen erwarten. Überlege mal, wie viele Menschen dein Sklavenhändler noch quälen wird? Würdest du ihn aus Nachsicht gewähren lassen?«

Theodora schüttelte den Kopf. »Du hast sicher recht, aber ich denke eben, wenn Bestrafung, dann rasch. Wenn jemand foltert, dann muss ich als Richter nicht gleiches tun. Ich stimme dir zu, dass ein Mörder den Tod verdient. Aber muss ich ihm in stundenlanger Qual die Haut abziehen?«

Clarissa blickte die Sprecherin mit ernsten Augen an. Sekunden schwiegen sie.

Endlich meinte die Castellanin. »Du bist zu gut für diese Welt. Ich weiß was Folter bedeutet. Nur um mir meinen ererbten Besitz zu nehmen, fand der Vogt von Foix einen Grund, mich in den Pranger zu stecken.«

In den Augen der zierlichen dunkelhaarigen Frau blitzte es. »Diana sei meine Zeugin – wenn ich den Burschen zu packen kriege, werde ich ihn eine ganze Woche krumm schließen!«

Dann beruhigte sie sich wieder und ergriff Theodoras Hand. »Komm – ich zeige dir den Tempel.«

Genevier hörte, wie sich beide von dem Rondell entfernten. Die Königin und oberste Diana-Priesterin des Mont Salvage holte tief Luft. Zum ersten Mal hatte sie nun auch Clarissa's Geschichte erfahren.

Nachdenklich verließ sie den Heiligen Bezirk.

Genevier fröstelte, als sie am nächsten Morgen ihre Kemenate verließ. Sie stieg die breiten Steinstufen des Wohnturmes herab und gelangte in die Halle. Von dort schallte ihr bereits lautes, fröhliches Kindergeschrei entgegen.

Als sie die untere Stufe erreicht hatte, sah sie Eileen, Thora, Cathrin und eine völlig zerzauste und wütende Ygrain.

»Darf man fragen, was dieser Aufruhr zu so früher Stunde bedeutet? Es ist nicht einmal richtig hell.«

Ygrain fuhr sich durch das rötlich dunkle Haar und blitzte die Königin an.

»Diese Rasselbande stürmte plötzlich in mein Zimmer und fiel über mich her«, knurrte sie und es klang wie eine hungrige Löwin.

Eileen begann herzhaft zu lachen. »Bei mir war es genau so. Ich fand es total lustig.«

Ygrain wirbelte herum. »Lustig?! Ich finde es nicht besonders originell, wenn fünf Rangen mit einem Hechtsprung auf meinem Bauch landen und der sechste mir mein eigenes Schwert an den Hals setzt!«

»Aha«, machte Genevier und hatte ihrerseits Mühe, sich das Lachen zu verbeißen. »Die große Heerführerin von San Salvador wurde demnach von vier kleinen Mädchen und zwei sechsjährigen Jungen außer Gefecht gesetzt. Das muss man sich merken.«

Cathrin rang verzweifelt die Hände. »Es tut mir leid. Die Kinder sind wohl aus irgend einem Grund aufgewacht und haben dann die Burg erkundet.«

Genevier blickte auf die Racker, die über Tische und Bänke Fangen spielten, unbeeindruckt von der aufgebrachten Ygrain.

»Sind das die Kinder, die du aus Juncaria zu dir genommen hast?«, wollte Genevier wissen.

Cathrin nickte. »Sie sind ein bisschen wild, aber…«

»Wild!«, fauchte Ygrain. »Gemeingefährlich!«

Eileen prustete wieder los. »Sie bringen jedenfalls Leben in dieses triste Heim.«

San Salvador beherbergte inzwischen etwa zwanzig Kinder. Sie stammten aus armen Familien oder waren zum Teil völlig elternlos. Eileen und Cathrin hatten vor einigen Monaten damit begonnen, eine Schule zum angrenzenden Waisenhaus auf der Burg einzurichten.

»Die meisten Kinder haben nur zwei Chancen – Landsknechte oder Sklaven zu werden. Aber diese Kinder sind die Zukunft dieses Landes«, hatte Eileen einst beim Anblick einer Kindergruppe gesagt, die zwischen den noch rauchenden Trümmern eines Dorfes spielten, das vonMerowinger Mordtruppen überfallen worden war.

Genevier trat nun energisch in die Mitte der Halle und sagte: »Ich schlage vor, ihr so unsanft Geweckten nehmt erst einmal das Morgenbad und nach dem Frühstück sehen wir weiter.«

Als sie sah, wie Cathrin sich abmühte, die tobenden Kinder einzufangen, brach doch das Lachen voll aus Genevier heraus.

Kurz entschlossen packte sie eines der vorbei rennenden Mädchen am Kragen ihres Kittels und hielt es fest. Mit der anderen Hand griff Genevier Ygrains Arm und sagte: »Wir können das der guten Cathrin nicht allein überlassen. Hier!«

Ehe Ygrain sich versah, hatte die Königin ihr das Mädchen in die Arme gedrückt.

Genevier fing rasch einen der Jungen ein, der sich die Treppe zum Wohnturm herauf flüchten wollte.

Mit eisernem Griff hielt sie seine Hand fest. Dann meinte sie lächelnd: »Wir sollten alle gemeinsam das Bad nehmen.«

In Ygrains Gesicht spiegelte sich aller Widerwillen dieser Welt.

Sie hielt das strampelnde und lachende Mädchen wie einen Sack Unrat von sich. Es war nicht einfach, mit diesem Hort Flöhe heil zur Therme zu gelangen. Vor allem Ygrain stand kurz vor einer Krise. Als eines der Kinder den Bogen überspitzte, fasste Genevier es kurzerhand am Gürtel und trug das strampelnde, protestierende Bündel zur Tür.

»Na los Mädels – das Bad ruft«, rief sie über die Schulter.

Bald tobte die muntere Schar in der Therme und selbst Ygrain ließ sich plötzlich von der Fröhlichkeit anstecken.

Es war bereits kurz vor Mittag, als Genevier sich zueinem Kontrollritt in den Bereich der Plimizolebene entschloss.

»Darf ich mit?«, fragte Sir Erec leise.

Die Königin blickte den Ritter an – dann umspielte ein stilles Lächeln ihre Lippen.

Sie nickte.

Bald stoben der Falbe und der Schimmel über die Bohlen der Zugbrücke.

Genevier liebte es, die Serpentinen hinab zu jagen, den Wind im Gesicht zu spüren und auch ihr Schimmel aus dem Gestüt des Konsuls von Empurias freute sich, ordentlich auszugreifen.

Erec hatte so seine Mühe, dem Tempo mitzuhalten.

»Meiner Treu!«, rief er aus. »Wollt ihr uns umbringen?«

Laut lachend hielt Genevier an.

»Verzeiht, lieber Erec – ihr seid diesen Weg nicht gewohnt. Ich kenne jeden Stein hier.«

Erec atmete schwer, als er seinen Falben neben ihr anhielt.

»Das ist lebensgefährlich, was ihr betreibt.«

Die Königin legte ihm die feingliedrige Hand auf den ledergepanzerten Arm. »Nur für den, der den Weg nicht im Schlaf kennt. Selbst in finsterster Nacht würde mein Pferd keinen Fehltritt tun. Aber wir können es langsamer angehen lassen.«

»Ich wäre sehr dankbar dafür«, seufzte der Ritter.

Bald erreichten sie das schimmernde Wasser des Plimizol, der sich in der Ebene in zahlreiche kleine Arme verteilte und so nicht nur ein großes Delta bildete, sondern auch unzählige kleine Flüsse und Flüsschen. Zwischen dem Schilf fand man auch stille Weiher– an denen zahlreiche Vögel ihre Nistplätze aufwiesen.

Genevier hielt den Schimmel an. Erec tat es ihr mit dem Falben gleich.

»Ist es nicht herrlich?!«, rief die Königin aus und schaute mit strahlenden Augen über die Wasserflächen. Das Tageslicht brach sich darin in allen Regenbogenfarben. Möwen jagten im Sturzflug nach Insekten. Aus der Ferne rauschte die Brandung des Mittelmeeres herüber.

»Ein friedlicher Anblick«, brummte der Ritter.

Er trieb den Falben näher zur Herrin des Mont Salvage. »Sagt, habt ihr trotz allem immer noch Sehnsucht nach Camelot?«

Genevier schloss für einen kurzen Moment die Augen. Dann richtete sie den Blick fest auf Erec. »Dies hier ist anders. Es ist wunderschön. Ich möchte es nicht missen.

Die Zeiten von Camelot – vom Königreich des Sommers – und das Jetzt, sind nicht vergleichbar.«

»Hm, was wäre euch lieber?«

Sie schluckte. Dann zuckte sie wie ein hilfloses Kind die Achseln.

»Ich weiß es nicht genau. Manchmal sehne ich die Vergangenheit herbei. Die glänzenden Feste – Artus – Lance…« – sie ergriff Erecs Hand. »Oh Diana, ich weiß es nicht! Das Leben hier auf San Salvador erfüllt mich – jeden Augenblick sauge ich mit vollster Seele auf…«

Sie wischte sich über die Augen.

»Und doch zerreißt mir manchmal das Herz und manchmal fühle ich mich leer. Einsam – allein…«

Erec drückte ihre Hand.

»Deine Frauen – die Freundinnen – alle lieben dich. Sie liegen dir geradezu zu Füßen.«

Ein trauriges Lächeln huschte über ihr Gesicht.

»Ich liebe sie auch. Jede einzelne von ihnen. Es stimmt – sie liegen mir zu Füßen. Das macht mich stolz. Doch will ich es nicht. Ich will nicht höher stehen als sie. Wir alle dienen der Göttin.«

Der Ritter nickte.

»Aber ohne dich, wären alle nichts. Es gäbe diesen Orden nicht. Doch ist er wichtig! Ohne ihn und seine Gründerin, hätte niemand von denen dort oben eine Heimat.«

Nun glitzerte eine Träne im linken Auge der Königin.

»Sicher hast du recht, Erec«, kam es leise. »Doch manchmal bin ich mitten in ihrem Kreise allein mit Gedanken und Gefühlen.«

Erec zog sie an sich und küsste ihr die Träne fort.

»Komm«, brummte er. »Lass uns ein Stück weiter reiten um zu sehen, ob feindliche Späher Dorans gelandet sind.«

»Du hast recht.« Genevier drückte die Fersen in die Seiten ihres Schimmels und schon stoben sie dem Strand zu.

Den Blick fest auf die vom Wasser gehärtete Sandschicht geheftet, ritten sie nun im Schritt den Strand entlang in die Richtung von Rosaria.

Doch sie fanden nichts Ungewöhnliches oder Besorgniserregendes.

Nach zwei Meilen erklärte die Königin: »Ich denke, wir nehmen nun die Richtung nach Emporion. Von hier droht wohl bisher keine Gefahr.«

»So sei es«, rief Erec und ließ seinen Falben ausgreifen. »Diesmal bin ich schneller!«, rief der Ritter über die Schulter hinweg.

»Oho! Nicht so voreilig!«

Genevier schmiegte ihren Körper ganz an den ihres weißen Hengstes. Ihr Gesicht berührte seine Ohren. »Diana!«, zischte sie ihm zu.

Es war, als sei der Blitz durch den Schimmel gefahren. Er galoppierte nun nicht mehr, sondern er flog dahin. Kaum schienen seine Hufe noch den Sand zu berühren. Da waren Ross und Reiterin auch schon an dem Falben vorbei.

»Hehe!«, kam es verblüfft aus des Ritters Mund. »Das ist Zauberei!«

Das glockenhelle Lachen der Königin war die Antwort.

So sehr Erec sich auch bemühte. Der Falbe, obwohl ein Prachtpferd, konnte nicht mithalten.

Genevier ließ den Schimmel in Trab fallen und hielt bald ganz.

Endlich holte Erec auf.

»Ich geb' es neidlos zu. Ihr habt gewonnen. Doch mag es nicht nur am Rosse liegen, edle Freundin. Es ist die Kunst der Reiterin.«

Er wischte sich über die Stirn. »Meiner Treu! Ihr reitet wie des Teufels Großmutter!«

Automatisch verfiel er wieder in den höfischen Tonfall. Er erinnerte Genevier jedes Mal an Lancelot.

»Zürnt mir nicht, Sir Erec«, meinte die Königin leise. »Ich kenne keinen besseren männlichen Reiter, als euch. Aber –«, fragte sie dann leise. »– wollen wir nicht bei der vertrauteren Sprache bleiben? Oder verlangt die Etikette immer noch den Abstand? Ich bin nicht mehr deine Hochkönigin.«

»Verzeiht – äh – verzeih mir…« Erec verhaspelte sich und wurde verlegen.

Da beugte sich Genevier von ihrem Pferd herüber und gab dem Ritter einen zärtlichen Kuss auf die Nase. »Fang dich. Nun folge mir. Ich kenne einen geheiligten Ort. Den möchte ich dir zeigen.«

»Du hast mir bereits einen Ort des Mysterium gezeigt.«

Genevier nickte. »Ich weiß. Komm trotzdem!«

Sie ritten noch eine Meile am Ufer entlang, nach Spuren Ausschau haltend. Dann bog die Herrin des Mont Salvage in einen Pinienhain ab.

Die Nachmittagsstrahlen der Sonne warfen ihr weiches Licht auf die Bäume und Büsche. Es ging vorbei an einer wunderschön blühenden wilden Oleanderhecke, dann durch ein Dickicht wilden Weins, bis sich der Blick wieder weitete.

Erec hielt verzaubert an.

»Ein Märchen!«, flüsterte er überrascht.

Wie von Strahlenkränzen umgeben glitzerten die Alabastersäulen. Das Plätschern eines verborgenen Quells drang an sein Ohr.

Erec schluckte. »Was ist das hier?«

»Auch ein alter Ort des Mysteriums. Derer gibt es viele. Hier stand vor langer Zeit ein Tempel des Apoll.«

*

Erec stieg vom Falben und ließ diesem freien Lauf. Wie ein Kind im Wunderland ging der Ritter durch die beinahe komplett erhaltene Anlage. Vor ihm ragten die Stufen des Vortempels wie eine Himmelsleiter zum blauen Firmament.

Mal glänzte der Alabaster weiß, mal golden. Ein anders Mal schien er von Millionen von Sternen durchsetzt zu sein.

»Welche Pracht hat hier einst geherrscht. Was sind die Häuser unseres Gottes dagegen?! Ärmliche Herbergen – ihm nicht würdig.«

Als keine Antwort kam, wandte er den Kopf. Doch er fand nur den grasenden Schimmel vor.

»Genevier! Wo bist du ?«, rief er aus.

»Hier oben, Ritter Erec!«

Als er sich der Stimme zuwandte, wurde sein Mund trocken.

»Aphrodite persönlich…«, stammelte er.

Hoch oben, auf dem Plateau am Ende der Treppe stand sie. Unwirklich. Entrückt und doch so nah.

Die Sonne brach sich in der Oberfläche der Säulen und ließ Geneviers bloßen Körper in tausenden von Reflexen erstrahlen.

Eine Göttin hätte nicht bezaubernder aussehen können.

Mit einer Stimme, die ihm selbst völlig fremd vorkam, rief er: »Ist's Traum oder Wirklichkeit…«

Wie in Trance erklomm er die Stufen. Je mehr er sich der Gestalt näherte, umso mehr glaubte er sich in einer anderen Welt.

Endlich spürte er ihre Hände, ihren Körper… sie zog ihn sanft mit sich zu der Wiese mit dem sprudelnden Quell…

*

Die Hufe wirbelten durch das Wasser, wenn die Brandung auf den Strand lief. Der Schimmel und der Falbe flogen Seite an Seite dahin. Blutrot küsste die Sonne den Horizont. Genevier streckte die Hand aus. Ihr strahlendes Lachen drang Erec tief ins Herz.

»Hey!«, rief er aus. »Wie wär's mit einem neuen Wettritt?!«

Die Königin lachte laut auf. »Schon wieder? Dein Falbe gegen mein Ross?«

Erec warf die Arme hoch. »Sei's drum! Wer als erster den Plimizol erreicht!« Damit stob er davon.

Der Pfeil traf ihn genau nach fünf Pferdelängen.

Genevier sah alles wie durch einen Nebel.

Sie wollte schreien, doch es klang nur wie ein Gurgeln.

Sie wollte den Schimmel zu ihm treiben, doch ihre Muskeln gehorchten ihr nicht.

Um sich herum nahm sie nur noch zu Fratzen verzerrte bärtige Gesichter wahr.

Hunderte von schmutzigen Händen zerrten an ihr. Sie stürzte vom Pferd...

*

Der fürchterliche Schmerz in den Gliedern, war das erste, was Genevier wieder spürte.

Es schien, als ob ihr Körper zerreißen würde.

Nun fühlte sie Kälte. Hörte das Rauschen des Meeres.

»Sie bewegt sich«, knurrte eine Stimme. »Euer Glück. Doran hätte euch vierteilen lassen.«

Mit aller Macht versuchte Genevier die Augen zu öffnen. Die Lider fühlten sich schwer wie Blei an.

Dann stellte sie fest, dass sie sich nicht bewegen konnte.

Arme und Beine waren stramm ausgestreckt. Bei jedem mühsamen Atemzug knackten die Gelenke. In ihren Schultern schien flüssiges Eisen zu pulsieren. Raues Holz spannte sich unter ihrem Rücken.

Entsetzt wurde ihr klar, dass sie völlig nackt war.

Endlich gelang es ihr, die Augen einen Spalt zu öffnen. Es dauerte aber noch, bis sich der verschleierte Blick klärte.

Dann erkannte sie die neugierigen, aber auch höhnischen Gesichter.

Bärtige Gesichter.

Die Erinnerung kam.

Sie versuchte den Kopf zu wenden. Sie wollte ergründen weshalb die Gesichter sich so tief unter ihr befanden.

Das Rauschen des Meeres toste nun in ihren Ohren.

Ihre Kehle fühlte sich rau und trocken an. Auf den Lippen schmeckte sie Salz.

Mit aller ihr zur Verfügung stehenden Energie konnten bald ihre Augen erfassen, was geschehen war.

Erec und sie waren in einen Hinterhalt geraten. Und nun hing sie an einem vier Meter hohen, rohgezimmerten Andreaskreuz. Nackt, die Glieder zum zerreißen gespannt – direkt am Ufer des Meeres.

Ihr Blick verklärte sich wieder. Sie versuchte Luft in ihre Lungen zu pumpen.

Vergeblich!

Genevier wurde wieder schwarz vor Augen.

»Sie stirbt!«, hörte sie wie durch Watte eine kreischende Stimme.

»Eine Lanze!«, hörte sie noch. »Rasch eine Lanze. Drückt ihren Leib nach oben. Sie erstickt sonst!«

ENDE

GLOSSAR

GENEVIER

Guinevere, Gvinevere, Gwywivere, Genebra (an die 18 div. Schreibweisen nach Mundarten) entstammt einem römischen Patriciergeschlecht väterlicherseits und der Gralsfamilie mütterlicherseits. Frau des Artus und Königin der Briten und der Bretagne. Sie wurde durch Intrigen Modreds des Ehebruchs mit Bedwir / Lancelot bezichtigt. Genevier verhinderte, dass die Merowinger jemals Catalunien erobern konnten.

MORGANA

Morgan le Fey – Herrin von der Ille de Sein (Sena). Die Insel, vorgelagert der Bretagne, mutierte durch fälschliche Überlieferungen zur Glasinsel Avalonis. Morgana war oberste Priesterin des »Dinana Ordens«.
Es gab eine große Tempelanlage auf Sena – deren winzige Reste heute noch bestehen.

MORGAUSE

Jüngere Schwester Morganas, oft mit ihr verwechselt

YGRAIN

Die Italo-Keltin und Halbsächsin ist ein Draufgänger. Sie lieferte sich einst mit Morgana ein Duell auf Leben und Tod. Genevier rettete sie vom Pranger der Merowinger. Durch einen Überfall auf ihr Dorf wurde sie zur Rächerin. Sie ist Heerführerin der Burg San Salvador de Verdera

SHERAZEDA

Königin von Marakis (heute Marrakesch) – erste Frau auf dem dortigen Thron.

SANDERAH

Sie übernahm das Amt der Heerführerin der Gralsburg, in der Nachfolge von Ygrain, die am Hofe Sherazedas blieb.

BOLTAR

Wikingerführer aus Gotland und enger Freund der ehemaligen Königin Genevier.

EILEEN

Führerin des Heerbanners der Burg San Salvador de Verdera (damit zweitmächtigste Frau auf Burg San Salvador und eine Schwester des Merowingers Childerich).

ZIERAH

Sie ist die Frau eines Müllers und kam nach der Ermordung ihrer Familie zur Burg. Dort entwickelte sich zur begnadeten Schmiedin. Sie stellte Geneviers berühmtes Schwert ANGUIS her.

ALYSHIA

Heilkundige und Ärztin der Gralsburg

SIR BERT

Ehemaliger Astronom am Artushof.

SIR KAIE

Ehemaliger Seneschall von Camelot

GUSS

Priester und Neffe Sir Kaies

GAWAN

Ehemaliger Artus-Ritter, ehelicher Sohn von Morgana.

KAREIOS

Konsul der großen griechischen Hafenstadt Emporion auf der Iberischen Halbinsel.

THEOPHELIA

Enkelin des Konsuls von Emporion

GRACCHUS IBERIUS

Ehemaliger römischer Centurio

TEMITIUS

Römischer Vasall und Tyrann von Laetitia (heute Insel Ischia)

EREC VON ESCALOT

Ehemaliger Artusritter. Guter Freund Geneviers und Vater ihres ungeborenen Kindes. Wurde kurz vor der Heirat mit Genevier ermordet. (Sie verlor das Kind durch einen Sturz vom Pferd.)

SEEKÖNIGIN

Beherrscherin einer Inselgruppe im Griechischen Meer. Musste wegen des Tyrannen Doran mit wenigen Getreuen – die sie retten konnte – fliehen. Sie zog als Piratin über das Meer um ihren Schützlingen das Überleben zu sichern. Genevier eroberte ihr das Inselreich zurück.

BURG *SAN SALVADOR DE VERDERA*

Liegt oberhalb von Port de La Selva an der span./ franz. Genze – oberhalb des berühmten Klosters San Pere de Rodes. Urkundlich um 300 erwähnt, zahlreiche Legenden, dann erst wieder um 910 urkundlich erfasst. (Chroniken von Castello de Empurias). Sitz der Gralsfamilien, später Burg Geneviers, dann der Grafen von Emporda. Reger Handel mit der Hafenstadt EMPURIAS (griech. Entstehung ca. 3400 v. Chr.) Größter Handels- und Kriegshafen.

Größte Burganlage der Region, mit dem alten Tempel der Astarte der Pyrenäen (In.Anna) und Termenanlagen.

Auf den Grundmauern des Tempels steht heute das Kloster SAN PERE DE RODES. Die Burg wurde 470 von Childerich I. zerstört, um 472/473 von Genevier wieder aufgebaut. Sitz des neuen Ordens der Diana (In.Anna / Astarte der Pyrenäen) Von hier aus verteidigte Genevier mit ihren Kriegerinnen das Land gegen die Merowinger.

SAN PERE DE RODES

Altes Zysterzienser Kloster (um 900) – Schirmherr lange Zeit der Hl. Bernhard. Enge Verbindung später zu den Templern. Mönche sagten von sich selbst, sie seien die letzten Gralshüter und Bewahrer des Geheimnisses von SAN SALVADOR.

ST. ELENA

Ehemalige Einsiedelei unterhalb der Burg – um 900 vergrößert. Es spricht viel dafür, dass hier das wahre Grab Marias aus Magdala ist. Die Kirche macht sonst keinen Sinn.

JUNCARIA

Alter Name für die heutige Kreisstadt FIGUERAS. Hier erbaute Genevier mit Hilfe Sherazedas (Schwester des Königs von Marakis) das erste richtige Hospital.

AVALLON

Merowinger Garnison in Gallien. (besitzt heute ein großes Merowinger-Museum). Bis hier hin lässt sich nach der letzten Schlacht der Fluchtweg des Artus verfolgen. Dann verliert sich die Spur. Über den eigentlichen Tod ist nichts bekannt.

DRAGONSTONE

Ehemalige Burg Morganas

EMPORION

Größter Handelshafen – zur damaligen Zeit (470 – 500) – Welthafen. (heute größte archäologische Ausgrabungsstätte in Spanien)

LUTETIA

Römischer Name für Paris.

INSEL *SENA*

Sie liegt vor der Bretagne. Reste des Tempels der Morgana sind noch schwach erkennbar. Diese Insel und ihr Orakel war selbst den Sachsen heilig. Durch Vermischung mit dem Fluchtweg des Artus zur Stadt Avalon vermischten sich die Insel u. Stadt zur Zauberinsel AVALONIS